Husch Josten
Der tadellose Herr Taft

PIPER

Zu diesem Buch

Für Daniel Taft ist mit einem Schlag alles anders: Sang- und klanglos von seiner gerade erst geheirateten Frau verlassen, gibt der Dreißigjährige die solide Karriere und das schöne Leben in Paris auf, zieht in Veronikas deutsche Heimatstadt, hofft und wartet dort auf ihre Rückkehr. Doch was zunächst ein Akt der Verzweiflung ist, erweist sich als Beginn einer beispiellosen Karriere mit ungeahnten Möglichkeiten. Husch Josten erzählt in ihrem neuen Roman vom kuriosen Lebensweg eines Mannes, der nichts will und alles erreicht und so schließlich die Antwort findet auf eine unermüdlich quälende Frage, die nicht nur seine Frau betrifft, sondern die Orientierungslosigkeit einer ganzen Generation umspielt: Warum?

Husch Josten, geboren 1969, debütierte 2011 mit dem Roman »In Sachen Joseph«, der für den aspekte-Literaturpreis nominiert wurde. Es folgten der vielgelobte Roman »Das Glück von Frau Pfeiffer« (2012), der Geschichtenband »Fragen Sie nach Fritz« (2013), »Der tadellose Herr Taft« (2014) sowie »Hier sind Drachen« (2017) und »Land sehen« (2018) im Berlin Verlag. Husch Josten lebt in Köln.

Husch Josten

DER TADELLOSE HERR TAFT

Roman

PIPER

Mehr über unsere Autoren und Bücher:
www.piper.de

Von Husch Josten liegen vor:
Hier sind Drachen
Land sehen
Das Glück von Frau Pfeiffer
Der tadellose Herr Taft

FSC
www.fsc.org
MIX
Papier aus verantwortungsvollen Quellen
FSC® C083411

Ungekürzte Taschenbuchausgabe
ISBN 978-3-492-31335-3
März 2019
Piper Verlag GmbH, München 2019

Umschlaggestaltung: zero-media.net, München
Umschlagabbildung: Getty Images/DEREK BYRNE
Satz: Satz für Satz, Wangen im Allgäu
Gesetzt aus der Scala
Druck und Bindung: CPI books GmbH, Leck
Printed in the EU

Für Lotte, die eine Liebesgeschichte wollte.

Wer niemals Zweifel, niemals Befremden,
niemals (sit venia verbo) ein wenig Grauen erregt,
wer einfach immer nur geliebt wird, ist ein Trottel,
eine Lichtgestalt, eine ironische Figur.
Ich habe keinen Ehrgeiz in dieser Richtung.
(Thomas Mann, Mai 1904, an Katia Pringsheim)

Wie Taft zur Theorie kam

Er hatte seine Orientierung verloren. Das war kein räumliches Problem. Daniel Tafts Sinne waren gestört. Er, der immer seinen Weg gekannt und grundsätzlich die Richtung gewusst hatte, taumelte durch die Tage. Zuerst wurde ihm die Zeit gleichgültig, kurz darauf fanden seine Gedanken keinen Halt mehr, weder Ruhe noch Richtung. Taft bemühte sich, aber es gab kein Sujet, das sein Gehirn in Schach halten konnte. Dabei lagen die Themen auf der Straße. Mehr als genug. Nur fassbar waren sie nicht mehr. Unfassbar stattdessen ohne Veronika, seine Frau. Nichts wusste er mehr einzuordnen seit jenem 16. Juli, an dem sie verschwunden war. Keine Kategorien mehr für all die Angelegenheiten. Alles gleich interessant und uninteressant. Alles wichtig, alles unwichtig. Daniel Taft hatte die Urteilskraft verloren. Er war seinen Empfindungen ausgeliefert.

Aus diesem Grund eröffnete er ein Geschäft. In Veronikas Heimatstadt, vom Zentrum nicht weit entfernt. Alte Straße. Ein zwanzig Quadratmeter kleiner, für eine geringe Summe zu mietender Raum im Erdgeschoss eines denkmalgeschützten Hauses. Renovierungsbedürftig. Ohne funktionierende Heizung. Der Laden roch nach Leder, Wachs und Fetten; vorher hatte dort ein Schuster Schuhe besohlt, genäht, repariert. Das Schaufenster ausladend und in schwarzem Holz gefasst, der Dielenboden braunschwarz und knarzend. Von der Decke und an den rauchblauen Wänden hingen nun grüne Karten an zarten, tannenfarbenen Bindfäden. Ideenkarten nannte Taft die mit schwarzem Filzstift beschrifteten Kartons. Sie waren das Einzige, was er feilbot. Drei fünfzig das Stück. Karten, auf denen in seiner rechtsgeneigten, gut lesbaren Handschrift immer nur ein Wort zu lesen war.

›Zerinnerung‹ etwa. ›Raumfährtensucher‹, beispielsweise. Oder schlicht ›Mut‹. Die meisten Anwohner und vor allem er selbst hatten angenommen, der Laden mit Namen *Theorie* würde nicht lange bestehen, sei Spinnerei. Ein Luftschloss, das sich keinesfalls tragen könne, geschweige denn Gewinn abwerfen würde. Themen – nichts anderes bot er mit seinen Karten. Überschriften und Ideen. Bereits zur Eröffnung Ende Januar hatte Taft den Plan, *Theorie* mit seinen Ersparnissen und den Einkünften aus der Vermietung seiner Pariser Wohnung ein paar Wochen am Leben zu erhalten und dann, je nachdem, in eine lukrativere Kaffeebar oder einen Kiosk umzuwandeln. Doch Zeitungen im ganzen Land berichteten über seinen Laden, Fernsehleute filmten, wovon sie tagtäglich umgeben waren: Themen, die in der gewaltigen Masse anderer Themen untergingen. Die Wirkung ihrer

Berichte hallte nach. Als sich der Wirbel um die Eröffnung in der Alten Straße gelegt hatte, kamen die Kunden immer noch. An guten Tagen in diesem warmen und trockenen Frühjahr verkaufte Daniel Taft über fünfhundert Karten. An ruhigen zwischen achtzig und hundert. Man setzte sein Geschäft auf die Route der Touristenbusse, die von der Kathedrale aus die Straßen der Alt- und Neustadt durchfuhren. Mindestens zwei Busladungen pro Tag. Die Passagiere stierten aus getönten Fenstern, machten die Ruinen römischer Vergangenheit und verborgene architektonische Schönheiten zwischen den Nachkriegsbauten aus, bis sie bei Taft landeten und ihre städtebauliche Ernüchterung mit Kauflust niederrangen. Eine Journalistin, die auf diesem Wege zu ihm gestoßen war, schrieb euphorisch in einem schicken Reisejournal, *Theorie* sei nicht weniger als die Endstation Sehnsucht einer Rundfahrt durch die etwas ergraute Baukunst der 1950er- und 1960er-Jahre. So zählten bald auch die anderen, die sogenannten Individualreisenden, zu seinen Abnehmern und kauften Themen. Meist eins, höchstens fünf, wobei Nummer zwei bis fünf als Geschenk verpackt werden sollten.

Die Anwohner kamen sowieso regelmäßig. Und kaum einer von ihnen stand *Theorie* gleichgültig gegenüber. Sie waren neugierig wie der Mittvierziger aus dem dritten Stock gegenüber, der etliche Male pro Tag von seinem Schreibtisch am Fenster in Tafts Laden schaute, um dann, auf dem Weg zum Bäcker oder zur Post, bei *Theorie* einzukehren und sich mit spitzer Stimme nach dem Gang der

Geschäfte zu erkundigen oder eine Karte, zuletzt war es ›Nachgeschichte‹, zu kommentieren. Andere waren argwöhnisch. Susa zum Beispiel, die Trödelladenbesitzerin drei Häuser weiter, die unschlüssig blieb, ob Taft genial oder irre war, ob er ihr Laufkundschaft abspenstig machte oder zuführte. Und viele kamen einfach aus Langeweile. Anton Friedenreich mit der sehr hohen Stirn beispielsweise, Rentner aus dem Nachbarhaus, der in seinen ausgeleierten Jeans täglich schon bei Tafts Vormieter gesessen und mit ihm Zigarre geraucht hatte. Er hatte runde, braune Augen und schlohweißes Haar, das bis zum Kinn reichte, ein weißes Bärtchen direkt unter der Unterlippe und einen weißgrauen Schnauzbart. Auf seiner daumendicken Nasenspitze die schwarze Metallbrille, durch die er allerdings selten blickte, er sah über sie hinweg. Nun nahm er sich Tag für Tag den hellblauen Klappstuhl, den der Schuster im Vorraum zur Toilette aufbewahrt hatte, setzte sich vor Tafts Schaufenster, bekam einen Kaffee, zündete sich eine Montecristo Double Edmundo an und begann die Unterhaltung stets gleich: Wissen Sie, Herr Taft, es ist schon komisch ... Und dann folgte, was ihm morgens beim Zähneputzen oder abends im Fernsehen komisch erschienen war: die glitzernden Punkte in seinem Rasierschaum, die Sekundenanzeige bei den Werbeeinblendungen, die Temperaturunterschiede zwischen Alt- und Neustadt, irgendetwas, das ihm beim Blick über seine Brille aufgefallen war. Die hagere Julchen Kierbaum aus dem Fahrradladen an der Ecke kam auch oft. Sie absolvierte in der Mittagspause ihr Fitnessprogramm, lief in rosafarbener oder blauer Sportbekleidung die Alte Straße auf und ab, um für eine kleine Pause keuchend bei Taft Halt zu machen. Sie war herzlich und redselig wie viele seiner neuen Nachbarn, was er liebenswert fand. Dass sie einen komplizierten Freund und schwerkranke Eltern hatte, wusste Taft bereits nach seiner zweiten Begegnung mit ihr. Überhaupt nahmen einige Anwohner die Gelegenheit wahr, bei der vorgeblichen Recherche nach ihrem Thema überflüssige Angelegenheiten bei Daniel Taft abzuladen. Das reichte von Müllproblemen über undefinierbare Ohrenschmerzen bis zum Ärger über den Telefonkundendienst. Von allerlei seelischem Ballast, den sie mit Tiefe verwechselten, über amüsante und schöne Begebnisse bis zu ernstlichen Verwirrungszuständen, an denen ohnehin nichts zu ändern war. Manche blieben auf einen Kaffee oder zwei und warfen großzügig in die graublecherne Kaffeekasse, ein Souvenir des Vormieters. Sie kamen und schauten und erwarteten, so wenigstens kam es Taft vor, Vorschläge, wenn nicht ein Stück Alltagserlösung, Tageserleuchtung. Dabei wäre ihm nie eingefallen, derart Anmaßendes anzubieten, auf ihre Fragen und Geschichten überhaupt nur einzugehen. Seine Besucher respektierten diese Haltung mit großer Gelassenheit. Taft hörte zu, und das reichte den Menschen. Sein Zuhören war den Nachbarn angenehm. Für ihn hingegen war es eine Beschäftigung. Eine winzige Ablenkung von der Katastrophe, zu der sein Leben ohne Veronika geworden war.

Daniel Taft war weder schön noch hässlich. Ein hinreichend attraktiver Brite, mittelgroß (eins dreiundachtzig) und mittelschwer (zweiundachtzig Kilo). Er hatte einen ovalen Kopf und tiefbraunes, glattes Haar, freundliche Züge, einen schlichten Mund. Beim Sprechen sah man manchmal seine untere Zahnreihe, wenn er energisch den Unterkiefer vorschob, um seinen Worten Nachdruck zu verleihen; ein Kinn wie die alten Habsburger. Einnehmende Persönlichkeit, ohne dass er sich um diese Ausstrahlung auf andere bemühte. Man vertraute ihm. Sein Benehmen stets tadellos, ebenmäßig wie sein Gesichtsausdruck und seine braunen Augen, denen es auf seltsame Weise an Irritation, an einer zumindest winzigen Unregelmäßigkeit fehlte. Tafts Höflichkeit war nicht die tradierte seiner Landsleute, seine Zurückhaltung jedoch ethnologisch unverkennbar. In jeder Lebenslage Haltung zu bewahren war ihm in die britische Wiege gelegt worden. Sein Temperament demzufolge grundverschieden von Veronikas, die nicht unüberlegt, jedoch ungebremst gesprochen, entschieden, gelacht, geschimpft hatte. Jeden hätte sie heiraten können, das hatte er immer gewusst, und es hatte wahrlich genug Anwärter gegeben. Standesgemäße. Einserabsolventen aus gutem Hause, sportlich, schlank, schlau. Jene jungen Männer mit verschlagener Selbstsicherheit, die ihre an den Ellbogen zerschlissenen Kaschmirpullover wie Clubsignets trugen und früh gelernt hatten, sich in Maßen exzentrisch, ansonsten weltoffen und freiheitsliebend zu präsentieren. *According the textbook.* Veronika hatte nichts für sie übrig gehabt.

Sie, die kluge, angenehm uneitle Zahnärztin mit sanfter, sicherer Hand, wählte ihn, den britischen Hausmeister mit deutschen Wurzeln und französischem Wohnsitz. Hausmeister war er nicht im eigentlichen Verständnis des Wortes und sie mochte es nicht, wenn er sich so bezeichnete. Aber es war im weitesten Sinne das, was er getan hatte, bis Veronika verschwunden war: dafür Sorge tragen, dass in den Häusern, Villen und Schlössern der Klienten seines Arbeitgebers *Sandhurst Real Estate* alles in Ordnung war. Dass die leerstehenden Besitztümer in Kontinentaleuropa vernünftig instand gehalten wurden. Oder dass, was allerdings bei den wenigsten Immobilien dieser Kategorie der Fall war, die richtigen Mieter darin wohnten. Er hatte sich damit abgefunden, dass sein Verständnis von Wert und Besitz ein anderes als das der Auftraggeber war, die mit den zufällig geerbten oder lustlos, jedenfalls selten aus Leidenschaft erworbenen Immobilien nichts anzufangen wussten. Er hatte gelernt, die Verschwendung hinzunehmen, nicht mehr danach zu fragen, warum manche Leute aus Langeweile Häuser statt Bücher, Filme oder Computerspiele kauften. ›Wertanlagerung‹. Eine seiner ersten Ideenkarten.

So habe ich Taft kennengelernt: als Verwalter meiner Immobilien. Damals hatten wir nie persönlich miteinander zu tun, wir haben uns in seiner Hausmeisterzeit nie gesehen. Was zu besprechen war, wurde mit meinen Mitarbeitern geregelt. Aber wie über alle Dienstleister, die im Privatbereich für mich tätig sind, fand ich irgendwann ein

Dossier auch über ihn auf meinem Schreibtisch in London – von meiner Sekretärin und dem Anwalt sorgfältig zusammengestellt. Tafts einwandfreier Werdegang. Hervorragende Empfehlungsschreiben. Dazu kamen nach und nach seine schriftlichen Berichte und E-Mails zu meinem Haus auf dem Monte Argentario und zum Chalet meiner Mutter im Engadin. Es waren diese Mails, die mich auf ihn aufmerksam machten: Formvollendet. Sorgfältig. Und, was bei Immobilien nicht einfach ist, humorvoll. Gnädige Frau, was die Bäume im Engadiner Garten betrifft: Schon der Sils-Maria-Liebhaber Friedrich Nietzsche hat die Baumgrenze als Grenze zwischen Leben und Tod gedeutet – ähnlich sehen es die Nachbarn Ihrer verehrten Frau Mutter, allerdings weniger philosophisch ... Verehrte Dame, sofern die Fassade des Chalets in Sils Maria nicht denselben Rostton annehmen soll, wie es die Denkmalpflege für Ihr Sommerhaus in Porto Ercole auf dem Monte Argentario vorsieht, muss sich unverzüglich ein Schreiner der Sache annehmen, und ich empfehle den ortsansässigen Franz Kiernberger, dessen Frau, was für Baubesprechungen von Vorteil ist, Inhaberin des Gasthofs *Stern* am See ist ... Liebe Auftraggeberin, da wir heute über Abwasser aus Ihren Toiletten in Porto Ercole zu sprechen haben, ist die vertraulichere Ansprache meines Erachtens geboten, um dem spröden Thema ein wenig Persönlichkeit zu verleihen ...

Als er bei *Sandhurst* aufhörte, hakte ich nach. Herr Taft? Oh, normalerweise darf ich keine Auskunft geben, aber da Sie so explizit nach ihm fragen ... Er nimmt eine längere

Auszeit. Er ist durch die Trennung von seiner Frau aus der Bahn geworfen worden. Sie hat ihn verlassen, von jetzt auf gleich, furchtbar, es ist jedenfalls eine Auszeit auf unbestimmte Zeit, plapperte die Mitarbeiterin bei *Sandhurst* unter dem Siegel der Verschwiegenheit, woraufhin ich *Sandhurst* kündigte und meiner Sekretärin auftrug, Taft ausfindig zu machen. Vielleicht war er dazu zu bewegen, sich selbstständig um meine Häuser zu kümmern. Ein paar Monate später legte mir Larissa die deutschen Zeitungsausschnitte über *Theorie* auf den Tisch.

LOVE FOR SALE: Haben Sie eine Karte, auf der ›Liebe‹ steht? Eine hochgewachsene Frau mit schmalen Schultern und Hüften, weißer Bluse, langen Beinen in olivgrünen, tarngefleckten Hosen und schulterlangen, blonden Haaren, die wild um ihren Kopf lagen. Ihrer Frage wegen kam ihm sofort Jazz in den Kopf. *Love for sale*. Wer hatte den Song gespielt, gesungen? Also – am besten gespielt, gesungen? Es waren so viele. Ella Fitzgerald. Shirley Bassey. Oscar Peterson. Er hatte Veronika erst lehren müssen, Jazz zu hören. Bis dahin hatte ihr niemand Jazz nahegebracht, und Jazz kann man nicht einfach hören, hatte er Veronika erklärt an ihrem ersten Abend, man muss ihn hören lernen, sich einhören, sich damit vertraut machen. Also hatten sie sich eingehört. Unermüdlich. Leidenschaftlich. Brad Mehldau vor allem, aber auch Charlie Parker, Bill Frisell, John Coltrane.

Veronika liebte Gregory Porter, von dessen Album *Water*

sie nicht genug kriegen konnte. Als er im Olympia-Theater live auftrat, standen sie in der ersten Reihe. *Illusion*, melancholisch, traurig, ihr Lieblingslied, der Text für Taft nun in anderem Licht. *I've been trying to find reality a grip on the illusion that I lost you when you left me.* Ich habe mir jedenfalls vorgenommen, gleich kehrtzumachen und zu gehen, wenn Sie eine Karte verkaufen, auf der ›Liebe‹ steht, fügte die Frau hinzu. Ihr Gesichtsausdruck lausbübisch. Damit war alles gesagt, befand Taft und antwortete nicht. Sie waren allein im Laden, gegen Mittag. Sie stellte ihre Tasche auf dem Boden ab – eine elegante, schwarze Ledertasche mit kurzem Henkel – und studierte Karte für Karte. Taft konzentrierte sich wieder auf den Intelligenztest auf seinem Computerbildschirm. Mathematische Gleichungen. Er hatte sich angewöhnt, in regelmäßigem Abstand seine Fähigkeiten mit einem solchen Test zu überprüfen. Seit Veronikas Verschwinden zweifelte er ab und zu an seiner Geistesverfassung. Eine Karte mit ›Liebe‹ wäre enttäuschend, sprach die Kundin gedankenverloren in den Verkaufsraum hinein. Ihre Stimme heiter, gewiss, stattlich. Das müssen Sie einsehen. Dann wäre Ihr Laden nichts als ein Postkartengeschäft und man müsste sich fragen, wieso die Medien derart über Sie berichten.
Taft sah nur kurz auf.
Sie drehte sich zu ihm: Womit erklären Sie sich eigentlich Ihren außerordentlichen Erfolg? Sind Sie nicht selbst überrascht davon? So etwas kann man nicht planen. Sie hatten einfach Glück, oder? Eine originelle Idee zur

richtigen Zeit, schon fressen Ihnen die Zeitungen aus der Hand. Komisches Land. Es ist alles so offensichtlich.

Sie setzte die Lektüre der Karten an der schmalen Wand links der Tür fort. ›Harakiri‹. Er wusste, dass dieses Wort dort hing, irgendwo, erinnerte sich nicht mehr, wie er darauf gekommen war. Er konnte nicht rechnen oder Zahlenreihen fortsetzen, während sie las. Sie bearbeitete das Kartengelände wie ein Pflug das Feld. Saubere, schnurgerade Reihen. Ihr Gesicht fein gezeichnet, weiblich. Unordentliche, freche Frisur. Zarte Gestalt. Sie amüsierte sich beim Lesen hier und da, kicherte leise.

Taft wusste genau: Es gab keine Karte mit ›Liebe‹. No love for sale. Es gab ›Anziehungsmacht‹ und ›Kopulation‹, ehrlich und unfeierlich. Selbstverständlich war ihm ›Liebe‹ in den Sinn gekommen. Daraufhin hatte er eine andere Karte geschrieben. Eine mit dem Wort ›Bündnis‹.

Schon als junger Mann hatte sich Daniel Taft in Anbetracht des desaströsen Miteinanders seiner Eltern vorgenommen, eine vernünftige Ehe zu führen. Eine, in der einander zugehört und ernst genommen wurde, keine jener Beziehungen, in denen die Beteiligten zum Abziehbild der Vor- oder Unterstellungen des anderen wurden. Zum Abguss der Klischees, an denen man sich – schlimmstenfalls für den Rest des Lebens – abarbeitete. »Du kennst das ja«, fingen solche Unterhaltungen mit beliebigen Koalitionspartnern oft an. Am Ende dann ein »Männer eben«. Oder »Frauen halt«. Möglichst hoffnungslos intoniert.

Taft hatte sich lange vor seiner Eheschließung, lange, bevor er seine Frau überhaupt kannte, geschworen, es so weit nie kommen zu lassen. Und es war auch nie so weit gekommen. Stattdessen war sie weg. Verschwunden. Das Warum unablässig in seinem Kopf, lauter, schriller als seine Selbstbeherrschung und alles Selbstvertrauen. Nachts fiel er von Hochhäusern und Klippen, abwärts, immer abwärts. Statt des Aufpralls das Aufwachen. Atemlos. Verschwitzt. Durstig. Er hatte sich der Illusion hingegeben, sie zu kennen, angenommen, dass er aufmerksam gewesen war, verinnerlicht hatte, was sie gesagt, gewünscht, beklagt hatte. Er hatte geglaubt, dass sie glücklich war. Keine Erklärung. Das trieb ihn um, machte alles andere nichtig und unmöglich. Nichts war erheblich. Das Warum schleifte sein Gehirn. Manchmal glaubte er, die Ursache gefunden zu haben. Dann war es, als passe plötzlich alles zusammen, das vorher keinen Sinn ergeben hatte. Als fügten sich ihre Sätze, Gesten, Handlungen zu einer unmissverständlichen Aussage, zu dem einen klaren Hinweis, den er nur früher hätte erkennen müssen. Doch eine schlaflose Nacht später war das Trugbild wieder entlarvt, passte nichts mehr zusammen, blieb alles unordentlich. Er wachte auf aus seinen Alpträumen, schenkte sich aus dem Hahn in der Küche ein Glas kaltes Wasser ein, setzte bedächtig und mühsam wie ein alter Mann einen Fuß vor den anderen, um zurück ins Bett zu gelangen, wo er sich an einem kleinen, tröstlichen Gedanken festhielt: Sie hatte ihn wegen einer anderen Frau verlassen.

Dies zumindest war, woran er sich klammern konnte – an diese Frau, die der Anlass gewesen war, diese Frau, die Veronika so wenig kannte wie er. Keiner von beiden hatte die Person – gelbblond und kurzhaarig, beleibt, puppengesichtig – jemals zuvor gesehen oder gesprochen. Trotzdem radierte sie einer Naturgewalt gleich aus, was nur ein paar Monate zuvor für haltbar und gut erklärt worden war. Zwischen Veronika und Daniel war alles so grundlegend in Ordnung, ja vielversprechend gewesen, dass sie damit einen Priester behelligt, Schwüre geleistet, Zeugen, Freunde und Verwandte zu einem größeren Fest gebeten hatten, das organisatorisch aufwendig und finanziell nicht unerheblich war. Sie hatten das *Café Marly* im Louvre gemietet, dessen geräumige, beheizte Terrasse den Blick auf die gläserne Pyramide im Innenhof des alten Königshofes freigab. Als Ehepaar überstrahlten sie ihren winterlichen Hochzeitstag. Sie tanzten und tranken, lauschten dankbar oder respektvoll mehr und weniger talentierten Rednern und nahmen die üblichen Geschenke entgegen: Blumenvasen, Silberschalen, Espressotassen. Sie bedankten sich bei Tanten und Onkeln und Kollegen und Freunden, zwinkerten sich dabei zu; sie gingen früher als alle anderen und fuhren in die Normandie, in Marcel Prousts Lieblingshotel *Le Grand Hotel Cabourg*, wo sie ihr Zimmer mit Meerblick drei Tage lang nicht verließen und sich so sehr liebten, dass Taft angenommen hatte, es wäre die Besiegelung der Ewigkeit.

Keiner ihrer Hochzeitsgäste, weder das Hotelpersonal in Cabourg noch der Bräutigam wäre auf die Idee gekommen, ein paar Monate später könnte alles vorbei sein. Natürlich war Taft klar: Die prägnante Stimme der Fremden konnte für Veronika nur der Anlass gewesen sein. Mit der Stimme allein, so bemerkenswert sie war, ließ sich ihr Verschwinden unmöglich begründen. Trotzdem war die Erinnerung an ihren Klang für ihn die Apokalypse. Aus heiterem Himmel – und heiter kam ihm sein Himmel zu diesem Zeitpunkt durchaus vor – zerbarst seine Ehe. Einer Nichtigkeit wegen, eines einzigen Wortes wegen.

›Sturm‹.

Taft hatte die Dummheit begangen, in der Fluggastbrücke, diesem zwischen Flughafengebäude und Maschine schwebenden Schlauch, mit Veronika zu telefonieren. Eingepfercht in den grauen, von Schuhen und Kofferrollen verdreckten Ziehharmonikafinger zum Flugzeug, der ihm stets wie eine an ein Euter angesaugte Melkmaschine vorkam, teilte er Veronika seine verspätete Ankunft aus Berlin mit, während schlangestehende Passagiere Taschen, Brüste und Bäuche in die Rücken Mitreisender drückten. Die Menge konnte sein Telefonat mithören, es war allen egal. Ihm auch. Man wartete, dass sich der Stau löste, den die Handgepäckarrangierer im Mittelgang des Flugzeugs verursachten, man hing seinen Gedanken nach, tippte oder redete ins Telefon. Manche waren gekleidet, als wollten sie zum Strand statt nach Paris. Zwei Männer vor ihm trugen fransige Shorts und ärmellose Shirts, die wie Unterhemden aussahen, die zugehörigen dickeren Frauen sehr dünne und kurze Stoffe um die Hüften, die mehr preisgaben als bedeckten, was andere vermutlich versteckt hätten. Die Familie gleich hinter ihm, es waren fünf Personen, hatte ausnahmslos schlammbraune Wandersandalen mit Klettverschluss an den nackten Füßen, als ginge es in die Berge. Und Taft in seiner Jeans, seinem weißen Hemd und dem blauen Sommersakko überlegte beiläufig, während er Veronikas Nummer wählte, ob dies nur ihm unpassend erschien, ob er mit fortschreitendem Alter möglicherweise spießig wurde. Die Luft schweißschwer, subtropisch. Der klimatisierte Bauch der Maschine eine Verheißung. Dazu: Wasser auf Eis. Ein Weißwein vielleicht später.

Kein Wunder, dass ihr später startet, antwortete Veronika angenehm kühl ins Telefon. Es scheint ein gewaltiger Gewittersturm über Europa zu ziehen. Ich habe es eben in den Nachrichten gehört. Schwere Sommergewitter.

Wirklich, ein Sturm?, antwortete er arglos. Hier sieht alles bestens aus, aber das heißt ja nichts.

Die Frau vor ihm drehte sich derart schnell um und griff so zielsicher nach seinem Telefon, dass Daniel Taft nicht wusste, wie ihm geschah.

Sturm?, schrie sie in seinen Apparat zu Veronika. Eine starke Stimme, hell, sie tanzte durch den Tunnel wie eine Königskobra zur Flöte. Sturm? Sie sagen, es gibt Sturm?

Dann hörte sie einen Moment zu, in dem Veronika offenbar aus Reflex antwortete und Daniel zu perplex war, um etwas Vernünftiges gegen diesen Übergriff zu unternehmen. Sein Telefon lag am rechten, roten Ohr des fremden, sonnenhaarigen Kopfes mit aufgeregt rotgeäderten Augen, die an der Tunnelwand einen Fixpunkt suchten. Den Mund halb geöffnet, gewappnet für den Warnschrei vor Schlimmerem, wehte unbekannter, aufgewühlter Atem an seine Sprechmuschel und verursachte ihm Unbehagen. Dann drückte ihm die Fremde wortlos das Telefon zurück in die Hand, drehte sich um und floh. Er konnte sich nicht erinnern, ob der Apparat tatsächlich Schwitzspuren ihrer Hand getragen oder er solche nur befürchtet hatte. Ganz in Rot, aber immerhin anständig gekleidet, ihr Schopf wie eine knallgelbe Mütze, stolperte die Frau fluchend mit ihrem Handgepäck an den Wartenden vorbei zurück zum Flughafengebäude. Ein hüpfender Tennisball im Aus, hysterisch übers Netz in den Sand geschleudert. Nicht mit mir! Mit ihrem grauen Lederkoffer rempelte sie die anderen Passagiere an. Nicht mit mir, mein Lieber! Ein durchdringendes Organ. Glockenhell. Markant. Sie ließ offen, wer »mein Lieber« war: der Sturm, der Flugkapitän, der Wettergott oder der Wetterdienst. Die anderen Reisenden vermieden sorgfältig, Notiz von ihr zu nehmen. Sogar die, die sie anstieß, wollten von Sturm nichts wissen. Allen war zu heiß für Komplikationen. Taft wischte mit dem Hemdsaum das Telefon sauber und legte es wieder an sein Ohr. Er wollte gerade anheben, seiner Verwunderung Ausdruck zu verleihen, sich zu entschuldigen, da hörte er Veronikas Stimme wie einen Luftzug, leise, beherrscht.

Versuch nicht, mir das zu erklären, Daniel. Und damit legte sie auf.

THEY ALL LAUGHED. Seine Kundin schob, gut lesbar, die Karte ›Koulrophobie‹ vor ihn auf den Tresen. An diesem Tresen hatte der Vormieter Schuhe entgegengenommen und ausgehändigt. Immer noch gab es an der Wand dahinter die Stange mit dem Papier zum Abrollen und Abreißen, Papier, in das der Schuster die Schuhe eingewickelt hatte. Rotweiß kariert, gewachst, fest und glatt und auch ein wenig störrisch, schön und altmodisch. ›Koulrophobie‹. Schon wieder Jazz in seinem Kopf. *They all laughed*. Chet Baker? Fred Astaire? Die Angst vor Clowns, sagte die Frau, ihr Blick aufgeweckt. ›Koulrophobie‹. Wie kommen Sie nur auf diesen Begriff? – Ich lese viel. – Sie legte das Geld auf den Kassentisch: Sieh an, Sie antworten mir, das freut mich. Ich würde mich nämlich gern ein bisschen mit Ihnen unterhalten ... Sie haben hier einen schönen und ebenso sonderbaren Laden eröffnet. – Taft nickte dankend, ließ das Geld unangetastet und steckte die Karte in eine weiße Papiertüte. Seine mit *Theorie* bedruckten Papiertüten trugen erheblich zum Geschäftserfolg bei. Nur in dieser Tüte waren die Karten echt. Alles so simpel. – Mein Name ist Olivia... Ihre Augen groß, schattenblau, frei heraus. Eine Karte mit ›Liebe‹ habe ich nicht gefunden, sprach sie weiter, finden Sie nicht auch, dass das zu einfach gewesen wäre? Sie hielt einen Moment inne, lachte dann. Ja, natürlich finden Sie das, sonst würden Sie eine solche Karte anbieten. – Taft wusste nichts zu entgegnen. Er brauchte zu lange, um eine geeignete Antwort überhaupt zu denken. Ich werde jedenfalls gern wiederkommen, fuhr Olivia unbeirrt fort, ich werde wiederkommen und nachsehen, welche Begriffe Sie dann im Sortiment haben. Ich bin gespannt, mir sind beim Lesen einige eingefallen, die ich vermisst habe. – Taft reichte ihr die Tüte mit der Karte: Natürlich, gab er behäbig zur Antwort. – Jetzt haben Sie schon wieder gesprochen. – Und ich mache es noch einmal: Auf Wiedersehen, Olivia. – Auf Wiedersehen, Herr ... Sie blieb an der Tür stehen. Wartete. Ihr Gesicht zeigte die Frage, ihre Herzlichkeit war staunenswert. – Daniel Taft, antwortete er also. Aber das wissen Sie doch längst. Aus den Zeitungsberichten, die Sie eben erwähnten. – Aber so ist es verdammt noch mal höflicher. Auf Wiedersehen, Taft.

In den anderthalb Stunden im Flugzeug bemühte sich Taft tatsächlich nicht, Veronika über das Bordtelefon zu erreichen, um etwas zu erklären. Er hielt das Ganze abwechselnd für einen Witz und ein Missverständnis, das nach seiner Ankunft in Paris, sofern überhaupt nötig, leicht genug aus der Welt zu räumen war. Sie würden sich, wie verabredet, am Pariser Flughafen Charles de Gaulle treffen. Von dort würden sie, weil Ticketpreis und Flugzeit günstig waren, bereits drei Stunden später ihren Nachtflug nach Amerika antreten und zwei Wochen durch Kalifornien reisen. Im Halbschlaf zwischen Sicherheitshinweisen und Getränkeservice sah er den Tennisball vor sich durch den Tunnel springen wie eine im Zeitraffer auf- und untergehende Sonne, die einprägsame Stimme – eine Mischung aus dramatischem Sopran und E-Gitarre – noch im Ohr. Nicht mit mir, mein Lieber, nicht mit mir! Dann dachte er Veronika dazu. Ja, sagte sie ins Telefon zu der Fremden, vielleicht stand sie in der Küche oder lag auf dem Sofa, die langen, tiefroten Haare über der Lehne, neben ihr der gepackte Koffer für die Ferien, es wird Sturm geben, wo genau, das kann man natürlich schlecht voraussagen bei derartigen Gewitterwelten über dem Kontinent. Aber Unwetter sind vorhergesagt. Eine schöne Phantasie: Worte der Beruhigung aus Veronikas Mund ... Flugzeuge sind stabil, sehen Sie, mein Mann ist auch in der Maschine, ich würde ihn doch nicht einsteigen lassen, wenn ich es für gefährlich hielte oder die Wetterprognose wirklich besorgniserregend wäre, meinen Sie nicht? Taft saß mit einem Glas neuseeländischem Grauburgunder in klimatisierter Flugzeugluft. Der Gewittersturm mit seinen stummen Blitzen und stammelnden Luftlöchern, dieser gramgefüllte Himmel konnte ihm nichts anhaben. Der Tennisball ... Dieser Auftritt im grauen Schlauch am Flugzeug – ein Witz! Wie sich die Frau ihren Gefühlen hingegeben hatte ohne Rücksicht auf ihn und sein Telefongespräch, ohne Beachtung von Mitreisenden und ohne Sorge, sich zum Gespött der hartgesotteneren Passagiere zu machen, die eine Schlechtwetterfront nicht fürchteten.

Was für ein bedauernswertes, ausgeliefertes Geschöpf! Machtlos gegen innere Gewalten, unfähig jeder Selbstkontrolle.

Später jedoch, als er am Flughafen vergeblich auf Veronika gewartet und schließlich, statt nach Kalifornien zu fliegen, beunruhigt nach Hause in die Rue de la Tour im Sechzehnten Arrondissement gefahren war, sah sich Taft dem Gefühl zum ersten Mal in seinem Leben ebenso bedingungslos ausgeliefert. Die wilde Entschlossenheit der Frau am Flughafen, da war sie wieder, in anderem Gewand, und sie hüllte ihn kalt ein. Eine Entschlossenheit, die er bis dahin für eine literarische, jedenfalls nicht wirklich mögliche gehalten hatte. Die Kommoden und Bücherregale zu Hause leer. Veronikas Kleiderschrank ausgeräumt. Nichts mehr von ihr im Bad, auf dem Schreibtisch, in der Diele. Die grauen Wolken rasten von draußen in jede Leerstelle seiner Wohnung wie Feuer an einer Zündschnur, unter den Türen hindurch, durchs Küchenfenster, hüllten ihn in Rauch und Nebel, nahmen ihm die Luft. Dabei hörte er die bestürzende Stimme wieder, ihren unverschämt vertraulichen Ton, ihre aggressive Unbeherrschtheit, den lichten Aufschrei der Angst: Sturm? Taft stand da, vor Veronikas Kleiderschrank. Lange. Fahl. Mit flauem Magen und sehr kalten Händen. Und während er die Dinge zu begreifen suchte, kam es ihm vor, als bewegten sich die Kleiderbügel noch.

Selbstmitleid

Mann auf Sofa. Ermattet. Unrasiert. Der Anfang des Alleinseins prosaisch, musikalisch untermalt von Tom Waits' *Invitation to the Blues.* Schmutziges Geschirr in der Spüle. Pizzakartons, möglichst schimmelnd, auf dem Fußboden. Leere Flaschen auf dem Tisch. Die Requisite eines resigniert blinkenden Anrufbeantworters, wenn Taft noch einen besessen hätte, aber kein Mensch besaß noch lexikongroße Anrufbeantworter mit Kassetten, die ihr Band verschlangen und, später wenigstens, zwei Tonspuren übereinanderlegten. Lexika hatte im Übrigen auch niemand mehr. Zwei Tage lang wollte er sich vormachen, es handele sich um Veronikas extreme Reaktion auf einen ersten Ehestreit. Doch er wusste es – eigentlich – von Anfang an besser. Sie hatten ja nicht mal gestritten. Ans Telefon ging sie nicht. Sie war nicht mehr erreichbar. Am dritten Tag brach Taft zusammen. Er konnte nicht sprechen, aß überhaupt nur etwas, weil ihm schlecht vor Hunger war. Er konnte sich kaum rühren, nichts denken, wollte nur Alkohol trinken, bis seine Sinne verglühten. In diesen zwei Wochen, seinen Urlaubswochen immerhin, nichts als unerträglicher Schmerz. Zwei Tage und Nächte lag er auf ihrer Seite des Bettes und hielt ihr Kopfkissen, weinte es nass, schluchzte, bis sein Kopf, sein ganzer Körper tyrannisch schmerzte. Er setzte sich vor ihren Kleiderschrank und suchte nach einer Spur, einer Nachricht, nach irgendwas. Er starrte auf die Handtücher im Badezimmer, stundenlang, als würden sie ihm letztlich sagen, welches Veronika zuletzt benutzt hatte. Seine Welt maßlos. Kein Gefühl mehr für Raum und Zeit, kein Halt mehr, nur das wabernde Nichts ihrer Abwesenheit. Taft sah sich in diesen ersten Wochen selbst zu, und was er sah, war ein Mann aus dem Vorabendprogramm, für den jeder wohlmeinende Freund einer zu viel war auf dem weiten Feld des Selbstmitleids. Das half immerhin ein wenig: sich selbstmitleidig zu nennen, die Verzweiflung herabzusetzen statt die objektive Grausamkeit seiner Situation anzuerkennen. Dieses Gefühl, ausgebootet worden zu sein. Die ihm widerfahrene Ungerechtigkeit wie selbstgebrannter Schnaps, der die Magenwände verätzt. Seine Sorge um Veronika gründlich. Die Schlaflosigkeit erschöpfend. Verzweiflung, Trotz und Zorn, kurzum: Kummer von einer Größenordnung, die das Denken eindimensioniert und schließlich lähmt. Selbstmitleid. Der Begriff suggerierte zumindest sein Dazutun, während er doch ohnmächtig war. ›Hingebungstoll‹. Später, in Deutschland, notierte Taft das Wort. Und schmiss die Karte sogleich in den Mülleimer. Was er nicht erwartet hatte, war Veronikas Allgegenwart, seine Unfähigkeit, auch nur den kleinsten Raum für andere Themen in sich zu finden. Bisweilen versetzte er sich wider besseres Wissen, geradezu mutwillig in Panik: Niemand hatte Kenntnis über ihren Verbleib. Sie konnte in Not sein. Gefangen. Tot. Keiner hatte eine Idee, wo sie sich aufhielt. Auch ihre Eltern nicht, die Schirmers, die – als er sie nach zwei Wochen informierte, ja informieren musste – nur die Nerven behielten, weil Veronika gepackt und sogar unwichtige Dinge mitgenommen hatte. Der Polizist bestätigte schließlich ihre und Tafts Schlussfolgerung mit sachtem Blick: dass auch Fotos, Medikamente und Bücher fehlten, deute auf eine sorgfältig vorbereitete Flucht hin. Nichts spräche für eine Entführung oder sonstige Straftat. Auch ein Kidnapping mit Hilfe von Drogen sähe in aller Regel anders aus. Ob es Eheprobleme gegeben habe? Vielleicht könne ein Privatdetektiv die Sache aufklären?

Flucht.

Veronikas Eltern hatten Taft lange angesehen. Ihr Vater Walter, Chirurg. Ein stiller, gehetzter Charakter, oft kühl, wobei eine latente Erbarmungslosigkeit seinem Beruf sicher zuträglich war. Und ihre Mutter Agnes, Gartenarchitektin. Selbstvergessen. Eine unzugängliche Dame mit fest umrissenen Vorstellungen von allen Dingen ihres Lebens und übrigens dem gleichen roten Haar wie Veronika. Beide hatten nicht gefragt. Sie hatten Taft lange angesehen und, so wenigstens war es ihm vorgekommen, sämtliche Begegnungen mit ihm Revue passieren lassen, als liege darin die Antwort auf die Frage, wovor ihre Tochter geflohen war. Sie waren besorgt, nicht ängstlich, vor allem aber wirkten sie nicht schockiert, was Taft kränkte. Wie er zu einem Privatdetektiv stehe, fragte sein Schwiegervater knapp.

Darüber muss ich nachdenken.

Ich verstehe. Aber wenn es ihre Entscheidung war – wozu ein Detektiv?

Dem war nichts entgegenzusetzen. Überdies: Die Vorstellung, einen Detektiv zu beschäftigen, gehörte in eine irreale Welt, den Poirot-, Marlowe-, Rockford-Kosmos, das war Kino. Taft rief immerhin Veronikas Steuerberaterin an, wenngleich er im Voraus wusste, wie unsinnig es war. Natürlich würde seine Frau keine nennenswerten Steuerschulden angesammelt oder sich sonst eines Delikts schuldig gemacht haben, das einer Flucht würdig wäre. Aber der Begriff – Flucht – beunruhigte Taft zutiefst. Bedrohung. Verfolgung, Geheimnis, Schuld. Möglicherweise hatte Veronika Feinde, von denen er nichts ahnte. Und wenn sie imstande war, so plötzlich zu verschwinden – warum sollte sie nicht ebenso fähig gewesen sein, neben dem Leben mit ihm ein anderes zu führen, nicht nur die Frau zu sein, die er zu kennen geglaubt hatte, sondern eine Betrügerin, Spielerin, Süchtige mit Schulden bei den falschen Leuten? Eine Prostituierte, der es gefiel, wenn jemand ihr Geld zusteckte, bevor sie sich auszog und vor ihm auf die Knie ging – irgendwo in einem verkommenen oder auch gar nicht verkommenen Hotelzimmer. Möglicherweise fürchtete sie die Eifersucht eines

Freiers, eines Perversen, der sich nicht mehr an die Spielregeln hielt. Vielleicht arbeitete sie auch für den Geheimdienst, irgendjemand musste das ja machen. Und die Zahnklinik nur bürgerliche Tarnung? Taft überlegte und recherchierte in alle Richtungen, in Zeitungen, im Internet: Hatte es einen Unfall mit Fahrerflucht gegeben, einen Überfall irgendwo? Unzählige waren schon in Situationen geraten, die sie unschuldig zur Flucht getrieben hatten. Er fand nichts. Und glaubte es auch nicht. Welche Möglichkeiten er auch durchdachte: Veronika hatte kein abgeschmacktes Zweitleben geführt. Sie hatte einen Grund gehabt, ihn zu verlassen. Einen sehr guten Grund, den er erfahren würde. Eines Tages.

Niemand hörte von ihr. Der mit Veronikas Fall betraute Beamte meldete, dass eine Ausreise aus Frankreich nicht bekannt sei, aber das hieße natürlich nichts: Wir leben in Europa. Ihre Frau kann sich, wenn sie will, in Luft auflösen. Solange sie keine Straftat begangen hat, die sie auf die Fahndungslisten von Europol setzt, ist es die Suche nach der Stecknadel im Heuhaufen. Sie könnte unbemerkt überall hingereist und von dort aus weitergeflogen sein. Sie könnte auch ein Privatflugzeug genommen haben. Es gibt zu viele Möglichkeiten, Monsieur Taft. Einfach zu viele Möglichkeiten. Denken Sie nach: Wirkte sie verändert? Hat sie jemanden kennengelernt, von neuen Bekannten gesprochen? Ist Ihnen etwas aufgefallen? Taft grübelte über diese Möglichkeiten und auch über die Würde der Flucht. Immer wieder ließ er das Telefonat

Revue passieren, seinen Inhalt, den Klang ihrer Stimme, den plötzlichen Stimmungswandel, sofern es ihn gegeben hatte ... Wieder und wieder kam er zum selben Ergebnis: Sie musste vorher gepackt haben. Während der kurzen Zeit seiner Reise von Berlin nach Paris konnte das derart gründlich kaum erledigt worden sein. Doch welcher Umstand war, abgesehen von denen, die er verworfen hatte, in diesen Tagen im demokratischen, meinungsfreien, rechtsstaatlichen Teil Europas eine Flucht wert? War Bleiben oder Flüchten tapferer? Und in Veronikas Fall: Ging es um Tapferkeit oder Mut? Was genau hätte Tapferkeit oder Mut im Zusammenleben mit ihm erfordert? Denn davon musste er ja wohl ausgehen: dass ihre Flucht wesentlich, wenn nicht allein mit ihm zu tun hatte. Von ihm war sie fortgegangen. Vor ihm war sie geflüchtet.

Er fragte jeden: Kollegen. Bekannte und Freunde. Ärzte. Zu verlieren hatte er nichts mehr. Ihre Freundin Julie, die derart überrascht war, Taft vor ihrer Wohnungstür zu sehen, dass kein Zweifel an ihrer Unwissenheit bestand. Veronikas Chef, Gabriel Montard, der die internationale Zahnklinik an der Rue Chernoviz leitete: ratlos. Ihre Hausärztin Nathalie Mercier. Monsieur Caesar vom arabischen Supermarkt an der Straßenecke zur Rue Mignard: erschrocken. Madame Chappe von der Reinigung, die ihm ein Cocktailkleid in die Hand drückte und sechs Euro verlangte: gelassen. Sie reichte ihm Veronikas puderfarbenes Seidenkleid mit dem gerafften Ausschnitt in einer durchsichtigen Plastikfolie. Der Geruch des Stoffes darin neutral. Bereinigt. Taft konnte sich nicht erinnern, wann sie es zuletzt getragen hatte. Niemand, selbstredend auch nicht Madame Chappe oder Monsieur Caesar, wäre auf die Idee gekommen, dass Veronika nicht mit ihrem Ehemann Ferien machte oder arbeitete und ihr Leben lebte wie immer. Die fragenden Gesichter seiner Gesprächspartner eine demütigende Angelegenheit. Taft entblößt, beäugt, bemitleidet. Was (*pour l'amour de Dieu!*) hatte er mit Veronika angestellt, dass sich diese liebenswerte, höfliche, selbstbewusste Frau zu diesem Schritt gezwungen sah? Erst nach und nach wurde ihm bewusst, dass es weitaus schlimmer hätte kommen können: Er verdankte es seiner Geschäftsreise, den Aussagen sämtlicher Nachbarn und Freunde sowie der Loyalität seiner Schwiegereltern, dass er nicht ins Zwielicht geriet und auf einer Polizeiwache Rede und Antwort stehen musste. Einem einzigen Anruf von Veronika bei ihrer Mutter verdankte er schließlich, dass er das Vertrauen seiner Schwiegereltern auch behielt: Es geht mir gut, versicherte Veronika. Ihr müsst das verstehen ... Alles hat sich geändert. Daniel kann nichts dafür, wirklich nicht, Daniel kann nichts dafür. –

Ich weiß nicht, was ich sagen soll, Daniel, fügte seine Schwiegermutter Agnes hinzu. Das hat sie gesagt. Mehr nicht. Ich konnte auch nichts fragen, sie hat das Gespräch sofort beendet, nachdem sie mir mitgeteilt hat, was sie mitteilen wollte. Es tut mir leid. Es tut mir wirklich leid.

Taft legte auf und schrie. Er schrie ins Sofakissen, dass es heiß und nass wurde von seinem Atem. Er schrie und schlug darauf ein, dass es sich lächerlich krümmte. Wie lange, wusste er später nicht mehr. Nur, dass er es letztlich aus dem Fenster warf und glaubte, danach nie wieder etwas tun zu können.

Erst Wochen nach diesem Anruf brachte Taft die Kraft auf, seine Situation zu verändern. Er beantragte ein freies Jahr bei *Sandhurst Real Estate* und ließ sich darauf ein, nicht wieder in derselben Position einsteigen zu können. Seine mangelhafte Konzentration ließ anderes auch nicht mehr zu: Der Schmerz machte ihn paranoid. Er fühlte sich beobachtet, bildete sich ein, Veronikas Anwesenheit zu spüren, dann stürzte er zum Fenster, aus der Tür, suchte nach ihr wie ein Getriebener, ein halluzinierender Geisteskranker, um festzustellen, dass er einer ahnungslosen Passantin hinterhergejagt war. In manchen Nächten löschte er alle Lichter in seinem Appartement, setzte sich ans Fenster und suchte mit einem Fernglas die gegenüberliegenden Wohnungen ab, als ob Veronika in einer davon wohnte. In seinem Zustand konnte er nicht mehr gewissenhaft arbeiten. Die Wohnung in Paris vermietete er möbliert an ein frisch vermähltes Paar und wünschte ihnen Glück; offenbar brauchte man weit mehr davon, als er ohnehin schon angenommen hatte. Und dann zog Taft an einem nasskalten, grauen Novembertag in Veronikas deutsche Heimatstadt. Eine einstige Römersiedlung am Rhein mit gewaltiger Kathedrale und von Schlaglöchern invaliden Straßen. Vom Krieg zerstört und ohne Ambitionen wieder aufgebaut, hier und da Zeugnisse alten Glanzes, oft lieblos zugebaut. Eine Stadt, der man auch in den prosperierenden Jahren des Landes architektonische Nackenschläge nicht erspart hatte und in der über die Jahrzehnte etliche bauliche Experimente gewagt wurden, sodass das Ensemble dem graubraunen Klumpen einer missglückten Töpferarbeit glich. Wenn Veronika zurückkehrte, dann würde sie zunächst an diesen eigensinnigen Ort zurückkehren, dessen war sich Daniel Taft sicher. Sie würde ihre Heimatstadt wählen, die sie, jeweils aus denselben Gründen, verabscheute und liebte. Und so mietete Taft die Wohnung und das Ladenlokal in der Alten Straße. Wartete. Machte von sich reden.

Theorie.

Er hatte es nicht für möglich gehalten, dass sich derart viele Menschen für das schlichte Geschäftskonzept interessieren würden, das ihm zufällig eingefallen war und das er ohne besondere Passion umgesetzt hatte. Beim Packen hatte er die Zettel wahrgenommen, die er seit Veronikas Auszug beschmiert hatte. Grüngraue Zettel von ihrem umweltfreundlichen Abreißblock neben dem Telefon. Überall in der Wohnung lagen sie herum: Gedächtnisstützen. Theorien. Zornige Kritzeleien. Und wenn man solche Zettel nun verkaufen würde? Den Gedanken teilen würde? Taft fühlte sich keineswegs berufen, Händler zu sein. Eine Mission hatte er schon gar nicht. Trotzdem oder vielleicht gerade deswegen läutete an manchen Tagen unablässig die Türglocke – vom Vormieter, dem Schuster, mit einem verbogenen Messingstab angeschraubt. Gleichgültig ließen Taft die *Theorie*-Besucher, die seinen Laden lobten und anerkennend über die Ideenkarten nickten. Ah, ›Augenscheinwelt‹! Oh, ›Skrupel‹! Oder:

›Schwurkraft‹, wie interessant! Bedauern empfand er mit jenen, die gar nichts suchten, die sich glücklich erklärten und zu verstehen gaben, zu ihrer Erfüllung nichts zu benötigen – schon gar kein Thema. Zufrieden stimmten ihn die, die sich leise durch die Karten arbeiteten, irgendwann eine von Wand oder Decke pflückten und kopfüber auf den Tresen legten. Er sah nie nach, welche sie gewählt hatten, drehte die Karten nie um. Da alle Ideenkarten denselben Preis hatten, bestand auch keine Veranlassung zur Indiskretion. Taft musste nicht einmal befürchten, sich zu wiederholen. Er wusste, welche Worte er verbraucht hatte. Die Liste bewahrte er in der Schublade des Schustertresens auf. Neue Wörter fand er ohne Mühe in den Gedankenfetzen, die durch seinen Kopf flirrten, hier auftauchten, dort länger verweilten, ab und zu zurückschossen. Ihn trafen.

Das Gros der *Theorie*-Kunden sah sich gezwungen zu reden. Ein kurzer Blick – erwartungsvoll – auf Taft. In sein von Natur aus freundliches, aufgeschlossenes Gesicht. Sie beobachteten, wie er ihnen einen Kaffee zubereitete und die Tasse, mit Keks, Löffel und Zucker auf der Untertasse, für sie auf den Tresen schob. Dann plapperten die Menschen eilfertig, als müssten sie ihr Kommen rechtfertigen, darlegen, wonach sie suchten oder wer sie geschickt hatte. Sie sprachen mit Taft wie mit einem Freund, den sie nicht kannten, weil sie meinten, *Theorie* zu verstehen. Als verrate die Idee des Ladens alles über ihn. Als kennten sie ihn, weil er dieses Geschäft eröffnet hatte, einen Laden, der »die Individualität zum Maßstab erhob« (er verabscheute die Formulierung, die ein Hochglanz-Magazin für *Theorie* gewählt hatte). Als läge ihm daran! Doch wenn jemand einen solchen Laden erfand, glaubten die Leute, dann verriet es ihn und seine Vorstellungen vom Leben, den Ursprung seiner Ideen. Es schien ihnen, als offenbare das Geschäft Tafts eigene Suche. Von der aber hatten seine Kunden und Besucher keine Ahnung. Daniel Taft suchte nicht nach seinem Thema. Schon lange nicht mehr. Er drehte sich nicht um seine Achse, rang auch nicht mehr um die verlorene Orientierung. Er hatte sich der Fahrigkeit seiner Gedanken ergeben und wollte darin nur eines finden: *ihr* Thema. Veronikas.

Noch in Paris, in den schlimmsten Tagen, hatte er sich vorgenommen, ihre Gesichtszüge und den Klang ihrer Stimme nicht zu vergessen. Er wollte auf keinen Fall, dass ihm seine Frau bei einem Wiedersehen fremder erscheinen würde als bei ihrer letzten Begegnung in der gemeinsamen Wohnung in Paris. Kurz vor seiner dreitägigen Reise nach Deutschland war das gewesen. Unter anderem hatte er in Potsdam nach der Sieben-Millionen-Villa eines amerikanischen Filmproduzenten am Griebnitzsee sehen müssen. Der Mann, dessen Eltern den Nationalsozialisten nur knapp entkommen waren, hatte das Anwesen Anfang der 2000er-Jahre aus Sentimentalität gekauft und aufwendig saniert, sehr zum Ärger der vorher dort einquartierten DDR-, dann bundesrepublikanischen Kindertagesstätte, deren kleine Kunden das prachtvolle Gebäude gründlich verwohnt hatten. Nur vier Mal war der neue Eigentümer seither dort gewesen, vermieten wollte er den Palast nicht. Sogar das hatte Taft erwogen: dass Veronikas Weggang mit dieser Reise zu tun hatte. Dass sie genug hatte von seinen Diensten für gedankenlose Reiche, von seiner Arbeit, die sie für wenig sinnstiftend hielt, wenn sie auch wusste, dass sie für Taft lediglich das Sprungbrett in die Führungsetage des Mutterkonzerns *Sandhurst Trust* darstellte.

War sie anders gewesen an jenem Morgen? Hätte er an ihrem Verhalten erkennen können, dass sie den Hausstand in Kartons packen würde, sobald er im Taxi saß? Er sah sie vor sich in ihrem weißen Frottee-Bademantel, die mahagoniroten Haare nass über den Schultern, die Augen noch ohne Lidstrich, den sie jeden Morgen vor einem Vergrößerungsspiegel exakt zog, noch ohne schwarze Tusche, die sie mit hastigen Schwüngen auf die Wimpern auftrug. Alles nackt, unverfälscht, wohlriechend. Sex zum Abschied in der Diele, an die Wohnungstür gelehnt. Ihre Gänsehaut unter seinen Händen. Sein Mund auf ihrem Rücken, ihrem Nacken, ihre Arme fest gegen die Tür gestemmt. Alles unverbraucht, sorglos, aufregend.

Du wirst doch nicht etwa alt?, hatte sie ihn gefragt, als er sich wieder anzog.

Ich werde das Flugzeug verpassen.

Es gibt viele Flüge nach Berlin, Daniel, komm schon.

Sie küsste ihn, knöpfte sein Hemd wieder auf, fuhr mit ihrem Zeigefinger von seinem Hals hinunter zu seinem Gürtel, öffnete die Schnalle und schob ihre Hand in seine Hose. Nur einmal? Sei nicht albern!

In den ersten Tagen nach der Rückkehr aus der deutschen Hauptstadt hatte sich Taft seine Frau so gut eingeprägt, wie man sich einen Menschen außer Sichtweite einprägen kann. Diesen Abschied an der Wohnungstür im dritten Stock der Rue de la Tour 123. Ihre Perlmutthaut mit den Sommersprossen. Ihr gleichmäßiges Atmen und ihren leicht herben Tonfall. Ihr rundes Gesicht mit dem grundskeptischen Ausdruck, ihre grüngrauen Augen mit dem betörenden Lidschlag, ihren Mund, Ober- und Unterlippe gleich voluminös, gleich weich, ihren Duft, Jasmin und Rose in der Herznote. Sich auf sie zu konzentrieren nahm ihn vollauf in Anspruch. Nur deswegen hatte er zunächst so wenig Ablenkung wie möglich gewollt.

Höchstens den Laden in ihrer Heimatstadt. Sonst nichts. Jede Minute für Veronika. Jeder Atemzug für sie. Jedoch musste Taft bald schon feststellen, dass ihn die vielen Stunden veränderten, in denen er kein Wort an jemanden richtete. Seine mit weißen Sperrholzmöbeln wenig behaglich eingerichtete Behausung betäubte ihn zusätzlich. Zunehmend schwer von Begriff, starrte er Menschen an. Hörte, was sie sprachen. Verstand durchaus, was sie meinten. Doch er war nicht in der Lage, ihnen zu antworten oder überhaupt sein jeweiliges Gegenüber und dessen Worte in Zusammenhang zu bringen. Er verwarf Gesichter, vergaß sie, sobald sie aus seinem Blickfeld vor der Kasse verschwunden waren. Dies aber war nicht im Interesse seiner Sache: dass Veronika eines Tages zurückkam und in ihm einen anderen Mann, einen verblödeten Ignoranten vorfinden würde.

I WAS DOING ALL RIGHT. Anfang April, der Frühling meinte es gut, und immerhin: Taft hatte den Winter überstanden. Einen Monat nach ihrem ersten Besuch stand Olivia Schattseit wieder im Laden: Erinnern Sie sich an mich? – Er sah auf. Die blonden Haare kürzer als bei ihrem ersten Besuch, genauso zerzaust. Ihr Gesicht darunter so auffallend offen und zarthäutig, wie er es beim ersten Mal gefunden hatte, unvoreingenommenes Lächeln, tiefe Grübchen in den Wangen. Olivia Schattseit, nannte sie ihren Namen. Nur für den Fall, dass Sie es vergessen haben ... – Er hatte es nicht vergessen. Sie erwartete keine Antwort, arbeitete sich sogleich durch seine Karten, ohne ihn weiter zu beachten. Diesmal nicht in Armeehosen, sondern in einem hübschen blaugrünen Kleid mit Taillengürtel. An ihrem linken Handgelenk eine schwere, stabile Herrenuhr, in ihrer Rechten eine hellbraune Ledertasche mit goldenem Verschluss, an ihren Füßen sandfarbene Turnschuhe. Sie registrierte jede neue Ideenkarte, er beobachtete ihr Lesen und Prüfen. Musik in seinem Kopf. Musik, die Olivia auflegte. *I was doing all right*. Warum dachte er einen Song, in dem es *w-a-s doing all right* hieß? Jim Hall. Dexter Gordon. Stan Getz. Olivia veränderte den Raum, als gebe sie ihm eine andere Farbe. Zwei Kartenwände seines Geschäfts hatte sie studiert, als sie sich zu ihm drehte: *Theorie* ist immer noch erfolgreich, stellte sie fest, das freut mich! Und es gibt viele neue, interessante Begriffe. Ich vermisse trotzdem ein paar wichtige. Zum Beispiel ›Europa‹. Wie wäre es damit? Was halten Sie davon? – Taft zog eine Augenbraue hoch: Nicht viel, entgegnete er. Europa ist alles und nichts. Es klingt, verzeihen Sie, irgendwie naiv. – Ach, Taft, antwortete sie und zog ein Gesicht, dass er ihre Grübchen sehen konnte. Sie reagieren wie die meisten: leben mittendrin in Europa, haben aber keinen Bezug dazu. Finden Europa irgendwie gut, reisen umher, haben aber keine Lust, sich auch nur ein bisschen mit den historischen Gesetzmäßigkeiten und Notwendigkeiten zu beschäftigen ... Olivia holte kaum Luft und arbeitete sich für ihn ab: Die Referenden in Frankreich und den Niederlanden damals, vor Jahren, waren eine Katastrophe. Die Planlosigkeit jetzt ... Oder sagen wir: Die Fehlgewichtung der Themen jetzt könnte zur Bankrotterklärung werden. Ich finde, das ist eine wichtige Angelegenheit, zu der man die eine oder andere Idee gebrauchen könnte ... Aber wenn ich Ihre Karten so ansehe ... Jetzt atmete sie tief: Sie interessieren sich nicht für Politik, richtig? – Überhaupt nicht. – Dann wären Sie kein Mann für mich. – Ich hatte nicht vor zu kandidieren. – Und ich bin nicht auf der Suche. Olivias Blick belustigt. Nach einer kurzen Pause bekannte sie: Aber wie können Sie sich nicht für Politik interessieren, wenn Sie einen Laden haben, der Ideen verkauft? Das ist

geradezu, na ja, fast unanständig! – Sie, Olivia, könnten jedenfalls nie in einem Staat leben, in dem es Probleme mit der Meinungsfreiheit gibt, das steht fest. Taft musste lachen. –
Olivia Schattseit wurde ein bisschen rot: Ich werde nicht schlau aus Ihnen, Taft, das ist es. Das war bei meinem ersten Besuch nicht anders, darum rede ich so viel. Sehen Sie, mir erscheint es folgendermaßen: Sie machen einen Laden auf, der interessant ist, aber Sie selbst haben überhaupt kein Interesse daran. Sie begegnen den ganzen Tag Menschen mit unterschiedlichsten Leidenschaften und Begehren, aber Sie selbst bringen nicht einmal Leidenschaft für Ihr eigenes Projekt auf. Sie offerieren Themen, möchten aber über nichts und schon gar kein Thema sprechen. – Ach, Schattseit, imitierte er sie. Seufzte, wie sie zuvor ihn beseufzt hatte. Sie reagieren wie die meisten Leute: Fast alle meine Kunden wissen besser als ich, wer ich bin und was ich will, wissen ganz genau, warum ich diesen Laden eröffnet habe und was ich damit bezwecke. – Mein Vater möchte Sie kennenlernen, war ihre Antwort. – Das brachte Taft aus dem Takt, mehr, als er es ohnehin schon war. Das Gespräch mit ihr sein erster vernünftiger Dialog seit Monaten, wobei er gedanklich gleichermaßen anwesend und abwesend war, immerhin: Das war ein Fortschritt. Allerdings schweifte seine Vorstellung immer wieder ab zu ihrem Hintergrund. Wie sie wohnte, was sie machte, wo sie herkam. Olivia Schattseits Anwesenheit irritierte ihn, ohne dass er eine Erklärung dafür fand: Er war nicht interessiert,

so wenig auf der Suche wie sie, zu angeschlagen für Ablenkung dieser Art. Aber Olivia machte ihn aufmerksam. Die Nachdrücklichkeit ihres Wesens war schwer zu deuten. – Mein Vater, fuhr sie fort, würde gern wissen, also von Ihnen persönlich hören, warum Sie diesen Laden eröffnet haben und was Sie damit bezwecken. – Außerordentlich freundlich, dieses Interesse.
– Wie kommt es eigentlich, dass Sie heute derart gesprächig sind, Taft? Bei meinem letzten Besuch haben Sie kaum mit der Wimper gezuckt. – Ich habe mich davon erholt, gab er zurück, denn das war nichts als die Wahrheit. – Sie sind ein Brite mit einer deutschen Mutter, der in Frankreich studiert und gearbeitet hat, für ein internationales Unternehmen, für das Sie quer durch Europa gereist sind. Das stand zumindest in dem Artikel im Handelsmagazin, den ich über Sie gelesen habe. Es lag im Flugzeug aus. Bei einer solchen Biographie: Wie können Sie sich da nicht für Europa interessieren? – Ich habe nie gesagt, dass ich mich nicht für Europa interessiere, das waren Sie. Ich habe nur bejaht, dass ich mich nicht für Politik interessiere. Das ist ein Unterschied. – Das ist kein Unterschied, Unsinn! Sie können sich nicht für Europa interessieren und dabei desinteressiert sein an der Politik dieser ganzen wilden Horde von Ländern und Menschen und Ideen und Lebensentwürfen und Verfassungen, an dieser inhomogenen Truppe, die ein Verein sein will. – Will sie das denn tatsächlich?, fragte Taft. Erklären Menschen allen Ernstes: Ich will Europäer sein, Mitglied dieser – wie haben Sie es genannt –

ganzen wilden, inhomogenen Horde? Ich nehme an, die meisten freuen sich, dass in weiten Teilen Frieden herrscht, dass sie problemlos reisen können, aber das war's dann auch. Es will sich doch im Ernst keiner damit beschäftigen, ob der Präsident des Europäischen Parlaments vierzehn Stellvertreter braucht oder achtundzwanzig Volkskommissare über die Leuchtmittel in europäischen Lampenkörpern oder die medizinisch vernünftige Kaudauer von Kaugummis befinden. – So!, packte sie die Gelegenheit beim Schopf. Wieder ihr Lächeln: Sie interessieren sich also nicht für Politik? Erstaunlich! – Ziehen Sie keine falschen Schlüsse aus den Zahlen, Schattseit. Sie stehen in etlichen Zeitungsartikeln zum Bürokratiewahnsinn Europas. – Die Bürokratie ist beim Meckern über die EU das, was beim Meckern über die Kirche die Kondome sind: ein wunder Punkt, auf den sich alle stürzen, der aber mit der Sache selbst eigentlich wenig zu tun hat. Ich glaube im Übrigen nicht, dass die Leute tatsächlich so desinteressiert sind. – Taft musste lachen. Das mit den Kondomen gefällt mir, sagte er. Man stelle sich vor: das Kondom als Rettungsschirm ... Jedenfalls halte ich das Volk nicht für desinteressiert oder zu dumm. Im Gegenteil glaube ich, dass das Volk, was Europa angeht, viel besser weiß, was möglich, was realisierbar, was wirklich wichtig ist als die Politiker. Und um bei Ihrem Bild zu bleiben: Am Ende sind es die Kondome, um die es geht, die Leuchtmittel und Kaugummis in Europa. Die Lebenswirklichkeit, mit der sich die Bürger besser auskennen als die Politiker –

und ja, ich unterscheide zwischen beiden gerade bewusst. Also: Wieso genau möchte Ihr Vater mich kennenlernen?
– Ich habe ihm von Ihrem Laden erzählt und er hält Sie für einen komischen Kauz. Er geht nicht viel unter Leute, er wird nicht gern gelangweilt. Möglicherweise verspricht er sich von Ihnen einen Moment der Unterhaltung ... Taft sah Olivia eine Weile an. Sie blickte zurück, ihre Augen azurblau jetzt, bestechend, der Blick sympathisch, ruhig, konzentriert. Ich sag Ihnen was, Olivia: Sie schreiben ›Europa‹ auf eine Karte. Ich wette, sie bleibt mindestens zwei Wochen hängen und kein Mensch interessiert sich dafür. Was sagen Sie? – Ich gehe davon aus, dass sie nach einer Woche verkauft ist, antwortete Olivia ohne Zögern. Um was wetten wir? – Um den Besuch bei Ihrem Vater. – Einverstanden! Dazu lächelte Olivia Schattseit überrascht und schön und fast ein wenig geheimnisvoll. Sie reichten sich die Hände, ihre war stärker, als er gedacht hatte. Taft gab ihr Stift und Karte. Sie schrieb. Elegante, geradlinige Majuskeln. Und damit war seine Ruhe dahin. Er wusste es. Stan Getz hatte recht. He *was* doing all right.

Taft hatte nicht erwartet, dass ihm die Welt derart schnell fremd würde, dass die Entscheidung, ihr fernzubleiben, nicht nur Distanz schuf, sondern gleichsam Unsicherheit in den Schrittfolgen des Alltags nach sich zog. Er funktionierte kaum mehr, hatte sich selbst verlernt. Doch einmal entschlossen, kein verblödeter Ignorant zu werden, begann er behutsam, sich wieder einzufädeln. Gegen Ostern. Mit kleinen Notwendigkeiten. Besuchen der Gaststätte am Ende der Alten Straße etwa, die *Tütensuppe* hieß und von hausgemachtem Erbsen- über Linsen- bis hin zu Kartoffeleintopf alles Dickflüssige servierte. Die Wirtin, Rosalinde, war alterslos, recht korpulent und trug Röcke und Kleider im Stil der 1970er-Jahre, was an ihr eigenartigerweise schick und zeitlos aussah. Sie war ein warmherziges, unbefangenes Geschöpf mit einer Nase für gute Weine, sodass sich Taft bald auf ihre Empfehlungen verließ. Im Tessin hatte sie einen weißen Merlot aufgetan, der ihm besonders gefiel, und nach seinem dritten Besuch stellte Rosalinde, wann immer er kam, zur Begrüßung ungefragt ein Glas davon auf seinen Tisch. In diesen Augenblicken fühlte er sich beinahe beheimatet in der Alten Straße. Es war nicht die Vertraulichkeit der Geste, dem wiederkehrenden Gast sein Getränk zu kredenzen, es war auch nicht der Anblick Rosalindes, die er insgeheim seine Teutonin nannte. Es war das Zusammenspiel des fruchtigen Weinaromas mit dem salzigen Eintopf und die Anschmiegsamkeit der Lärchenholztischplatte unter seinen Fingern, die allabendlich mit Schmierseifenlauge blankgescheuert wurde. All das eine wunderliche, einzigartige Kombination, ungekannt, tröstlich; ein Kontrapunkt in seinem Leben, der nichts mit den Restaurants zu tun hatte, die Veronika zu Hause in Paris oder auf ihren Reisen ausgewählt hatte.

Mitte April, auf Verkehrsinseln und Grünstreifen erste Maiglöckchen, Iris und Azaleen, wagte sich Taft dann auch in einige Museen. Er zwang sich, die Dinge nicht mit Veronikas Augen zu sehen, verfluchte sich, wenn er, was immer wieder vorkam, ihre Anwesenheit zu wittern, ihre Augen auf sich glaubte, wenn er dann reflexartig den Kopf herumwarf und nach ihr suchte. Erfolglos natürlich. Entwürdigend. Er ging am Fluss spazieren, der vielmehr ein Strom war, ein breiter, stattlicher Metropolenstrom von beeindruckender Schnelligkeit und Gefahr, eine braune Schneise durch die Stadthälften, die mit sieben Brücken zusammengenäht waren. Er durchwanderte Parkanlagen, die wie ein Gürtel um die Stadt lagen. Beachtlich. Weit. Er beobachtete Fahrradfahrer, Jogger, Hundebesitzer, die, eine Karikatur ihrer selbst, mit ihren Tieren sprachen, als erwarteten sie Antwort. Er saß auf Parkbänken, atmete ein und aus, schloss die Augen und hörte der Stadt zu – Autos, Straßenbahnen, Vogelgezwitscher, Stimmen, Wind und Schritte –, freute sich über den Duft von Grün und erstem Flieder und rechtfertigte seine Ausflüge wie zuvor die Restaurantbesuche damit, dass es um Veronikas willen wichtig war, bei Kräften und bei der Sache zu bleiben, dass er nicht ewig Konserven essen konnte, seinen Kopf trainieren, ab und zu an die frische Luft musste. Es ließ sich nicht vermeiden, bei diesen Unternehmungen mit anderen Menschen in Kontakt zu kommen. Trotzdem hatte er den Eindruck, Verrat an Veronika zu begehen, wenn er anderen Dingen seine Zeit schenkte, etwa in einem Lokal von einer Speisekarte auswählte, mit einer Gastwirtin über Weine plauderte oder das Wetter schön fand, aufs Rad stieg und zum Museum fuhr.

Verrat.

Irgendwann war sich Taft nicht mehr im Klaren darüber, wer wen verraten hatte. Veronika ihn. Oder er sie mit jedem weiteren Tag, den er ungebeten in ihrer Heimat, in ihrem Revier, auf ihren Spuren verbrachte. Er wollte sich weder für das eine noch das andere entscheiden. Denn nur auf diese Weise konnte er der bleiben, der er in den zurückliegenden Wochen geworden war: ein dreißigjähriger, einsamer Mann, der seine Frau zur Flucht getrieben und seine Karriere verspielt hatte, der seine Frau vielleicht sogar – schrecklichster aller Gedanken – an einen anderen Mann verloren hatte. Und zwar an einen ganz anderen Typ Mann. Keinen Taft, keinen Hausmeister, keinen Atheisten und Nichtswisser, keinen fraglos Liebenden. Dabei hatte er sich nichts vorzuwerfen, soweit er es überblicken konnte. Er hatte nichts getan, das unredlich oder unverzeihlich oder unaufmerksam gewesen war. Nichts, das ihre Flucht begreiflich machte. Doch egal, was sie von ihm weggebracht hatte: Wenn sie zurückkam, würde sie keinen anderen als ihn wiederfinden. Daniel Taft. Ihn, wie er gewesen war, bevor sie ihn hatte sitzen lassen. Ihn. Keinen verblödeten Ignoranten. Also war er gezwungen, zu einem gewissen Grad von Normalität zurückzukehren. Er musste sich in Bezug zur Welt verhalten, um derselbe zu bleiben, sein Gehirn beschäftigen, seine Stimmbänder nutzen, eine Unterhaltung führen, seine Wohnung verlassen, seine Muskeln bewegen, um derselbe zu bleiben. Eintopf essen. Merlot trinken. Im Park sitzen.

Alles Demokraten

Der Besuch des Bürgermeisters im *Theorie*-Laden kam für Daniel Taft überraschend. Da er keine Lokalzeitung abonniert und auch keinen Fernsehapparat hatte, wusste er nicht, wer vor ihm stand. Er registrierte die Anstecknadel mit dem Stadtwappen, die der Mann in Herzhöhe an seinem dunkelblauen Sakko befestigt hatte, das sich über seinem Oberkörper ein wenig wölbte. Darunter ein blauweiß gestreiftes Hemd, auf Bauchhöhe die Initialen RH eingestickt, was Taft sogleich verdeutlichte, wes Geistes Kind er war. Auch bemerkte Taft den Chauffeur, der direkt vor seiner Ladentür im Halteverbot geparkt hatte, nun neben dem Auto stand und seinen Chef im Laden beobachtete. Dass der Besuch des Herrn Helle mit zurückgekämmtem grauschwarzem Haar, graublauen Kulleraugen und roter Lesebrille auf der Nasenspitze offizieller Natur war – auf diese Idee wäre Taft nicht gekommen. Herr Taft, begann Ralf Helle das Gespräch, was Sie hier machen, ich muss schon sagen: Das gefällt den Leuten! Sie füllen eine Lücke, so muss man es wohl nennen, ja, Sie füllen eine Lücke. – ›Füllen‹ klang, als hätte Herr Helle zum Frühstück viel

Alkohol gehabt. Ein üppiges Füllen mit viel Mittelklang. – Sehen Sie, fuhr er fort, man kommt in unserer Stadt um *Theorie* gar nicht mehr herum. Den Menschen gefällt es nicht nur, sie sind begeistert, sie sind ganz aus dem Häuschen, egal, wen man fragt. Genau so was hat gefehlt. So eine Idee muss man erst einmal haben. Wir, also meine Parteikollegen und ich, wir hatten sie jedenfalls nicht, aber Sie. Deshalb bin ich hier, Herr Taft: Sie wissen, was die Menschen brauchen, was sie suchen. Sie haben den Nerv getroffen und können die Lücke in den Herzen der Menschen füllen ... – Taft versuchte, sich nicht auf die Intonation zu konzentrieren. – Wir im Rat, fuhr Helle fort, wir liefern nicht den passenden Inhalt. Sie verstehen, was ich meine. – Taft verstand nichts, schwieg aber, was Helle nicht zu irritieren schien. Der Mann hatte sich in Form geredet und sprach weiter, dabei legte er ab und zu seine Hand auf den Pin an seinem Jackett. Seine Finger waren gepflegt. Sie haben Talent, Herr Taft, das muss man Ihnen lassen, ganz außerordentliches, sicher wollen Sie hoch hinaus. Und wir dürfen doch davon ausgehen, dass Sie nicht der Zufall hierhergeführt hat: Sie haben diese Stadt ausgesucht, weil Sie hier etwas bewegen möchten. Ich will ganz direkt fragen: Haben Sie schon mal darüber nachgedacht, in die Politik zu gehen? – Worauf Taft fragte: Wer sind Sie?

Die übliche Laufbahn in der Politik sei ein mühevoller Weg durch verschiedene Ämter und Instanzen, hörte Taft sodann von Helle, einem der vier Stellvertreter des Oberbürgermeisters. Es beginne in der Kommunalpolitik, in einem Wahlkreis, in dem es gelte, sich beliebt zu machen. Darf ich fragen, wo Sie wohnen? – In der Nähe, gab Taft Auskunft. Er sah keine Veranlassung, Helle zu erklären, dass er die Wohnung über dem Laden bewohnte. – Wunderbar! Hier fehlt uns sowieso einer, in dem Gebiet! Jedenfalls: Haben Sie erst einmal einen Wahlkreis, müssen Sie sich theoretisch gegen mögliche Gegenkandidaten aus der eigenen Partei sowie natürlich gegen die andere Seite durchboxen. Herr Helle ballte die Fäuste, machte kleine Lufthiebe nach rechts und links und blinzelte Taft zu. Ihre Mühe wird dann mit einem Sitz im Stadtrat belohnt, und hier wiederum gilt es, sich geschmeidig nach allen Seiten und charismatisch und durchsetzungsfähig innerhalb der eigenen Fraktion zu zeigen, verstehen Sie? Sie müssen geschmeidig sein, der Wähler ist König ... Er kam Taft jetzt mit seinem Gesicht nahe und lachte über seine eigene Bemerkung. Nicht mehr der Kunde, dann ist der Wähler König, Sie verstehen? Sie müssen sich einsetzen für die Leute. Wenn Sie das schaffen, kann ein Mandat für den Bundestag winken. Ich sage es mal so: Wenn Sie in den richtigen Arbeitskreisen, in den wichtigen Fachausschüssen sitzen, denn hier werden die Weichen für alle Entscheidungen gestellt, wenn Sie ordentlich Staub aufwirbeln und sich als bodenständiger Verfechter der Wähleranliegen präsentieren, Menschen um sich sammeln, die sich bei Ihnen gut aufgehoben fühlen, und das können Sie ganz offensichtlich, dann kann gar nichts schiefgehen. Herr Helle zog seine Augenbrauen hoch, als prüfe er, ob Taft so weit alles verstanden hatte. Von hier aus, mein

Freund, geht es in Ellenbogentaktik weiter. Nicht, dass Sie diese Körpersprache nicht schon vorher brauchen, aber auf der größeren Bühne ist das natürlich noch einmal eine Herausforderung, den einen oder anderen wegzubeißen. Und Sie müssen die Sprache der Politik lernen. Helle machte eine Pause, die Bedeutsamkeit signalisieren sollte. Wachsamkeit kommt von ganz allein – nachts aus dem Schlaf hochgerissen werden und trotzdem nichts Unpassendes von sich geben, das ist am Ende die ganze Kunst. Und die Themen … Ach, die Themen sind immer dieselben: Steuer- und Finanzpolitik, soziale Gerechtigkeit, Energie, Rente und demographischer Wandel. Bildung und Kultur nur ab und zu. Wenn Sie da ein bisschen mitreden können, kann Ihnen nichts passieren. Suchen Sie sich einfach einen Bereich aus.

›Idealismus‹. Taft notierte das Wort im Geiste und sah den Bürgermeister ebenso ironisch wie unverwandt an, denn der war noch nicht fertig. Lassen Sie es mich so formulieren, Herr Taft: Die Menschen interessieren sich für Sie und Ihre Ideen. Sie hören Ihnen zu. Sie kaufen sogar Ihre Ideen. Was könnte einem Politiker Besseres passieren? Sie, Herr Taft, sind der geborene Vordenker, treffen den Zeitgeist. Sie wären ein Aushängeschild für unsere Partei, das uns viel Aufmerksamkeit für unser gutes Programm bescheren würde. Darüber sind wir uns alle einig. Den üblichen Instanzenweg kürzen wir bei Ihnen natürlich ab und sorgen dafür, dass Sie schnurstracks in den maßgeblichen Ausschüssen sitzen. Und dort verfolgen Sie Ihre und unsere Ideen. Oder, wenn Sie unserer Partei nicht beitreten wollen: Gegen die Tätigkeit als parteiloser Abgeordneter haben Sie sicher nichts einzuwenden. – Taft betrachtete ihn fragend, wenngleich er ahnte, worauf Herr Helle hinauswollte. – Um ein politisches Amt auszuüben, um eine Stimme in der Politik zu werden, müssen Sie keiner Partei angehören. So ginge es auch: Die Wahl steht vor der Tür. Im nächsten Frühjahr. Das gibt uns genau ein Jahr Zeit, Sie nach allen Regeln der Kunst in unserer Stadt einzuführen. Sie begleiten Ratssitzungen, Podiumsdiskussionen, geben Interviews, darin haben Sie ja schon Übung, und verschaffen sich so mehr und mehr Gehör. Die Leute werden Sie kennenlernen und, da bin ich mir sicher, auch wählen, wenn es so weit ist. Ich habe es schon gesagt: Sie haben das gewisse Etwas. Quereinsteiger können in der Politik weit kommen. Sehen Sie sich nur an, wie die Leute auf Ihren Laden reagieren. Sie wollen etwas bewegen. Etwas treibt Sie an. Ich weiß nicht, was, aber etwas treibt Sie. Sie sind ein Querdenker. Unabhängig. Das suchen die Menschen. Bei Ihnen ist doch alles in Ordnung? Ich meine im Privatleben? Sind Sie verheiratet oder ledig, sind Sie homosexuell, gibt es irgendwas, das ich wissen sollte? Denn ich wäre gern Ihr Mentor zum Wohle der Stadt und darüber hinaus. Dabei machte Herr Helle eine blasierte Geste zum Schaufenster, vor dem noch sein Chauffeur stand und vor dem die Welt lag, deren Wohl sein Gegenüber im Sinn hatte. Taft lachte belustigt.

›Ruchlosigkeit‹, notierte er auf dem Kassenblock.

Was sagen Sie?, schloss Herr Helle. – Nein, sagte Taft ruhig. – Ich verstehe. Sie müssen natürlich erst einmal darüber nachdenken. Ich habe Sie ja regelrecht überfallen. Der kleine Laden hier, der ist Ihnen in den letzten Monaten ans Herz gewachsen. Kann ich mir gut vorstellen. Ich lasse Ihnen meine Karte da, die mit meiner direkten Durchwahl, versteht sich. Dafür darf ich mir doch sicher auch bei Ihnen eine Karte aussuchen, oder? Herr Helle legte seine Visitenkarte mit dem Stadtwappen auf den Tresen. – Gerne, antwortete Taft, suchen Sie sich eine aus. Jede Karte kostet drei fünfzig. – Helle lachte. Ein Mann von Prinzipien, auch das noch! Wunderbar. Ganz wunderbar. – Und dann ging er, übrigens ohne Ideenkarte, und Taft sah und dachte ihm lange nach. Er konnte ihn verstehen. Das erschreckte ihn am meisten. Er konnte verstehen, dass sich ein Mann in aussichtsloser Lage zu derart verzweifelter Selbsterniedrigung hinreißen ließ. Es erinnerte ihn an sich selbst.

Er brauchte Luft, als Herr Helle gegangen war. Taft schloss den Laden ab, hängte den Zettel »Bin gleich zurück« an die Glastür und setzte sich auf sein Fahrrad. Obwohl er in ihre Stadt gezogen war, hatte er den Kontakt zu seinen Schwiegereltern auf ein Minimum begrenzt. Es gab nichts zu sagen: Veronika stand zwischen ihnen wie ein Verkehrshindernis. So musste er auf sein Gedächtnis zurückgreifen, was ihre Kindheit und Jugend an diesem Ort betraf. Das war in seiner unordentlichen Geistesverfassung, zumal nach dem Besuch des Bürgermeisters, nicht trivial, aber die wichtigen Eckdaten brachte er zusammen. Veronikas Elternhaus lag damals wie heute an der Löwenstraße 64, ihr Gymnasium, so wusste er, einige wenige Blocks weiter. Also radelte Taft erst zu den Schirmers. Das zweistöckige Haus aus den 1920er-Jahren unverändert. Apart, cremeweiß, sehr elegant. Die weißen, zweiflügeligen Sprossenfenster jeweils gleichmäßig gedrittelt, die nachtblaue Haustür mit dem goldenen, runden Knopf in der Mitte ebenso hellweiß umrahmt. Der eingezäunte Vorgarten mit den Hortensienbüschen sauber und akkurat. Die Fensterläden tiefblau und millimetergenau symmetrisch, alles so gepflegt, als wäre es eben erst frisch gestrichen worden. Eine Weile blieb Taft auf der gegenüberliegenden Straßenseite und betrachtete das Haus unter den knospenden Kastanienbäumen der Straße. Ein Haus, in dem er sich Veronika nie so recht als Kind hatte vorstellen können – mit anderen spielend, Kuchen backend, Hausaufgaben am Küchentisch machend. Veronika hatte ihm erzählt, dass sie alles in allem eine schöne Kindheit verlebt habe, dass ihre Mutter dann und wann mit ihr im Garten gearbeitet und ihr manches über Pflanzen erzählt, dass sie ihre Freunde willkommen geheißen, ihnen Schokoküsse und Süßigkeiten hingestellt, ihnen Freiheiten gelassen hatte. Ungewöhnlich unverbunden sprach sie von den Eltern. Und zum Haus passten Erzählungen von Schaumküssen und Freiheit nicht. Es war von innen so makellos und ordentlich wie von außen, jede Skulptur, jeder Stuhl, jede Vase hatte ihren Platz. Für Taft hatte es immer gewirkt, als würde die geringfügigste Unordnung in Haus oder Garten schwere Konsequenzen für das Befinden der Hausbewohner nach sich ziehen. Aber vielleicht war es auch nur so, dass er sich seine Frau nicht als Kind vorstellen konnte. Es war leicht, von der Löwenstraße aus ihre ehemalige Schule zu finden. Weil er den Laden nicht zu lange geschlossen lassen wollte, fuhr er an diesem Tag nur langsam an dem langgestreckten gelben Schulgebäude mit der imposanten Holztür und dem modernen Eisenzaun um den Schulhof herum vorbei. In den darauffolgenden Tagen aber drückte sich Taft drei oder vier Mal sehr früh, vor Ladenbeginn, hinter den Bäumen auf der Straße vor dem Schulhof herum, betrachtete die Schüler durchs Gitter, befürchtete, von einem Lehrer zur Rede gestellt zu werden, fühlte sich lächerlich und bedrohlich. Selbstredend würde ihm die Beobachtung fremder Schüler, siebzehn Jahre nach Veronikas Abitur, nicht einmal entfernt Aufschluss über ihre Befindlichkeit geben – was er tat, war blanker Unsinn. Doch hinter den hellhäutigen Platanen, auf dem Grünstreifen mit alten und neuen Hundehaufen, angeketteten Fahrrädern und bunten Motorrollern, beim Anblick des Schulhofs, fühlte er sich ihr nahe wie in der Parfümabteilung des Kaufhauses, wo er Veronikas Duft gelegentlich auf ein Papierblättchen sprühte.

Was machen Sie hier?, fragte am dritten Tag ein junger Mann. Nicht unfreundlich. Stehen Sie auf kleine Jungs oder Mädchen?

Man kann also tatsächlich nicht mehr vor einer Schule

stehen und auf den Schulhof sehen, ohne sich verdächtig zu machen ... Taft legte die Stirn in Falten.

Wenigstens nicht drei Mal hintereinander und hinter Bäumen.

Das sehe ich ein.

Wir ..., der Junge deutete auf eine Gruppe an der Schultreppe, wir haben eine Wette laufen. – Sein Gesicht adoleszent, die Augen cognacfarben, golden fast. Erste kantige Züge an seinem Kinn. Die Nase zu groß, die Wangen noch zart.

Die zweite Wette innerhalb kürzester Zeit, dachte Taft. Er wettete sonst nie. Ihr habt gewettet, sagte er, dass ich auf kleine Jungs oder Mädchen stehe und dir das erzähle, wenn du mich fragst? Taft sah ihn bedauernd an.

So ungefähr! Der Junge grinste. Nein, im Ernst: Wir kennen Sie aus dem Unterricht. Unsere Lehrerin hat von Ihnen erzählt und Zeitungsausschnitte mitgebracht. Sie haben den Laden in der Alten Straße, und jemand, der so ein cooles Geschäft hat, ist vermutlich kein Arsch. Wahrscheinlich haben Sie einen guten Grund, sich hier rumzudrücken, übrigens schlecht versteckt. Zumindest hoffe ich, dass Sie einen guten Grund haben – wegen der Wette.

Um was geht es?

Eine Stange Zigaretten.

Klinge ich sehr alt, wenn ich anmerke, dass man zu meiner Zeit um eine Zigarette gewettet hat?

Na ja, eine Stange macht mehr Spaß, was?

Was also mache ich hier, deiner Meinung nach?

Zwei Möglichkeiten: Sie planen einen Ideenkartenladen für Schüler. Andere Themen, andere Ansprache. Oder Sie kennen jemanden hier auf der Schule, den Sie suchen oder beobachten.

Ersteres, log Taft verblüfft, allerdings geht es nicht gleich um einen neuen Laden, sondern erst einmal nur um die Idee.

Ich habe also recht?

Ja, das hast du. Ich gratuliere!

Der Junge streckte die Hand zu seinen Freunden aus und rief über den Zaun: Gewonnen! Macht die Kohle klar! Dann reichte er Taft die Hand: Ich bin Felix und danke Ihnen für meine Nikotinlieferung. Vielleicht komme ich demnächst bei Ihnen vorbei. Rauchen Sie? Ich würde Ihnen zwei, drei Kippen abgeben ...Und einen Nebenjob könnte ich auch gebrauchen. Finden jedenfalls meine Eltern. Ich weiß noch nicht genau ...

Überleg's dir, antwortete Taft. Und ein bisschen mehr Enthusiasmus wäre bei der Bewerbung um einen Job nicht schlecht. Aber vielleicht reicht auch eine Zigarette. Melde dich. Ich rauche seit Jahren nicht mehr, aber je nachdem, womit du anrückst, würde ich es mir überlegen.

Übrigens ... Felix hielt einen Moment inne. Also wenn Sie den Laden für Schüler machen, schreiben Sie ›Frauen‹ auf eine Karte. Das ist die, die sofort verkauft wird, und wenn Sie an dieses Wort denken, müssen Sie sich eigentlich nicht mehr zur Inspiration hier hinter den Bäumen herumdrücken, dann fällt Ihnen der Rest sicher von ganz allein ein. Frauen. Ganz einfach. Schreiben Sie nur ›Frauen‹ auf Ihre Karte ... Felix wollte gehen.

Taft hielt ihn auf: Wer würde die Karte deiner Meinung nach sofort kaufen, die Karte mit dem Wort ›Frauen‹?

Felix drehte sich zurück: Nur eine Frau! Kein Typ würde Geld für etwas ausgeben, das er sowieso im Kopf hat, oder? Aber die Mädels bei uns auf der Schule ... nichts, was die nicht kaufen!

So unerheblich der Besuch des Bürgermeisters bei *Theorie* gewesen war, bewirkte er doch, dass Taft die Stadt intensiver betrachtete. Das geschah unweigerlich. Den Bürgermeister gedanklich vor Augen, entdeckte Taft die Lücke. Herr Helle hatte nicht gesagt, um was für eine Leere es sich dabei handelte. Tatsächlich aber war sie, da seine Aufmerksamkeit auf sie gelenkt worden war, für Taft so präsent wie Veronikas Abwesenheit. Die Stimmung in der Stadt war unstet, die Atmosphäre zuweilen aufgewühlt. Natürlich machte er nur Bruchstücke aus, war weit davon entfernt, den Überblick des Bürgermeisters zu haben, der sich bei aller Kurzsichtigkeit doch wenigstens in der Lokalpolitik auszukennen schien. Doch schon die wenigen Ausschnitte, die Taft wahrnahm, zeigten, dass etwas nicht stimmte. Daseinsfreude und diffuse Verdrossenheit lagen unmittelbar nebeneinander. Man beschäftigte sich abgeklärt mit dem maroden Zustand vieler öffentlicher Einrichtungen und Gebäude, stellte eher erschöpft als empört fest, dass Konzeptlosigkeit regierte, dass etwa kein Stadtplaner bemüht wurde, um auf den zahllosen Baustellen Schlimmeres zu verhindern und für Ästhetik zu sorgen. Man betrauerte Einsparungen im Kulturetat und schimpfte über die strapazierte Infrastruktur, die fehlende Sicherheit, eine chaotische Verkehrspolitik und über zu viel Schmutz. Aber es geschah nichts. Der Antrieb fehlte. Mehr noch: Die Unzufriedenheit offenbarte sich, einigermaßen verwirrend, in einem Atemzug mit unverrückbarer Heimatverbundenheit, was dafür sorgte, dass Taft als stiller Betrachter nicht zu erkennen vermochte, welche Beschwerden tatsächlich ernst zu nehmen und welche allein Lamento waren.

Er näherte sich Veronikas Heimat so ratlos wie neugierig und mit dem Widerwillen der Geisel, die er war, solange sie verschwunden blieb: Veronikas Geisel, ein Gefangener ihrer ungeklärten Umstände. Ohne Not wäre ihm nie eingefallen, Krämer zu werden an diesem unentschlossenen Ort. Eine knappe Million Einwohner, die nicht zu beantworten wussten, ob sie stolze Dörfler oder gelassene Weltstadtbürger sein wollten. Soweit Taft es erkennen konnte, waren sie beides zu gleichen Teilen, was allerdings eine kurzweilige Mischung ergab. Eine Stadt mit gemäßigtem Klima, das, geprägt von der geschützten Flusstallage, umgeben von den ansteigenden Hängen des Bergischen Landes und den Hügeln der Eifel, selten anderes zu bieten hatte als einen mehlweißen Himmel und graublaue Luft. Eigentümlichkeit, so tat es sich auf seinen langen Streifzügen dar, schien das Bestimmende seiner neuen Umgebung zu sein. Doch wenn Taft es recht überlegte, war Eigentümlichkeit das bestimmende Element seines eigenen Lebens geworden.

DON'T GET AROUND MUCH ANYMORE. Auf den Tag genau eine Woche nach ihrem letzten Besuch stand Olivia im Laden. Wir fliegen also nach Frankreich, verkündete sie siegesgewiss, ohne ihn zu begrüßen oder überhaupt zu fragen, ob ihre Karte ›Europa‹ einen Interessenten gefunden hatte. Wer hat meine Idee gekauft? – Von Frankreich war nie die Rede. – Da wohnt mein Vater aber nun mal. Weiter kümmerte Olivia sein Einwand nicht: Also, Taft, wer hat ›Europa‹ erstanden? – *Don't get around much anymore* in seinem Kopf. Woody Hermann. Duke Ellington. Nat King Cole. Treffender konnte ein Text nicht sein. Frankreich. Ausgerechnet!, dachte er und antwortete: Ein älterer Herr. Vor zwei Tagen. (Beides stimmte nicht.) – Schade! – Wieso ist das schade?
Sie sollten froh sein, dass überhaupt jemand zugegriffen hat. – Jetzt tun Sie mal nicht so, Taft! Die Karte wurde in weniger als einer Woche verkauft. Ich hätte mich aber gefreut, wenn es eine jüngere Person gewesen wäre. Kann nicht sagen, warum, es hätte mich einfach gefreut. Was hat er gesagt, der ältere Herr? – Nichts. Er hat die Karte genommen und bezahlt. Vielleicht war es Ihr alter Herr und Sie haben ihn geschickt? – Olivia zog eine Grimasse, statt zu fragen, warum ihr Vater oder sie dergleichen hätten tun sollen. Sie trug Jeans, braune Stiefel und ein weißes Shirt, darüber eine dunkelblaue Strickjacke. Um ihren Hals lag eine Lederkette mit einer Art Amulett daran, silbern, gerade und schlicht. Die halblangen blonden Haare wie immer unordentlich, ihre

frohen Augen, jetzt so blau wie eine volle Badewanne, auf ihm. Er wohnt in Antibes, sagte sie. – Und dort weiß man von meinem Laden? – Nicht *man*. Mein Vater weiß von ihrem Laden. Der Schuster, der früher in diesem Ladenlokal gearbeitet hat, war ein guter Freund von ihm. Er ist tot. – Lassen Sie mich raten: Ihr Vater hatte die Reinigung im Nachbarhaus. – Olivia lachte. Taft dachte laut weiter: Ich kenne mich in Antibes ganz gut aus ... Wo genau wohnt Ihr Vater? – Avenue Guy de Maupassant du Cap, antwortete sie. – Er wusste, welche Art von Häusern dort zu finden war, zwei davon hatte er verwaltet. Früher. Eine Textilreinigung hatte mit hoher Wahrscheinlichkeit nicht so viel Geld abgeworfen, dass man sich dort zur Ruhe setzen konnte. – Ich schlage ein Wochenende im Mai vor, fuhr Olivia fort. – Ein Wochenende? – Sie können mit unbarmherzigen Flugzeiten gern auch an einem Tag hin- und zurückfliegen. Ich werde allerdings auf ein gutes Abendessen am Meer nicht verzichten. Mein Vater wäre auch beleidigt, wenn ich es täte. Was halten Sie vom 18. Mai? – Das ist Pfingsten. (Was keine Rolle spielte, er wusste selbst nicht, warum er es erwähnte.) – Spielt das eine Rolle?, fragte Olivia prompt. – Eigentlich nicht. Hierzulande darf man ja an solchen Feiertagen, wenn jede Menge Touristen in der Stadt sind, den Laden nicht öffnen. – Schön. Also buchen Sie sich einen Flug nach Nizza, Taft. Und sagen Sie mir, wann Sie ankommen, dann hole ich Sie ab. Mein Vater wird sich freuen, Sie kennenzulernen.

Taft saß an einem Holztisch auf dem Bürgersteig. Es war schon recht warm. Frühlingshaft. Alle drei Gaststätten der Alten Straße – eine schlauchförmige Konditorei mit hervorragendem Kaffee, das Restaurant *Camillo* mit vier Holztischen und ehrlichen, italienischen Speisen sowie Rosalindes rustikale *Tütensuppe* – hatten bereits Stühle und Tische nach draußen geschafft. Der Italiener auch einen Heizstrahler dazu, unter dem sich jetzt einige Raucher um einen Aschenbecher drängten. Sie schwenkten ihre Rotweingläser, erzählten von ihrem Tag und freuten sich über diesen Abend als Vorboten des Sommers. Taft hatte sich nur einmal ins *Camillo* gewagt, diesen kleinen Raum mit vergilbten Wänden, einem kuriosen Lüster an der Decke und Bildern der italienischen Familie neben Filmplakaten von Don Camillo an den Wänden. Er hatte sich aufs Fensterbrett gesetzt, das nachweislich zur Bestuhlung zählte, eine köstliche Pizza mit Parmaschinken und Rucola gegessen und dabei festgestellt, dass das Lokal für einen wie ihn ungeeignet war. Noch verkraftete sein Gemüt die Freundlichkeit und Leichtigkeit dort nicht. Schon der Enge wegen kamen die Gäste schnell miteinander ins Gespräch. Man unterhielt sich quer über die nur mit dem Nötigsten gedeckten Holztische, und obwohl er sich ums Gegenteil bemüht hatte: Taft wurde sofort einbezogen. Im *Camillo* an der Alten Straße 41 war es wie bei den Baptisten in Harlem, deren Gottesdienste Taft, wann immer es sich hatte einrichten lassen, während seiner Geschäftsreisen zur New Yorker Zentrale von *Sandhurst* besucht hatte. Aus reiner Faszination: In der *Canaan Baptist*

Church of Christ an der 116. Straße ließ niemand den anderen allein. Es schien ein ungeschriebenes Gesetz zu sein, eine Verbindung herstellen zu müssen, keinen seinem Schicksal zu überlassen, ihn zumindest über die Messe zu bringen, ob er Atheist wie Taft oder andersgläubig war. So, wie im *Camillo* jeder versuchte, den Tischnachbarn über den Abend zu retten – mit ein paar Worten, Wein und Scampi in Knoblauchsoße, Steaks mit Rosmarinkartoffeln oder eben Pasta in allen Variationen. Des Essens wegen wäre Taft gern häufiger hingegangen. Aber die Kommunikationsfreude sowohl der italienischen Belegschaft als auch der Besucher war noch zu viel für ihn, er kam mit Rosalindes Zurückhaltung besser zurecht.

Sie jedenfalls, die Wirtin der *Tütensuppe*, brachte ihn unbeabsichtigt auf die Idee, sich mit dem Tennisball zu beschäftigen. Mit der Frau, deren Stimme am Berliner Flughafen dafür gesorgt hatte, dass Veronika an jenem über sechs Monate zurückliegenden Sommertag zu ihm ins Telefon gesagt hatte, sie benötige keine Erklärung mehr. Natürlich wusste Rosalinde nichts über Tafts Lebensumstände. Sie sprachen allenfalls über ihre Geschäfte und Rosalindes Suppen und Weine. Eben hatte er, auf dem Bürgersteig sitzend, Gemüseeintopf mit Kokosmilch bei ihr bestellt, als Rosalinde auch schon servierte. Zwei Scheiben Weißbrot auf dem Tellerrand, wie immer. Dazu sagte sie, dass das Gemüse von einem neuen Bauern käme, der alte habe sich umgebracht, weil er seinen Steuerberater missverstanden habe. Wie Veronika und Julchen Kierbaum aus dem Fahrradladen sprach sie die Dinge mit Leichtigkeit aus, ohne Umschweife, mitnichten indiskret, eher sachlich, als gäbe es nichts, das sie nicht schon gesehen oder erlebt hätte, als sei sie vor Überraschungen gefeit. Schrecklich, fügte Rosalinde noch an, bevor sie wieder ins Restaurant ging, an diesem Abend in einem weit ausgestellten, orangefarbenen Rock aus festem Wollstoff. Ihr pralles Gesicht mit den lustigen, blauen Augen und der Stupsnase blass geschminkt und, passend zum Rock, mit orangefarbenem Lippenstift versehen. Schrecklich, da kennt man sich so lange, und alles wegen eines Telefonats, wegen eines Missverständnisses ...

Der Satz hallte nach, so gut Taft wusste, dass das Telefonat mit der Fremden nur der Vorwand gewesen war, den seine Frau noch gesucht hatte, als sie bereits auf gepackten Kisten und Koffern saß. Er aß seinen Gemüseeintopf, schmeckte kaum etwas, so sehr war er in Gedanken bei der Frau mit dem maisgelben Schopf. Fragte sich, ob sie ihm, wenn auch unbeabsichtigt, Aufschluss geben konnte. Ob Veronika etwas zu ihr gesagt hatte, das ihm helfen konnte zu verstehen. Vielleicht war Veronika zum Zeitpunkt des Telefonats noch unentschlossen gewesen, hatte nur auf ein Wort oder Geschehnis gewartet, das dafür sorgte, dass sie die gepackten Koffer und Kisten wieder auspacken und bleiben würde. So, als würfe sie eine Münze über ihre Ehe. Taft wusste: Nichts davon war wahrscheinlich. Aber doch möglich. Er wollte sich ein Bild machen. Und so kontaktierte er schließlich Bertrand, einen alten

Schulfreund, der in der Kommunikationsabteilung am Flughafen Roissy Charles de Gaulle arbeitete. Der ehemalige Klassenprimus war, wie so viele Klassenbeste, in einem langweiligen Job und durchschnittlichen Dasein gelandet, während sein Selbstverständnis dasselbe geblieben war: eigentlich zu Höherem berufen zu sein. ›Zeugnis‹, notierte Taft auf eine Karte, als er Bertrands beamtenhaften Tonfall hörte. Immer noch war es ein befriedigendes Gefühl, die Worte aufzuschreiben. Sie im Moment, da sie ihm durch den Kopf gingen, loszuwerden, wie damals, als er auf Veronikas grünen Abreißzetteln damit begonnen hatte.

Eine Zeit lang waren sie unzertrennlich gewesen. Bertrand, der Poet, und Daniel, der Zeichner. So hatten die Mitschüler sie genannt, weil der eine fragwürdige Gedichte verfasste und der andere burleske Comics zeichnete. Bildergeschichten, in denen nichts und niemand verschont blieb und nach denen die Freunde gierten. Philosophien über Lehrer, Mitschüler, das Leben und kleine Menschen. Das war ihre Serie: Kleine Menschen. Gespräche mit kleinen Menschen sind schwierig. Man bekommt sie fast nie richtig ins Format. Geschlechtsverkehr ist schwierig. Meistens drückt ihre Nase dabei dem Partner in den Solarplexus. Das ist gefährlich. Anschließend bleiben kleine Menschen oft stundenlang unauffindbar – in den Kissen. Und so weiter ... Zu Geburtstagen schufen sie handgemalte Pornos mit hausgemachter Lyrik für die engsten Freunde – frei etwa nach Goethes *Sänger*:

Ich vögele, wie Russ Meyer vögelt, der oben unten
dazwischen liegt; die Zunge, die aus der Kehle dringt,
lang, eine Länge, die sich lohnt!
Doch darf ich bitten, bitt ich eins:
Lasst mir das beste Mädchen – für heute meins –
gleich ohne Lack und Leder reichen.

Damals mit zwölf, dreizehn Jahren hielten sie das noch für ebenso intellektuell wie anstößig. Zu dieser Zeit hatte Taft ernsthaft in Erwägung gezogen, Illustrator zu werden. Er war mit seinen Eltern gerade erst von Brighton nach Paris gekommen; sein Vater ein englischer Musikdirektor, der das Orchestre Colonne übernahm und ansonsten Klavier unterrichtete, seine deutsche Mutter eine bildschöne Sekretärin, die mit ihren ausgezeichneten Sprachkenntnissen schnell eine Anstellung bei einem Pariser Kosmetikkonzern fand und fortan jede Menge Duft- und Cremeproben im Badezimmer stapelte. Seine Eltern waren umtriebig und gern in Paris, sie hatten bald viele Freunde, gingen aus, gaben Abendgesellschaften. Langweilig war es nie bei Tafts, besonders warmherzig allerdings auch nicht. Kämpferisch waren sie. Egoistisch. Beide. Darauf bedacht, dem anderen nicht zu viel Raum zu gewähren und einander gleichzeitig nicht zu nahe zu kommen. Manchmal brachte ein Kollege seine Mutter nach Hause und küsste sie lange und ausführlich vor der Haustür. Taft sah ihnen vom Wohnzimmerfenster aus zu, erstaunt und eigenartig beglückt, wie zwanglos und simpel das Erwachsenenleben war.

Ein paar Jahre später brachte er zunehmend weniger Interesse fürs Zeichnen und für seine männlichen Schulfreunde auf, und sein Vater heiratete eine Cellistin. Natürlich hatte Taft Freunde, zog mit ihnen um die Häuser. Auch später, im Studium und im Job, pflegte er gute Kontakte zu seinen Kommilitonen und Kollegen; er hatte, was andere Männerfreunde nannten. Taft jedoch fühlte so nicht. Frauen waren seine Freunde, egal, wie viele langweilige ihm im Laufe der Jahre begegneten. Selbst diese – Schlichte von klarer Einfalt, Ehrgeizige, die auf den richtigen Mann warteten, Brave, die sich beweisen wollten – zog er einem Mann vor. Die Anwesenheit einer Frau barg eine Grundspannung, die grundsätzlich die bessere Ausgangsposition für eine Begegnung darstellte und behänder über den Abend trug. Die Möglichkeit von Sex, diese durch jedes Gespräch züngelnde Frage, was sie machen, wie sie es machen und ob sie es machen würde, Ansporn genug, das Gespräch nicht erlahmen zu lassen – selbst dann nicht, wenn die Unterhaltung in einen Monolog über Restaurants oder Haarpflegemittel ausartete. Seine Hingabe ans weibliche Geschlecht hatte Taft Skepsis eingebracht. Dass er sich gern und ausgiebig mit Frauen beschäftigte, rief Argwohn hervor und handelte ihm umgehend den Ruf des Schürzenjägers ein. Unverdient. Auf mehr als zwei Dutzend Frauen hatte es Taft sicher nicht gebracht, er hatte allerdings nie gezählt. Wozu auch. Bertrand hätte es gern für ihn übernommen. Immer wieder ergötzte sich der hagere, hochgewachsene Poet mit der schmächtigen Brust und dem in jeder Hinsicht großen Kopf an Tafts Frauen, denn er selbst hatte es schwer auf dem Feld der Eroberung. So war Taft gewappnet für die Worte, die Bertrand auch nach so vielen Jahren sprach.

So?, lautete seine Antwort auf Tafts Frage nach der Dame im Flugzeug, du hast ein Gewissen, Daniel?

Stell dir vor.

Und du bist sicher, dass die Flüchtende aus der Fluggastbrücke eine ältere Frau und kein junges, bildschönes Ding war, dessen Adresse du dringend brauchst?

Bertrand geradezu aufgekratzt.

Absolut sicher. Abgesehen davon dürfte eine Altersangabe in euren Computern zu finden sein, nicht wahr?

Der alte Schulkamerad freute sich über den Anruf. Auch schmeichelte ihm, dass Taft ihn um Hilfe bat. Bertrand gefiel sich in der gönnerhaften Rolle, so unbedeutend der angefragte Freundschaftsdienst auch war. Ihm zu erklären, was sich tatsächlich zugetragen hatte, kam nicht infrage. Also erfand Taft die Geschichte des schlechten Gewissens. Air France 1135 von Berlin nach Paris. 16. Juli. Er habe der älteren Dame einen Schrecken eingejagt mit der Information, dass Gewitterstürme zu erwarten seien. Darauf sei sie buchstäblich vor dem Abflug geflohen, und seither plage ihn die Sorge, ob es ihr gut ging oder ob sie gesundheitlichen Schaden davongetragen hatte. Fragil habe sie gewirkt, zumindest ein wenig. Sehr aufgeregt sei sie gewesen. Panisch, ja, das Wort treffe die Situation sicher am besten.

Was macht das Zeichnen, Casanova?

Du machst Witze. Ich kann mich nicht erinnern, wann ich zuletzt einen Zeichenstift in der Hand hatte. Irgendwann mal eine Einladung für Freunde. Aber sonst ...

Du hättest das beruflich machen sollen, Daniel, weißt du das eigentlich? Du hattest wirklich ein unglaubliches Talent.

Ist jedenfalls gut, dass du kein Dichter geworden bist, Bertrand.

Aber das bin ich doch! Wer in der Kommunikationsabteilung des Flughafens arbeitet, tut nichts anderes. Du hast geheiratet, habe ich gehört.

Stimmt. Veronika Schirmer. Kenne ich sie?

Woher soll ich das wissen? Sie ist Zahnärztin. Von dir hat sie mir jedenfalls noch nie erzählt.

Sag mir nicht, dass du ihr Patient gewesen bist.

Doch, in der Tat. Ich habe sie kennengelernt, als ich auf ihrem Behandlungsstuhl Platz nehmen musste. Dann hat sie mich eingeladen, am selben Abend mit ihr etwas trinken zu gehen. Was soll ich sagen? Sie mochte meine Zähne.

Du hast aber auch immer ein Idiotenglück. Hast du schon immer gehabt. Mein Zahnarzt ist mindestens fünfundsechzig Jahre alt und hat bei Stalin gelernt.

Dann solltest du zügig wechseln, das kann böse enden. Zu deiner Veronika? Das werde ich mir jetzt ernsthaft überlegen. Ihr seid noch nicht lange verheiratet, was? Wollt ihr Kinder?

Sicher, irgendwann ...

Irgendwann wollen wir das wohl alle, denke ich. Möglicherweise müssen wir es irgendwann wollen. Aber nun zum Grund deines Anrufs, Daniel: Sie war panisch, die Dame, sagst du. Dann hat sich das sicher in dem Moment erledigt, als sie aus dem Flughafen raus war.

Mag sein. Oder eben nicht, verstehst du, Bertrand? Ich würde es gern mit Bestimmtheit wissen.

Von wo rufst du überhaupt an? Das ist eine deutsche Nummer.

Ich bin unterwegs. Könntest du denn so etwas für mich herausfinden?

Lassen wir mal die Frage beiseite, ob ich so etwas herausfinden *darf*. Klar kann ich in Erfahrung bringen, welcher Passagier am 16. Juli diese Maschine verlassen hat. Ich verstehe nur nicht ganz, wieso dich das monatelang beschäftigt und wieso es so wichtig ist, dass du dich auch noch auf einer Reise ... Bertrand hielt inne. Natürlich, Mann, du bist gerade in Deutschland und willst nach ihr sehen! Ich rufe gleich zurück.

Als die Hauptpost noch eine war

Bürgermeister Helle verstand sein Handwerk. Einige Tage nach seinem Besuch häuften sich Klienten bei *Theorie*, die Taft mehr oder weniger deutlich nahelegten, sich politisch zu engagieren. Es kamen Junge und Alte, Bodenständige und Extravagantere, Wähler, Politikinteressierte, deren Horizont über die Stadtgrenzen hinausging, Parteigänger aus Helles Wahlbezirk, Mitglieder seiner Ratsfraktion. Ab und zu kamen auch Anhänger anderer Parteien, die von Helles Ansinnen Wind bekommen haben mussten und ebenfalls ihr Glück versuchten, um dem Bürgermeister eins auszuwischen. Nur so konnte sich Taft erklären, dass in seinem Laden mit einem Mal Politik stattfand. Meinungen wurden kundgetan, Diskussionen angezettelt, Thesen aufgestellt, bisweilen auch solche, die einander diametral gegenüberstanden. Da diskutierte ein junger Typ in sandfarbenen Jeans und grünem Parka, der bei Taft zufällig auf einen Herrn in rotem Trainingsanzug und blauer Weste traf, ob die Rechtspartei nun bei der anstehenden Schwulen- und Lesbendemo mitlaufen können sollte oder eben nicht. Die beiden sprachen sich mit René und Harald an, ihre Diskussion (der eine argumentierte mit der Versammlungsfreiheit, der andere eher moralisch) artete derart aus, dass Taft schließlich dazwischengehen und um Ruhe für die anderen Kunden bitten musste, die eben mit dem Stadtführungsbus angekommen waren und nun nach und nach in seinen kleinen Verkaufsraum zottelten. Ab und zu gab es auch Themen, die einer gewissen Komik nicht entbehrten, wenn etwa zwei Damen in Rage über eine Buddha-Statue gerieten, die sich offenbar in der Damentoilette eines traditionsreichen Cafés direkt an der Kathedrale befand. Während die eine, eine Brünette im Nadelstreifenanzug, die ausgerechnet im Bäderamt der Stadt arbeitete, im Toiletten-Buddha keine Beleidigung für asiatische Touristen sehen konnte, war die andere, eine Rotgefärbte in einer Art grünem Filzgewand, die im Kulturamt tätig war, über die Taktlosigkeit gegenüber fremden Kulturen derart erbost, dass sie den Bürgermeister in der Pflicht sah.

Herr Helle und seine Beharrlichkeit erstaunten Taft. Das Erscheinen der Volksvertreter und Politikliebhaber war kein Zufall, das stand fest, zumal früher oder später von allen Seiten derselbe Satz fiel. Stellen Sie sich vor, Herr Taft: Menschen kaufen Ihre Ideen – was für ein Glück! Was für ein Luxus! Nur vordergründig an seinen Ideenkarten interessiert, begannen die Kunden, über aktuelle Themen zu philosophieren oder, wenn sie zu zweit kamen, gut hörbar zu diskutieren: den Bau der kolossalen Moschee etwa. Sie ist bald fertig, sagte ein Grieche, der in der Nähe des Rathauses einen Schönheitssalon betrieb. Was denken Sie – gab es tatsächlich Baumängel oder war die Auseinandersetzung zwischen Bauherrn und Architekturbüro religiös motivierte Schikane? Und wie ist dem Islam Ihrer Meinung nach denn nun insgesamt und sowieso zu begegnen? Zwei ältere Herren beschäftigte der europäische Universalismus: Ist nicht höchst fragwürdig, sagte der eine laut zum anderen, dass die Europäer zwar nicht mehr unter der Fahne des Christentums, jedoch in der tiefen Überzeugung moralischer Überlegenheit mit den Amerikanern Kriege gegen alles und jeden führen? Eine Professorin für Geschichte sprach eines Mittags zu Taft über die Beliebigkeit als Crux des Zeitalters: Im Prinzip ist ja, frei nach Shakespeare, völlig richtig, dass nichts weder gut noch böse ist, erst das Denken es dazu macht – aber wer denkt schon vernünftig? Doch gewiss nicht Banken und Lobbyisten! Und ein Wirtschaftsredakteur, der sich freundlich vorstellte und erklärte, gerade ein Buch darüber zu lesen, hielt Taft einen Vortrag über den Kapitalismus. Ob man nicht doch aus der Geschichte lernen und zum Vergleich die Wirtschaftskrise der Weimarer Republik heranziehen könne, dann wisse man, dass es zur Politik der Haushaltssanierung tatsächlich keine Alternative gebe. Ein Philosophielehrer mit Sitz im Stadtrat ereiferte sich schließlich über die Ökobewegung: Es ist, glauben Sie mir, nicht sinnvoll, die Natur nicht mehr als zu domestizierenden Urfeind des Menschen zu betrachten, sondern als Mythos des Guten, wo doch die Natur kein sittlicher Gegenstand, sondern schlicht das Umfeld des Menschen ist! Handelt es sich beim Naturschutz nicht um einen leicht zu findenden Minimalkonsens, ein geschmeidiges Ausweichmanöver vor tatsächlich dringlichen Fragen wie Kultur, Freiheit, Gerechtigkeit? Lohnt es sich in Schulen denn nicht, mehr Zeit für Themen kultureller Identität aufzubringen als fürs Aufräumen des Stadtwaldes? Sehen Sie, Herr Taft, das sollten Sie mal auf eine Karte schreiben: Kulturelle Identität!

Wer sind wir noch?, sprach ein Herr um die siebzig in Tafts *Theorie*. Das Gesicht eines Revolutionärs, entschieden, stolz. Mit der Perestroika, dem Fall der Mauer, ist uns, wie einem antiautoritär erzogenen Kind, die Grenze abhandengekommen: Wir können uns nicht mehr von einem unfreien Osten differenzieren. Wovon also? Wir wissen seit bald dreißig Jahren nicht, womit wir das Vakuum des Kalten Krieges füllen sollen (an dieser Stelle musste Taft unweigerlich an Bürgermeister Helle und die Lücke denken). Es fehlt uns an Substanz – wir wissen nicht, wohin mit uns.

Eine sehr lange, junge Frau mit hochtoupiertem, pechschwarzem Haar und dunkel umrandeten Augen sagte: Wir entfliehen der Langeweile und Selbstbezogenheit unseres geordneten, sicheren Lebens durch Voyeurismus. Wir entkommen unserem eigenen Drama, der gedanklichen Leere, indem wir in die Banalität rennen – ins Internet, in Fernsehshows, in Mobilfunkchats. Videos über die Missgeschicke anderer werden im Internet hundertmal häufiger angeklickt als ernstzunehmende Nachrichten, wussten Sie das? Wir lassen uns ausspionieren und überwachen und regen uns ein bisschen darüber auf, machen aber alle weiter wie bisher. Wir sind völlig abgestumpft. Es wird Sie nicht überraschen: Das Triviale bewahrt uns vorm Nachdenken. Nachdenken können wir nicht mehr. Ich bin Buchhändlerin, Sie wissen, was ich meine: Bei mir im Laden spielen sich Sachen ab wie wahrscheinlich hier bei Ihnen ... Das hat mich zur Politik gebracht, ob Sie's glauben oder nicht, irgendwie muss man gegen den Wahnsinn anrennen. Die Leute fürchten das Nachdenken, fürchten die Wahrheiten und die vermeintliche Unlösbarkeit der Probleme. Im Trivialen liegt keine Gefahr für unseren Geist, denken sie, im Gegenteil: Wir alle glauben, das Triviale übertrumpfen zu können, lachen darüber und fühlen uns überlegen. Das ist heute unser Beitrag fürs große Ganze.

Für was würden wir noch kämpfen?, fragte an einem Freitagabend in einer eigenartig heldenhaften Attitüde ein junger Anwalt mit nahezu kahlgeschorenem Kopf, markanter, schwarzer Brille und klugen Augen dahinter. Er wollte keine Antwort von Taft. Hatte sie längst. In empirischer Privatforschung erhoben: Wir würden höchstens für die uns allernächsten Menschen kämpfen. Für höchstpersönliche Dinge. Das sagen alle. Probieren Sie es aus. Auf die Frage wird keiner ein übergeordnetes Gemeinschaftsgut nennen. Das liegt zum einen daran, dass diese Güter nicht bedroht scheinen, was wunderbar ist. Aber zum anderen liegt es daran, dass wir nur noch um uns selbst kreisen und dies wahrscheinlich auch im Ernstfall täten. Das hat mich ehrlich geschockt, seither engagiere ich mich in meinem Wahlkreis, berate die Bezirksregierung, irgendwo muss man anfangen. Sie scheinen gesetzt, die äußeren Rahmenbedingungen unserer Freiheit, unseres Rechtssystems, unserer Daseinsvorsorge, unserer Öffentlichkeit, die übrigens tatsächlich eine ist – im Vergleich zu anderen Staaten wissen wir mehr oder weniger Bescheid, wo wir stehen und was in unserem Land passiert, wir haben sogar öffentlich-rechtliche Rundfunkanstalten, die sich darum kümmern sollen, uns zu informieren. Da also zumindest offensichtlich keine dieser Rahmenbedingungen ernstlich in Gefahr ist, gibt es kein Gemeinschaftsgut, für das gemeinsam zu kämpfen sich lohnen würde. Also verlagern wir unsere Energie auf Spaß. Auf Spaß und Körperlichkeit. Wir machen Sport bis zum Umfallen. Wir suchen Unterhaltung bis zum Umfallen. Denken Sie darüber nach: Wofür würden Sie kämpfen? Eine Idee vielleicht? Eine Theorie?

Ich sage nicht, dass früher alles besser war, erklärte eine betagte Dame in karierten Hosen und einer weichen, kamelbraunen Strickjacke, ihr Gesicht spitz, freundlich, zerknittert, die Augen schwarzbraun. Aber wir hatten damals tatsächlich eine Hauptpost, junger Mann. Heute ist die Hauptpost ein Altenheim und die Post ein Briefmarkenautomat an der Ecke. Wir konnten damals auch noch den Kindern auf dem Spielplatz winken. Heute ist der Kinderspielplatz umzäunt und der Zaun mit einer Sichtschutzfolie ummantelt, auf die spielende Kinder gemalt sind.

Früher habe ich einem netten Jungen im Supermarkt meine leeren Flaschen gegeben, dazu bekam er ein Trinkgeld, er hat dann die neuen, vollen Kästen in mein Auto getragen. Heute schiebe ich Flasche um Flasche in einen Automaten und bekomme dafür einen schief bedruckten Zettel vom Automaten, während ich den jungen Mann auf der anderen Seite des Automaten durch die Flaschenröhre sehen kann. Da räumt er das Leergut weg. Früher gab es am Flughafen immer einen netten Plausch mit der Dame vom Bodenpersonal. Heute muss ich meinen Personalausweis durch einen Schlitz ziehen und bekomme, wenn ich Glück habe, eine Bordkarte aus dem Automaten – ohne dass ich einen Sitzwunsch äußern konnte. Und für mein Gepäck muss ich einen Aufpreis zahlen, das sagt mir tatsächlich ein menschliches Wesen am Flughafen. Aber dann muss ich zum Bezahlen wieder zu einem anderen Automaten gehen. Nein, ich sage nicht, dass früher alles besser war, junger Mann. Aber denken Sie an die Hauptpost und daran, dass Sie heute Ihren Lebensabend in der Schalterhalle verbringen, statt dort Päckchen für Ihre Enkel aufzugeben. Vergleichen Sie das, was Automaten mit Menschen machen, mit dem, was ein nettes, kleines Gespräch mit Menschen macht. Es kann einfach nicht vernünftig sein, die Menschen wegzurationalisieren, zu verstecken, zu kasernieren.

Taft beschäftigte manches, das die ambitionierten Wähler und Politiker in seinen Laden trugen. Nicht der Sache wegen, sondern weil ihn das Geschehen selbst faszinierte.

Jedes Mal. Er bestaunte die Energie, die sie aufbrachten, den Pflichteifer, mit dem sie ihn zu infizieren suchten, während es ihm vollkommen zwecklos, ja töricht erschien, sich als vernunftbegabter Mensch mit den Endlosschleifen der Politik, insbesondere der Kommunalpolitik zu beschäftigen. ›Dilemma‹, schrieb er auf eine Karte und sah diese Karte lange an. Er stellte fest, dass es eines seiner Lieblingswörter war. Aus einsichtigen Gründen hatte er nichts gegen das Gemeinwohl einzuwenden. Auch war ihm bewusst, dass es Menschen geben musste, die sich darum kümmerten. Um Sicherheit und Ampelanlagen, Schulen und Hochwasser, Brückensanierungen und Opernsäle. Doch schwebte die Frage der Sinnhaftigkeit über den Details. Der Zeitaufwand für eine Entscheidung stand in keiner Relation zum Ergebnis, das nach zwei, fünf, zehn Jahren vom selben Ausschuss oder Rat wieder geändert werden würde. Die Lebensenergie, die in Verordnungen, Vorschriften, Paragraphen, Erlassen begraben lag, erschien unverhältnismäßig zum Inhalt dieser Verordnungen, Vorschriften, Paragraphen, Erlasse. Mit einem Beschluss mochten zehn Menschen zufrieden sein, die nächsten zehn waren es sicher nicht. Sich zu engagieren oder nicht zu engagieren war für Taft das sprichwörtliche Dilemma; es waren zwei Entscheidungsmöglichkeiten, von denen keine zum erwünschten Resultat führte. Sich zu engagieren setzte überdies Leidenschaft voraus, zumindest ein wenig Ehrgeiz. Weder das eine noch das andere war ihm eigen. So betrachtete Taft die Bemühungen der Besucher in seinem Laden aus der Reserve des Hochmuts. Und die unerquicklichen Gedanken an ihr Dilemma bewirkten, dass er sich ihrer Zudringlichkeit mehr und mehr entzog und stattdessen Eloise Lunstroth annäherte: Er hatte nicht aufgehört, über diese Frau nachzudenken. Darüber, dass sie nicht wissen konnte, was sie ausgelöst hatte. Sie lebte ahnungslos vor sich hin und hatte nicht einmal aus nächster Nähe das Klirren des Scherbenhaufens gehört, der sich hinter ihr und ihrem Koffer am Berliner Flughafen aufgetürmt hatte. Ihren Namen hatte Bertrand exakt eine halbe Stunde nach Tafts Anruf durchgegeben und es hatte durchaus ins Bild gepasst, dass sich jemand wie er kleinlich genau dreißig Minuten Zeit bis zum Rückruf ließ. Vermutlich hatte er auf die Uhr gesehen. Eloise Lunstroth, sagte er ohne Einleitung und buchstabierte ihren Namen. Amerikanerin. Sie hat die Maschine nach Paris während des Boardings verlassen. Hatte nur Handgepäck dabei. – Und nach einer vielsagenden Pause: achtundfünfzig Jahre alt. Und ich weiß jetzt, dass du nicht einfach in Deutschland unterwegs bist, du alter Bastard, sondern dass du schon wieder das große Los gezogen und eine ganz neue Karriere eingeschlagen hast. Gratuliere. *Theorie*, ja? Du solltest deine Ideenkarten bemalen, Daniel, bemalen und für das doppelte verkaufen ...

JUST ONE OF THOSE THINGS. Bringen Sie meinem Vater nur keinen Wein mit, wies Olivia zwei Tage später Taft am Telefon an. Das hatte ich vergessen zu erwähnen. – Ich hatte ohnehin mehr an Olivenöl gedacht,

erwiderte Taft, das kennt man da unten in Südfrankreich kaum. – Sie lachte leise. Ich wollte Sie nur vor Schaden bewahren. Er hat einen ausgezeichneten Weinkeller und ist sehr eigen mit dem, was er trinkt und serviert. Am besten suchen Sie eine Ihrer Ideenkarten für ihn aus. – Ach, Schattseit. Wie fad. Allzu vorhersehbar ... Wieso überhaupt machen Sie sich Gedanken darüber, was Ihr Vater von mir denken könnte? Ist das wichtig? – Nur insofern, Taft, als ich meinem Vater einen vergnüglichen Abend bereiten möchte. Ich sehe ihn so selten, da kann ich wenigstens dafür sorgen. – Sie buchen mich also als Rahmenprogramm. – Gewissermaßen. Und bevor Sie sich jetzt ausgenutzt fühlen: Sie haben eine Wette verloren, tragen Sie es wie ein Mann. – Ich fühle mich keineswegs ausgenutzt, keine Sorge. Ich finde es ausgezeichnet, als Rahmenprogramm zu gelten. Sie könnten in die Hände klatschen, wenn ich reden und wenn ich schweigen soll. Oder Sie klingeln mit einem Glöckchen, wenn mein Auftritt dran ist. Ich frage mich allerdings: Warum besuchen Sie Ihren Vater nicht einfach öfter und fühlen sich weniger schuldig? Dann müssten Sie gar kein Rahmenprogramm auftun. Es ist allerdings eine rhetorische Frage. Ich möchte keine Antwort. Weswegen ich mich mit aller Kraft auf ein geeignetes Mitbringsel konzentriere.
Irgendetwas würde ihm einfallen. *One of those things.* Frank Sinatra in seinem Kopf, nein, besser war die Version von Jamie Cullum. Ich werde dir immer dankbar sein, Daniel, dass du mir Jazz nahegebracht hast, hatte

Veronika im *Caveau de la Huchette* gesagt, Nicolas Dary spielte dazu Saxophon. Warum?, hatte er wissen wollen. Weil er die Überraschung in mein Leben gebracht hat, gab Veronika ohne Zögern zur Antwort. Jazz ist eine einzige Überraschung.
Taft?, sagte Olivia in die Stille am Telefon. – Ja? – Egal, ob Sie meine Bemerkung jetzt zu persönlich finden oder nicht: Es ist nett, dass Sie das machen. Ich hatte nicht erwartet, dass Sie es wirklich durchziehen.
– Ich lande am Samstag um 18 Uhr in Nizza, lautete seine Antwort. – Und ich werde da sein, antwortete Olivia Schattseit.

Einen Tag und zwei Kommunalkämpfer später – der eine hatte über den U-Bahn-Bau nahe dem Flussufer geschimpft, der andere gedanklich den sozialen Wohnungsbau abgerissen –, setzte sich Taft an den Computer und suchte sie. Eloise Lunstroth mit der glockenhellen Stimme. Eloise, die Flugängstliche, die sein Telefon an sich gerissen und Veronika verscheucht hatte. Seine Frau war seit achteinhalb Monaten fort. Außer dem Anruf bei ihrer Mutter kein Zeichen. Keines an ihn zumindest. Wer wusste schon, ob Agnes und Walter Schirmer inzwischen weitere Informationen hatten und angehalten worden waren, den Schwiegersohn nicht einzubinden. Nicht auszuschließen, dass Walter schließlich doch gegen seine eigene Überzeugung einen Privatdetektiv beauftragt hatte. Taft hielt mittlerweile sogar das für möglich. Alles in Betracht zu ziehen, nichts für unzweifelhaft oder gesichert zu halten, das hatte Veronika ihn gelehrt. Sie hatte sein Leben in eine Zwille gespannt und durch Zeit und Raum geschleudert. Er hatte erwartet, gehofft mehr, dass er imstande sein würde, sie eines Tages zu verdrängen, wie er unlösbare Probleme – das Wetter, die Streiks in Frankreich, die Endlagerung des Atommülls – irgendwann verdrängte. Er schob Dinge, auf die er keinen Einfluss hatte, in der vernünftigen Überzeugung aus seinem Kopf, dass sie als letzte Herausforderungen für andere bleiben mussten. Natürlich hatte das mit Veronika nicht funktioniert. Aber er hatte darauf gebaut, dass seine Erschöpfung Veronika irgendwann des Platzes verweisen würde, ohne Aufheben, kaum merklich. Doch er war zu gründlich gewesen mit seiner Fixierung auf sie. Mit dem Umzug, dem Laden, mit der Suche nach ihrem Thema. Seine Frau auch jetzt noch ein metastasierender, abblätternder Schmerz, der sich auf alles legte, das Taft dachte und anfasste. Veronika bildete eine Ausbuchtung in jeder Beschäftigung; nichts war ohne sie, ohne die Erinnerung an ihre Abwesenheit, ohne die Gewissheit seiner Unvollständigkeit, solange es keine Erklärung gab. Ein paar Male hatte er sie heraufbeschworen, die Undurchsichtigkeit ihres Wesens und ihrer Schönheit, nachts, zwischen den Kissen und der Decke auf seinem Sperrholzbett; getan, als sei sie da, so lange, bis er sie riechen und fühlen konnte, das Laken ihre Haut, jede Falte des Stoffes Symbol ihrer Erregung, und er hatte sich diese Erinnerung genommen, zornig und aufgewühlt, überdreht und erregt bis zum Wahn, nur um später, in einem nassen und klebrigen Laken, festzustellen, dass der Schmerz eine Gewohnheit geworden war, eine weitere Nuance seiner Tage und Nächte, kaltblütig in seiner Selbstverständlichkeit.

Möchtest du immer in Paris bleiben?, hatte sie ihn gefragt.

Darüber habe ich noch nicht nachgedacht. Möglicherweise.

Das heißt, du hast keine Meinung dazu? Du nimmst an, dass du eventuell in Paris bleiben willst, aber vielleicht auch nicht?

Genau das, hatte er geantwortet. Ist doch kein Problem. Wieso sollten wir uns jetzt festlegen? Jetzt ist es gut hier, aber vielleicht hast du in zwei Jahren ein Jobangebot in Amerika. Oder in Dubai. Oder in der Schweiz. Stell dir vor, Veronika: Möglicherweise richtest und bleichst du dann die Zähne einer verzweigten Scheich-Familie und wir leben in Saus und Braus in einem Zelt aus Brokat und Samt in der Wüste.

Veronika war vom Sofa aufgestanden, so nackt, wie sie dort mit ihm gelegen hatte. Juni. Warm. Spätnachmittag. Alles, nur kein Trott. Nicht abends, nicht im Bett, nicht, wenn das Licht ausging. Veronika experimentierte. Veronika genoss. Veronika hatte es fertiggebracht, sich zum Geburtstag ein Callgirl von ihm zu wünschen. Sie war an diesem Juninachmittag in die Küche gegangen und hatte Eiswürfel aus dem Fach über dem Kühlraum geholt, in zwei Gläser gegeben und perfekte Mojitos zubereitet. Minze, Limettensaft, Zucker, kubanischer Rum. Was, hatte sie dann gefragt, als sie mit den Gläsern zum Sofa zurückkam, was, Daniel, glaubst du, ist besser: weniger oder mehr Optionen für sein Leben zu haben?

Es war unwahrscheinlich, dass sich der Tennisball an den Vorfall am Berliner Flughafen überhaupt erinnerte, unwahrscheinlich ebenfalls, dass er für Tafts Anruf Verständnis aufbringen würde, aber das war ihm gleichgültig. Er musste Eloise Lunstroth sprechen, um nichts unversucht zu lassen. Hilfreich würde das natürlich nicht sein, konnte es gar nicht sein. Oder vielleicht doch – irgendwie. Er würde ihr zumindest erzählen, was passiert war. Sie mochte ihn für einen bedauernswerten Tropf oder einen besorgniserregenden Verrückten halten – nach ihrem eigenen Auftritt in der Fluggastbrücke würde sie ein gewisses Maß an Verständnis für irrationale Reaktionen aufbringen. Er wollte der Amerikanerin Eloise Lunstroth berichten, was Veronika nach dem Telefonat mit ihr gesagt hatte. Natürlich: pathetisch, närrisch. Trotzdem tippte Taft Lunstroths Namen in seinen Computer. Etliche Einträge mit Verweisen auf den Buchhandel waren die Antwort: Psychologie der Leidenschaft. Normale und pathologische Liebe. Nähe trotz Ehe. Verlangen und Leidenschaft. Bleiben, aber wie? Ihr Foto immer dabei. Der Tennisball. Sein gelbes Haar, das runde Gesicht. Freundlich, keineswegs hysterisch. Souverän, geschäftsmäßig, vertrauenerweckend. Taft las: Eloise Lunstroth gilt als führende Paartherapeutin der USA, wo sie durch zahlreiche Radiosendungen, Vorträge und Veröffentlichungen einen hohen Bekanntheitsgrad erreicht hat. Sie ist klinische Psychologin, war lange Zeit Direktorin des *Women's Health Center* in Maryland und gilt in Europa als richtungsweisend. Sie lebt heute in Berlin, wo sie das Charlottenburger Institut für Sexualund Paartherapie leitet. Taft las die Autorenangaben drei Mal. Er wusste nicht, was, aber jedenfalls das hatte er nicht erwartet. Es war aberwitzig. Ausgerechnet eine Paartherapeutin. Er betrachtete die Liste von Eloise Lunstroths Büchern, ging jedes einzelne durch. Cover mit verschwommen abgelichteten Nackten, einem roten Mund, verschlungenen Händen, zwei Paar Füßen, psychedelischen Mustern. Versuche der Wissenschaftsverlage, aus Paarung ein Sachbuchthema zu machen, so zu tun, als gebe es eine seriöse, saubere Form für Verlangen und Trieb, die einen nicht ins Wanken brachte, die nicht anzüglich, nicht pornographisch war, sondern guter Sex; Sex, wie er bravbürgerlich sein soll. Er las Inhaltsangaben und Pressestimmen, betrachtete immer wieder das Autorenfoto und las erneut. Charlottenburger Institut für Sexual- und Paartherapie. Nach einer ganzen Weile wechselte er die Seite. Die Telefonnummer mühelos auffindbar. Die Sprechstundenhilfe in Berlin sehr fröhlich. Termine? Erst im Spätsommer, Herr Taft, gerne, am dritten September?

Nachts. Katzen. Grau.

Herr Schattseit hieß nicht Schattseit, sondern Maximilian Groß und war nicht der Einsiedler, als den Taft ihn sich vorgestellt hatte, sondern ein lebensvoller, gut aussehender Mann Anfang siebzig. Olivia war schon zwei Tage bei ihm in Südfrankreich, als sie Taft vom Flughafen abholte. Sie stand mit zerzausten Haaren und blassbraunem Gesicht am Ausgang und hielt ein Pappschild hoch, auf das sie *Theorie* geschrieben hatte. Sie trug ein Fliederblumenkleid und lachte. Zur Begrüßung küsste sie seine Wangen, roch nach Sommer und Pfirsichen, frischen, flaumbedeckten Pfirsichen; eine glückliche Fügung, Taft mochte Pfirsiche. In einem mintgrünen Fiat 500 aus den 1970er-Jahren brachte sie ihn zu Groß' Domizil in der Avenue Guy de Maupassant du Cap, wobei sie das historische Stadtzentrum und verschiedene Wohnviertel passierten und auch an einer der Villen vorbeikamen, für die Taft einmal gesorgt hatte. Es war ein prachtvoller Renaissancebau mit Terrassengarten und Meerblick sowie einem felsigen Abstieg zum eigenen Bootssteg. Damit die Eigentümer nicht klettern mussten, war seit letztem Sommer ein mit rotgoldenen Kupferplatten ausgekleideter Aufzug in Planung, für den ein Schacht in den Küstenfelsen gesprengt werden sollte. Das war jedenfalls der Stand der Dinge, bevor Taft Veronikas wegen das Handtuch geworfen hatte.

Sehen Sie mal, sagte Olivia und fuhr langsamer, man kann es nicht gut erkennen durch die Hecken, es liegt weiter hinten, das Ferienhaus eines russischen Oligarchen. Taft entgegnete nicht, dass er jedes Zimmer kannte, jedes Kunstwerk im Haus, die Kameraeinstellungen der von London und Moskau aus einsehbaren Videoüberwachung und die Lieblingsbettwäsche der beiden Kinder. Er hätte erzählen können, in welchen Monaten Boris Galdow dort wohnte und in welchen nicht, dass er jetzt jedenfalls nicht da war, jedoch in drei, vier Wochen seine Lakaien und den zuständigen Mitarbeiter von *Sandhurst Real Estate* vorschicken würde, um Haus und Garten sommerfertig zu machen. Es würden frische Blumen gepflanzt, obwohl sich die vom Vorjahr anschickten, makellos zu blühen, neue Liegestuhlauflagen gekauft, weil Galdow nicht gern zwei Sommer auf denselben verbrachte, und es würde frisches Wasser in den Pool eingelassen, obwohl die sündhaft teure Chlorozonanlage es rund ums Jahr penibel reinigte. Taft schwieg stattdessen und nickte, atmete Frankreich und Frühling, hart an Veronika erinnert, fassungslos, dass letzten Endes sie ihn hergebracht hatte. Sie. Immer wieder sie. Als hätte er das Meer nie ohne sie gesehen, ohne sie nicht existiert. Als wäre er jetzt nicht. Er besah die Pinien und die Zypressen, die hohen Zäune und den kleinen Casino-Supermarkt, am Straßenrand die Pick-ups der Gärtner, mit Geäst und Grünschnitt beladen, die Altglas-Container neben der Metzgerei und Olivias hellbraunen Arm, schön, ihre Hand, die vom dritten in den vierten Gang und zurück schaltete.

Immer wieder Veronika. Alexandre hatte sie mitgebracht an dem Sommerabend im Marais. Taft war für Emilie eingesprungen, seine damalige Gefährtin, die arbeiten musste, während Alexandre nur ihretwegen Karten für die Vernissage organisiert hatte. Bitte, hatte Emilie darum zu Taft gesagt, ich hätte ein schlechtes Gewissen, ihn hängenzulassen, bitte, Daniel, geh du für mich hin. Und Taft hatte sich überreden lassen, war in die Métro gestiegen, Linie 11 bis Rambuteau, hatte sich in der Marian Goodman Gallery beflissen durch Tony Craggs Skulpturen gearbeitet – eine bunte Reihe von Wellen und Scheiben, *not yet titled* – und nach einer angemessenen Zeit des Staunens mit einem Glas Rotwein in den Innenhof der Galerie an der Rue du Temple gesetzt, zwischen Buchsbäume und Kunstgäste, die auf Taft stets die gleiche, traurige Wirkung hatten – wie sie sich so abmühten mit ihrem Interesse, ernst oder plappernd, jedenfalls nur da, weil es nach Kultur roch. Alexandre kam auf ihn zu. Veronika an seiner Hand. Das ist Veronika Schirmer, eine Bekannte von Tom, erklärte er, ließ ihre Hand los, um den Arm um sie zu legen. Stell dir vor, sie ist Zahnärztin. Sie sieht keineswegs so aus, aber ich vermute, sie ist ein Engel des Todes, brutal und grausam.

Veronika Schirmer stand in Jeans und schwarzer Seidenbluse vor ihm, die tiefroten, langen Haare wellig über ihren Schultern, die grünen Augen glanzvoll und schelmisch, froh, Taft wiederzusehen. Bei ihrem ersten Treffen drei Tage zuvor hatten sie keine Nummern ausgetauscht, kein Wiedersehen vereinbart. Ihnen war klar gewesen, dass sie einander begegnen würden. Bald. Taft sprang auf und küsste sie zur Begrüßung auf die Wangen. Was für ein Zufall, sagte er dazu leise. Und zu Alexandre: Hör auf, über sie zu sprechen, als sei sie nicht da.

Ihr kennt euch? Erzähl mir nicht, dass sie *deine* Zahnärztin ist!

Doch, hatte Taft geantwortet, das ist sie. Seit drei Tagen.

In diesem Moment, erzählte Alexandre später, sei ihm klar gewesen, dass die beiden heiraten würden. Ich habe meinen Arm von ihrer Schulter genommen und gewusst, es war verlorene Liebesmüh. Es lag eine solche Bestimmtheit und Ruhe in eurem Miteinander, Veronika hat kein Wort gesagt, aber ihr Blick drückte das Wesentliche aus. Und du hast gesprochen, als würdest du sie seit Jahren kennen. Es war alles so vertraut und selbstverständlich zwischen euch, als gebe es keine andere Möglichkeit. Man hat euch angesehen, dass es für immer ist.

Nach der Ausstellung in der Galerie an der Rue du Temple der guten Ordnung halber noch ein Essen zu sechst in einem nahegelegenen Bistro, *Café la Tour* oder so ähnlich. Alexandre wählte Schnecken- und Muschel-Cassolette auf Rahmspinat, Amaury Rindsnierchen à la minute, Sophie und Claire die Polentagaletten mit Gruyère. Veronika und Taft einander gegenüber. Seezunge Müllerin Art auf ihren Tellern. Sie unterhielten sich wie drei Tage zuvor, nach seinem Termin in ihrer Praxis – nur dass da seine rechte Wange taub gewesen und der Drink mit einem Strohhalm gekommen war. Er sabberte zweimal und fühlte sich wie ein Greis in besten Händen. Ihre Gedanken ineinander verwoben. Ihr Gesprächsrhythmus fließend, keine Leere, manchmal Schweigen, und das angenehm. Sie redeten über Skulpturen und Karies, Sommerferien an der Küste und Portwein in französischen Zwiebelsuppen, über Häuser und Menschen, Tierschützer und Käsekuchen. Darüber waren die anderen vier irgendwann fort, gegen zwei, die Hälfte der Stühle schon auf die Tische gestellt, der Fliesenboden darunter feucht gewischt, und Taft fragte, ob er sie nach Hause bringen dürfe. Jedes Detail dieses Abends konnte er nachzeichnen. Die Plastikbeschichtung des runden Bistrotisches mit der goldenen Umrandung. Die Fensternische, in die sie sich gepfercht hatten, weil auf dem Bürgersteig alle Tische besetzt waren. Das Brot, mit dem sie die Soße vom Teller saugte, die Rotweinkaraffe, die Alexandre mit dem Brotkorb umwarf. Veronikas Haut, blass und matt und kühl selbst bei den sommerlichen Temperaturen. Ihre freundliche Unnahbarkeit, die von Anfang an Tafts Eifer weckte. Er sah sie, wie sie das Glas hielt, elegant die Beine übereinanderschlug, laut lachte und ihre schwarze Seidenbluse zurechtzupfte, ihre tiefroten, gefährlichen Haare hinter die Ohren strich, ihre Jeans auszog, Tafts

Hemd aufknöpfte, ihn gegen den Garderobenschrank in ihrem winzigen Flur drückte und seinen gesamten Körper küsste. Seine Mühe, sich zu beherrschen, bis er nicht mehr konnte und sie auf die Spülmaschine in ihrer Küche werfen musste, um dort über sie herzufallen ohne jede Zärtlichkeit; er nahm sie mit einer brutalen Andacht und Intensität, die er bis dahin nicht von sich gekannt hatte. Sie kam aus der Dusche zurück und wollte mehr. Sie berauschte sich an ihm. Sie war die Frau seines Lebens und tilgte sein Interesse für jede andere. Er sah jedes Detail ihres Körpers und erinnerte sich des Gefühls, ihn zu berühren, in ihm zu versinken und zu wissen, dass es nicht aufhören würde, so zu sein. Immer so, wie am Anfang. Und dann fiel ihm ein, wie sie in diesen ersten Wochen ihrer Liebe, dieser Zeit des Anfangs, doch immerhin beträchtlich und von einiger Wichtigkeit, nicht einmal nach Emilie gefragt hatte, obwohl sie doch wusste, dass Taft mit ihr lebte, mit ihr ausging, mit ihr schlief.

Olivia parkte den Wagen auf der Straße und Taft wunderte sich einmal mehr, dass er nicht wütend wurde, dass sich immer noch, selbst jetzt noch, alles in ihm sträubte, endlich zornig über Veronikas Verhalten zu werden. Sie hatte einen Grund, davon war er überzeugt. Veronika hatte einen sehr guten Grund, so zu handeln. Da sind wir, sagte Olivia, zog den Schlüssel aus dem Zündschloss, und ihm war nicht klar, ob sie auch während der Fahrt mit ihm gesprochen hatte. Sie stiegen aus, er öffnete für sie das Gartentor zu einer Wildblumenwiese hin, auf der drei hochgewachsene Pinien den Weg zum Haus von Maximilian Groß überschatteten: Eine zweihundert Jahre alte provenzalische Villa, erklärte Olivia beiläufig. Sandfarben war das Haus, die Fensterläden hatte man graublau gestrichen. Vom Schwimmbad aus, einem langgestreckten, grün schimmernden Steinpool, sah man über die Dächer der Nachbarn hinweg aufs Mittelmeer. Taft blieb stehen und sah sich um. Ein klar geschnittenes Grundstück von einiger Größe, sehr gepflegt und, anders als die meisten Häuser der Gegend, nicht blickdicht verpackt – bauchige Oleander und einige Büschel Stechpalmen waren der einzige Sichtschutz zur Straße hin. Das Haus zwei Stockwerke hoch, dazu ein verblichenes Dach mit rotbraunen Ziegeln. Ein langgestreckter, eingeschossiger Anbau, davor eine Kiesterrasse mit eisernem Tisch und acht passenden Stühlen. Dort hatte Herr Groß für ein frühes Abendessen eingedeckt. Weiße Decke. Blaue Teller. Weingläser aus Pressglas wie in jedem ordentlichen Bistro. Eine Glasvase mit frischen Hortensien in Blau, in einer Silberschale daneben eine Flasche Champagner auf Eiswürfeln. Hinter dem Tisch, weit offen, die zweiflügelige Tür zur Küche, in der barfuß Olivia Schattseits Vater in weißen Shorts und einem dunkelgrünen Pullover mit V-Ausschnitt stand. Er hackte Basilikum und hörte, ziemlich laut, James Browns *I got you*, schwang dazu die Hüften und rief freudestrahlend: Da ist er, der einfallsreiche Herr Taft! Seien Sie willkommen!

Tafts Idee vom Misanthropen dahin. Groß war schon auf den ersten Blick gutartig, keiner, der dem Leben allenfalls in der Einsamkeit noch Positives abzuringen wusste. Sie schüttelten sich die Hände. Olivias Vater begutachtete ihn wie die Gemüseauslage eines Marktstandes und sah dabei nicht aus wie einer, der schon alles erlebt, der alles abgehakt hat, den nur mehr wenig interessiert und noch weniger überrascht. Er hielt Tafts Hand länger, als ein Händedruck erforderte. Die Augen nicht die seiner Tochter, eher braungrün, seine Haare auch dunkler als ihre, aber Blick und Habitus eine geradezu dokumentarische Familienangelegenheit. Taft sah in das gebräunte, muntere Gesicht seines Gastgebers, neben dessen Schneidebrett ein halbvolles Glas Rotwein stand.

Sie werten mit Ihrem Laden meine Immobilie auf, Herr Taft, sagte Groß schließlich, immer noch Tafts Hand schüttelnd. Ich sollte Ihnen also etwas besonders Gutes zu trinken anbieten, nicht wahr? Nun ließ er los und drückte einen Knopf auf der Fernbedienung neben seinem Glas. James Brown wurde leiser.

Taft sah Olivia überrascht an, die allerdings durch die Post auf dem Küchentisch blätterte. Ich hatte keine Ahnung, dass Ihnen das Haus in der Alten Straße gehört, entgegnete er.

Woher sollten Sie das auch wissen? Maximilian Groß gab ihm mit einem Handzeichen zu verstehen, dass er nur kurz auf die Terrasse ging, um den Champagner zu holen. Taft sah sich um. Die Küche nahm den ganzen Anbau ein. Die Längsseite des rechteckigen Raumes war voller Bücher, die Regale reichten vom roten Fliesenboden bis zur Balkendecke. Die gegenüberliegende Seite mit den Fenstern und der Tür zum Garten hin war mit einer langen Anrichte aus Edelstahl versehen, in die verschiedene Küchengeräte eingebaut waren. Beide Stirnseiten gehörten der Kunst: ein gelbroter De Kooning über dem Kamin auf der einen, auf der anderen Seite, neben der Tür zum Wohnzimmer, das bunte Ölbildnis eines Mannes am Meer, der Groß erstaunlich ähnlich sah.

MG Immobilien, sagte der Hausherr, als er mit der Flasche zurückkam und den Korken nahezu geräuschlos löste, ist ein hinreichend aussagekräftiger und seriös klingender Name für Mieter; Kunstnamen verabscheue ich. Deswegen hat mir Ihr Geschäftsname auch auf Anhieb gefallen, Herr Taft. Klar und deutlich: *Theorie.*

Olivia hat nicht erwähnt, dass Ihnen das Haus gehört, wiederholte Taft, immer noch erstaunt, aber Olivia war nach wie vor beschäftigt. Sie hat mir allerdings erzählt, dass Sie mit meinem Vormieter befreundet waren.

Morris Lartner, Olivias Patenonkel. Der beste Schuster, den Sie sich vorstellen können! Wir haben uns an der Universität kennengelernt und sind Freunde geblieben bis zu seinem Tod vor einem Jahr.

Er hat studiert und war dann Schuster?

Er hat Rechtswissenschaften studiert und neben seiner Tätigkeit als Strafverteidiger Schuhe repariert, wie er es schon als kleiner Junge gelernt hat.

Da Schuhsohlen gemeinhin Grundlage menschlicher

Fehltritte sind, scheint mir das Sinn zu machen, bemerkte Taft.

Maximilian Groß reichte ihm ein Glas, dann Olivia das zweite.

So kann man es sehen, Herr Taft, gewissermaßen. Dass Schuhe viel über ihren Träger verraten, ist nicht neu. In seltenen Fällen mögen sie auch Auskunft über ihre Beweggründe geben, wer weiß. Aber vielleicht sind Schuhe vor allem ein bodenständiger Schutz vor dem Dreck, den Menschen einem vor die Füße werfen können.

Groß sah kurz auf seine nackten Füße, hob sein Glas in Tafts und Olivias Richtung: Santé!

Sie tranken und Olivia machte sich an der Musik zu schaffen.

Ich mochte das Ladenlokal jedenfalls auf Anhieb, erzählte Taft. Es hat eine gute Ausstrahlung.

Wir haben es nach Morris' Tod nur ausgeräumt, nichts verändert. Das wollte ich nicht. Olivia auch nicht. Nach einer ganzen Reihe von Bewerbern waren Sie der erste, der den Laden ohne Wenn und Aber anmieten wollte. Das hat uns gefallen.

Was hat Sie eigentlich dorthin verschlagen, Taft?, fragte Olivia. Sie hatte sich für Pat Metheny entschieden: *Here to stay*.

Der Zufall hat mich dorthin verschlagen. Und dann kam die Frage, was und wie schnell Menschen wählen, wenn sie eine gewisse Anzahl von Optionen haben.

Das ist aber eine dünne Antwort. Menschen haben jeden Tag und überall eine gewisse Anzahl von Optionen, erwiderte Olivia spröde und nahm noch einen Schluck. Menschen wählen den ganzen Tag. Nicht der Zufall, sondern Sie, Taft, haben diese Stadt und diese Straße gewählt, obwohl Sie eine internationale Vita haben und viel prominentere Städte und Standorte hätten wählen können. Warum diesen?

Sie wollten sicher den Blick der Menschen an einem eben nicht prominenten, sondern eher durchschnittlichen Ort auf bestimmte Themen oder Optionen lenken. Liege ich damit richtig?, fragte ihr Vater.

Tatsächlich habe ich keine Mission, Herr Groß. Ich wollte zweierlei ausprobieren: ein Geschäftskonzept und das Leben in Deutschland, denn meine Mutter war Deutsche und hat immer Deutsch mit mir gesprochen. Zudem wollte ich mit *Theorie* herausfinden, ob ein Übermaß an inhaltlichen Gegenständen, an Motiven, Leitgedanken – nennen Sie es, wie Sie wollen – überfordert. Ich wollte sehen, was passiert, wenn eine Anzahl von mehr und weniger wichtigen Überschriften zur Verfügung steht, ob mit Leichtigkeit eine davon ausgewählt wird, ob mehr als eine gekauft wird, ob überhaupt eine gekauft wird. *Theorie* ist ein Experiment in einem Umfeld, in dem jede Denkrichtung möglich und erlaubt ist – die Deutschen scheinen mir recht entspannt zu sein, wenn es ums Denken geht, offener als die Engländer und Franzosen.

Interessant, Herr Taft, sehr interessant. Sicher würden es die Briten und Franzosen vehement bestreiten, aber ich vermute, Sie liegen nicht falsch. Die Briten sind sehr von sich eingenommen und haben eine klare Inselvorstellung von sich und der Welt. Die Franzosen sind ebenfalls sehr von sich eingenommen und denken häufig konservativer als vermutet, so gut sie zu leben verstehen. Die Deutschen hingegen sind überhaupt nicht von sich eingenommen, das trauen sie sich seit nun fast siebzig Jahren nicht mehr, deswegen sind sie gezwungen, immerzu alles neu und frei zu denken, sie stellen sich permanent infrage, was zwar nicht immer gut ist, sicher aber gut für Ihren Laden.

So ist es. Das habe ich mich gefragt: Wen interessiert, wer kauft ein Thema, das er eigentlich nur denken müsste?

Wieso überhaupt kaufen Menschen ein Thema? Das ist die ganze Geschichte, und ich bin immer noch erstaunt – das bin ich ehrlich –, dass es funktioniert.

Und das im Land der Dichter und Denker, sagte Olivia, eigentlich ist es eine Schande. Und ich bleibe dabei: Menschen wählen den ganzen Tag und überall. Was sie anziehen und einkaufen, was sie tun und was nicht, wohin sie gehen. Natürlich, antwortete ihr Vater. Aber das sind alltägliche Entscheidungen. *Theorie* ist etwas anderes, wenn ich es richtig verstehe. Oder gibt es unter Ihren Ideenkarten auch ›Badezimmer‹ und ›Sakko‹, Herr Taft?

Taft schüttelte den Kopf und trank noch einen Schluck Champagner.

Der Erfolg jedenfalls gibt Ihnen recht, meinte Maximilian Groß. Das Thema auf einer Karte ist den Menschen mehr wert als das Thema vor ihrer Nase. Auf der Straße die Entscheidung zwischen rechts und links, im Restaurant die Entscheidung zwischen Hühner- oder Rindfleischsuppe hat nichts mit der Entscheidung zwischen

Koulrophobie und Europa zu tun – das sind jedenfalls zwei Karten, von denen Olivia mir erzählt hat. Was davon wertvoller ist, vermag ich nicht zu sagen – bei Rechts, Links, Koulrophobie und Europa tendiere ich allerdings zur Suppe.

Taft lachte.

Was ist mit Ihnen, Herr Groß? Sind Sie auch, wie Ihr Freund Morris, Strafverteidiger geworden?

Jurist ja, aber kein Strafverteidiger. Die Strafverteidigung ist ein hartes Geschäft. Ich mache etwas wesentlich Unspannenderes. Aber wir haben gleich noch Zeit für eine ausgiebige Unterhaltung. Ich möchte unter anderem gern wissen, ob Sie *Theorie* auch in Frankreich oder England ausprobieren wollen, es wäre nur konsequent in Ihrer Forschungsabsicht – überlegen Sie sich also schon einmal die Antwort. Olivia, füll unserem Gast immer sein Glas und zeig ihm das Haus und sein Zimmer, damit er sich zurechtfindet. Ich habe hier noch zu tun, damit ich eure Erwartungen fürs Abendessen nicht enttäusche.

BLUE AND SENTIMENTAL. Eulalia, die rotbraune Katze, streunte um den Pool, als Olivia und Taft schwimmen gingen. Es war noch Zeit bis zum Abendessen. Zum ersten Mal seit Monaten ein Gefühl zarter Zufriedenheit. Die Umgebung friedvoll, der Himmel sonnenuntergänglich, das Wasser leicht, *blue and sentimental*; die lässigste Version davon in seinem Kopf, Count Basie, und Olivia zum Klang des Saxophons in ihrem schwarzen Einteiler

am gegenüberliegenden Beckenrand, beide Gläser frisch gefüllt neben ihr.
Sie haben einen alten Griesgram erwartet!, amüsierte sie sich. – Denn so haben Sie Ihren Vater dargestellt. – Ich habe nur gesagt, dass er nicht mehr so viel unter Leute geht. Aber in erster Linie ist er charmant und freundlich. – Was ist mit Ihrer Mutter? – Sie hat vor Jahren Reißaus genommen. Mein Vater hat mehr Liebhaberinnen als Studenten in seinen Hörsälen. Das war nie anders, und meist sind sie drei bis fünf Jahre jünger als ich. Da hat meine Mutter einen seriösen, zuverlässigen, ruhigen, älteren Herrn geheiratet. Wer könnte es ihr verdenken? Mein Vater jedenfalls hatte größtes Verständnis. – Er arbeitet also an der Uni. Es muss grausam für Ihre Mutter gewesen sein, freundlich in die Arme eines anderen Mannes entlassen zu werden. – Nur, wenn man eine sehr sentimentale Vorstellung von der Liebe hat. – Die Sie nicht haben? – Richtig. Wie steht's mit Ihnen, Taft? – Ich bemühe mich, überhaupt keine Vorstellung von der Liebe zu haben. – Sondern sie zu nehmen, wie sie kommt? – Sie klingen wie eine Fernsehastrologin. –
Taft tauchte unter und schwamm zu ihr. Nur das Rauschen und Gurgeln des Wassers im Ohr. Schwerelos. Alles unscharf. Eulalia aus dieser Perspektive ein Tiger. Auf der anderen Seite angekommen, sagte er: Beim Bezahlfernsehen wollte ich immer mal anrufen und einer dieser Moderatorinnen erzählen, dass sie mich nicht mehr loslässt, dass ich nicht mehr schlafen kann ohne

sie, dass sie mich heiraten oder mir wenigstens die Chance auf einen Kaffee geben muss, dass es schmerzt, wenn sie nicht auf Sendung ist, sondern die dicke Tarotkartenlegerin oder die spitzmäusige Frau mit dem hässlichen Schmuckangebot. – Sie kennen sich aber verdammt gut aus mit dem Bezahlfernsehen. – Ich liebe es. Angenehm. Amüsant. Anspruchslos. Der spitzmäusigen Frau mit dem hässlichen Schmuck möchte ich schon aus Barmherzigkeit alles abkaufen, der Tarotkartenlegerin nichts, aber wie sie dasitzen und sich durch die Stunden kämpfen, das hat etwas. Sie schlagen die Zeit tot, selten hat eine Redensart besser gegriffen als bei diesen Fernsehfrauen. Mit Schmuck, mit Karten, mit Sternen und Rätseln ... Was sie auch auf den Tisch legen, sie prügeln damit auf die Zeit und den Geist ein, und manchmal ist es das Einzige, was man braucht. Ich würde zu gern wissen, wie sie in einer völlig unerwarteten Situation reagieren. Leider ist es keine Live-Sendung. Leider kommt man auch selten durch auf gebührenpflichtigen Fernsehleitungen, das ist ja Sinn der Sache, damit möglichst viele teure Versuche gemacht werden, so verzichte ich schweren Herzens auf meinen Anruf dort. – Welches Sternzeichen sind Sie, Taft?, fragte Olivia unvermittelt. – Sie glauben doch nicht etwa an solchen Humbug? – Ich tippe, dass Sie Fisch sind. – Also schön, wo haben Sie es gelesen? – In der *Allgemeinen*, antwortete sie kess. Da stand Ihr Geburtsdatum. 13. März. Der Fisch ist der Menschenfreund unter den Tierkreiszeichen, wussten Sie das? – Nein. – Allein zu sein, fuhr

Olivia fort, kommt für einen Fisch Isolierung gleich. Fische sind dünnhäutig, leben aus dem Gefühl heraus. Und das Einfühlen in andere kann für einen Fisch zur Flucht vor sich selbst werden. Er geht im Leben anderer auf und vergisst sich darüber selbst. Trifft alles oder etwas davon auf Sie zu? – Ich hätte getippt, dass ein Fisch vor allem Wasser braucht, entgegnete Taft. – Das stimmt auch: Keine Höhen, keine Tiefen, gleichmäßig ruhige Wellenbewegungen. – Das klingt ziemlich langweilig. Wie oft sind Sie hier, bei Ihrem Vater? – Sooft es geht, leider ist das nicht sehr häufig. – Sie haben mir nie gesagt, was Sie beruflich machen, Schattseit. – Ich bin bei der Bundeswehr. In drei Tagen geht es wieder nach Afghanistan für mich. Olivia nahm ihr Glas und ließ ihn nicht aus den Augen. Count Basie auf einmal boshaft, seine Gelassenheit empfindlich zugespitzt, alle Bläser gleichzeitig, laut, schrill in Tafts Magen; *blue, sentimental*, unklar. Eine Soldatin. Damit hatte er nicht gerechnet.

Sie kamen mit Spargelsalat, gegrillten Rumpsteaks und Wein durch die Nacht, einem drei Jahre alten Châteauneuf du Pape vom zwei Stunden entfernten Weingut Château de Beaucastel, gekühlt mit Eiswürfeln – vom Vigneron tatsächlich so empfohlen –, welche Geschmacklosigkeit. Die Katze Eulalia zu ihren Füßen. Die versunkene Sonne ließ den Himmel erst abendrot, dann königstintenblau, schließlich mondscheinweiß zurück. Bei diesem Himmelszustand, gegen halb vier Uhr früh, wusste Taft endlich, mit wem er es zu tun hatte: Maximilian Groß,

Vater zweier ehelicher Töchter und zweier unehelicher Söhne, emeritierter Professor für Völkerrecht der Universität zu Köln, seit langem Berater der Vereinten Nationen sowie in den einschlägigen Beiräten und Kommissionen sowohl der deutschen als auch der französischen Regierung zu Rechtsfragen bei bewaffneten Konflikten, also auch verheerenden Terroranschlägen, die er »transnationale Gewaltanwendung durch Private« nannte; seit zwei Jahren »des guten Weins und Wetters wegen« Gastprofessor an der Faculté de Droit et Science Politique der Universität Nizza und ansonsten Koch, Spaziergänger und Doktorvater. Sie hatten über die Stunden vier Flaschen geleert und zwei Tüten Eiswürfel in ihren Gläsern verteilt, zwischendurch in regelmäßigem Wechsel angemerkt, dass es nun Zeit fürs Bett sei, aber schlafen ging die ganze Zeit dann doch keiner. Taft war alkoholschwer und gereizt, während Olivia fröhlich mit ihrem Vater lachte.

Gefahr.

Drei Tage. Dann Afghanistan. Schlagzeilen, die er zeitlich und örtlich nicht zuordnen konnte, wahrscheinlich hatte er sie sowieso nie zugeordnet, nur am Rande wahrgenommen. Sein Denken lahm. Fünf Soldaten bei Anschlag verletzt. Drei Soldaten getötet. Sechs Kinder fallen Sprengstoffattentat zum Opfer. Botschaft in Kabul geschlossen. UNO-Mitarbeiter sterben bei Attacke. Soldaten auf Patrouille in Nordafghanistan beschossen. Olivia stand auf und holte die fünfte Flasche Wein aus der Küche, immer noch lachend, er wusste nicht, worüber. Er verstand nicht, wie sie jetzt überhaupt lachen konnte, verstand auch ihren Vater nicht. Vor allem aber verstand er sich selbst nicht. Noch nie hatte er gründlich darüber nachgedacht, wer wo wofür kämpfte. In seiner Welt hatte es sich bei Soldaten um bestimmte Typen von Menschen gehandelt. Er hatte sich keinem Klischee hingegeben, durchaus nicht, aber jedenfalls Olivia war nicht, was er sich unter einem Soldaten vorstellte. Das brachte Taft durcheinander. Das und die damit einhergehende Frage, was seine Vorstellungen, diese Zementbauwerke seiner Phantasie, für seinen Blick auf die Welt und insbesondere auf Veronika bedeuteten.

Olivia kam zurück, füllte erst Tafts Glas, dann das ihres Vaters, zuletzt ihres. Sie saßen lange schweigend, schauten aufs Meer, das eins wurde mit dem morgengrauenden Himmel. Das Wasser ein stummes Feld, ungekrönt, ohne Gischt, glatt, die dionysische Welt, der berauschende Untergang. Es war Taft, der die Stille durchbrach, weil sich seine Gedanken im Kreis drehten. Er kam nicht weiter, er musste sich ablenken.

Sie sind also ein bedeutender Mann, Herr Groß.

Nur für Menschen, die etwas auf Titel und Urkunden geben.

Was Sie nicht tun, wenn Sie es so sagen. Aber sicher haben Sie viele.

Weil ich nichts auf sie gebe. Je weniger man von einer Auszeichnung hält, desto eher wird sie einem zuteil. Man kriegt allerdings jede Auszeichnung nur, weil sich damit die Leute schmücken, die sie verleihen.

Sie sind kein bisschen stolz?

Stolz? Ach, das ist ein so pubertärer Begriff. Ich bin sehr zufrieden, wenn wir tatsächlich etwas erreichen. Vor nicht allzu langer Zeit haben wir die ersten Schritte getan, um dem Internationalen Strafgerichtshof zu ermöglichen, in Zukunft nicht nur gegen Völkermord, Kriegs- und Menschlichkeitsverbrechen, sondern auch gegen staatliche Angriffskriege vorgehen zu können. Mit solchen Ergebnissen bin ich zufrieden. Sie würden es vielleicht Stolz nennen.

Was heißt das? Dass Sie einen Staat verklagen können? Und der Präsident, der den Krieg angezettelt hat, wird brav vor Gericht erscheinen? Ich dachte, der Internationale Strafgerichtshof verurteilt meist in Abwesenheit, eher symbolhaft, aber nicht durchsetzungsfähig.

Ihre Betrachtung ist zu schlicht, Herr Taft. Ich gebe zu: Der Internationale Strafgerichtshof hat ursprünglich eine eigenartige Form von Abwesenheitsurteilen praktiziert. Aber das geschah aus schierer Verzweiflung darüber, dass keine Angeklagten kamen. Inzwischen aber kommen sie. Außerdem wird mit jedem Urteilsspruch der Spielraum für Aggressoren kleiner. Immer kleiner. Keinem Staat wird es egal sein, wenn er international strafverfolgt würde. Das ist doch schon etwas, finden Sie nicht?

Ich schätze, man braucht viel Geduld für Ihren Job. Und den Glauben an die Kraft des Rechts. Aber hat es auch Macht?

Was ist die Alternative? Alles aufheben? Die Uhr auf null stellen und sehen, was ohne Regeln passiert?

Taft zuckte die Schultern. Haben Sie Auszeichnungen, Olivia?

Das ›Ehrenkreuz der Bundeswehr für Tapferkeit‹, meinen Sie? Nein, Taft, aber das haben bisher auch nur sechsundzwanzig Soldaten erhalten, zwei davon posthum.

Wie tapfer muss man sein?

Olivia sah belustigt aus. Generell oder um das Ehrenkreuz zu kriegen? Na ja, es ist kein Spaziergang. Aber das Wesentliche muss ich auch meinem Vater immer wieder sagen. Der Großteil der Soldaten, fünfundneunzig Prozent oder mehr, ich weiß es nicht genau, kommt gesund und munter vom Auslandseinsatz zurück. Aber lassen wir das, die Nacht ist zu schön.

Tatsächlich gibt es nur wenige bedeutende Menschen, wechselte ihr Vater das Thema.

Wen zum Beispiel?

Na, das werde ich Ihnen doch nicht sagen, Herr Taft.

Denken Sie nach. Wer bedeutet Ihnen etwas und warum?

Taft lehnte sich tief in seinem Stuhl zurück: Alle haben sich gegen mich verschworen. Genau das hat mich vor ein paar Tagen schon jemand gefragt. Erstaunlich: Jahrelang stellt einem niemand eine solche Frage, plötzlich innerhalb kürzester Zeit gleich zwei Personen.

Wer hat sie danach gefragt?

Einer meiner Kunden. In letzter Zeit habe ich eine Menge neue. Man will mich dazu bringen – und das ist kein Scherz –, mich politisch zu engagieren. Der Bürgermeister schickt seine Truppen, um mich in die Kommunalpolitik zu locken. Ziemlich komisch.

Olivia lachte. Maximilian Groß sah Taft ausgiebig an. In Ihren Augen mag es etwas Komisches haben, aber es ist gar keine dumme Idee, äußerte er dann. Wer weiß, wozu Sie gut sein könnten mit Ihrem Medienrummel und Ihren Ideenkarten. Warten Sie's ab, Herr Taft, am Ende sind Sie der bedeutende Mann. Sie werden uns alle in die Tasche stecken, warten Sie's ab ...

Damit stand er auf und ging zu Bett. Durchs Fenster sahen sie ihn die Treppe hinaufgehen, er machte nicht einmal mehr Licht. Sie hörten einen Stuhl rücken und die Badezimmertür, dann noch eine Tür. Schließlich war es still und sie waren allein.

Weißt du, Schattseit, sagte Taft da; der Tag erreichte seinen Stuhl und er blinzelte gegen Licht und Müdigkeit an. Ich duze dich von jetzt an, das Sie ist abwegig für uns, und tatsächlich weiß ich nicht, was ich nach dieser Nacht denken soll. Über dich. Über ihn. Was seid ihr beide nun? Lebenskünstler unter der Sonne Frankreichs oder deutsche Kämpfer für Recht und Ordnung? War es ein guter Abend für ihn, den Einsiedler, wenn er bis fünf Uhr morgens wach bleibt? Hast du diesen Beruf gewählt, um ihm etwas zu beweisen? Um dir etwas zu beweisen? Aus Idealismus? Was treibt einen Menschen dazu, Soldat zu werden – heutzutage, wenn man nicht unbedingt muss?

Ach, Taft, was treibt einen Menschen dazu, Lehrer, Bauer oder Arzt zu werden? Du wirst dich doch nicht etwa als Hinterwäldler entpuppen? Und ja: er wäre nicht so lange wach geblieben, wenn er dich hoffnungslos langweilig fände. Aber zu deiner wichtigsten Frage – was wir beide nun sind … Vielleicht müsstest du deine Sichtweise ändern, um es zu verstehen.

Nein, nein, ich verstehe: Europäer. Deine Ideenkarte …

Es war dir ernst damit. Ihr zwei sprecht mit solcher Leidenschaft darüber. Das ist also euer Ding. Dein Ding. Europa. Politik … Er hielt einen Moment inne. Dann sagte er: Kann man sich eigentlich aussuchen, in welchen Krieg man ziehen will? Wie im Supermarkt? Ein Pfund Israel, eine Prise Afghanistan, zum Dessert ein netter Bürgerkrieg irgendwo …?

Olivia gähnte. Wie in jedem anderen Beruf kann man Wünsche zum Einsatzort äußern, murmelte sie dann.

Schläfst du schon? Möglich.

Schließlich weiß ich nicht, warum du deinem Vater etwas beweisen wollen solltest, Schattseit – auch darüber denke ich nach. Du wirkst, als liege dir nichts ferner. Als seist du vollkommen unabhängig. Aber du wählst einen Beruf, bei dem man gar nicht anders kann, als Stellung zu beziehen. Du zwingst deine Familie und deine Freunde zur Stellungnahme. Aber wie kannst du das wollen? In einen Krieg ziehen, meine ich – das ist doch Schwachsinn, zumal Deutschland immer noch nicht weiß, wie es zu seiner eigenen Politik steht. Die Sicherheitspolitik der Bundesregierung, überhaupt, der ganze Krieg ist anachronistisch, und von Verteidigung zu reden ist ein Witz. Es gibt andere Lösungen, wir leben, zumindest hier, in einer einigermaßen zivilisierten Welt, insbesondere dein Vater tut es, hält sich an den Buchstaben des Gesetzes. Ach, warum hast du das Thema überhaupt aufgerollt?

Das habe ich nicht, Taft. Du tust das. Du wolltest – gestern Nachmittag, wohlgemerkt – wissen, was ich tue. Seither hast du ein Problem, obwohl mein Vater und ich sehr bemüht waren, dich abzulenken.

Ich wollte wissen, was dir etwas bedeutet. Wer oder was bedeutet dir noch etwas?

Noch? Können Dinge oder Menschen, die einmal etwas bedeutet haben, jemals gar nichts mehr bedeuten? Dann bedeuten sie doch immerhin so viel, dass sie nichts *mehr* bedeuten, was sie schon wesentlich von all den Dingen und Menschen unterscheidet, die überhaupt niemals etwas bedeutet haben.

Dem ist nichts hinzuzufügen, bemerkte Olivia. Ich langweile dich.

Das tust du nicht, du bist nur betrunken. Aber dein Entsetzen über meinen Beruf langweilt mich. Ich habe gesagt, dass ich beim Militär bin, ich habe nicht gesagt, dass ich eine fanatische Kriegerin bin. Anachronistisch ist es nicht, was ich tue. Sosehr es dich möglicherweise anwidert, Taft, es gibt sie, diese Kriege. Sie sind da. Sie sind weit weg, und offenbar bist du wie viele Menschen der Meinung, dass du damit nichts zu schaffen hast. Das musst du wissen. Ich bin anderer Ansicht, und paradoxerweise haben mich die Menschen in Deutschland sogar hingeschickt. Ob das sinnvoll oder blöd war, ob wir überhaupt darauf eingestellt und für die sich ständig ändernde

Situation in diesem Einsatzgebiet genügend gewappnet sind, darüber kann man streiten, aber du kannst die Kriege unserer Zeit nicht anachronistisch nennen, das ist ignorant und dumm, und ich weiß, dass du es nur tust, weil du zu müde bist, um noch klar zu denken.

Was du offenbar nicht bist.

Du musst eines berücksichtigen: Deine Reaktion ist für mich nicht neu. Sie begegnet mir mehr oder weniger überall. Dass ich Soldatin bin, finden die Menschen bestenfalls exotisch, oft merkwürdig und für einige wenige bin ich gestört, martialisch, eine Kampflesbe oder ein Neonazi. Ich bin daran gewöhnt und kann damit umgehen. Bei dir jedoch ist es anders. Ich bin mir sicher, dass du eigentlich nicht so tickst. Hinter all deinen Fragen verbirgt sich eine einzige, über die du bislang nicht und dafür heute die ganze Nacht nachgedacht hast, aber für deren Beantwortung du viel zu betrunken bist: Wofür würdest du kämpfen? Du analysierst mich, du interpretierst meine Worte, du suchst nach Widersprüchen und du drehst und wendest die Angelegenheit auf jede Seite. Aber eigentlich quält dich nur die Frage, für was du selbst kämpfen würdest. Ich finde es seltsam, dass du erst jetzt darüber nachdenkst. Wie alt bist du? Dreißig?

Kämpfen ... Taft schüttelte den Kopf und versuchte, seinen ersten Gedanken abzuwehren. Meine Güte, es klingt schon so bescheuert. Barbarisch. Überholt. Für was würde ich kämpfen? Den verkaufsoffenen Sonntag. Bessere Musik in Fahrstühlen ... – Für Veronika. Der erste Gedanke ließ sich nicht abschütteln. Er hatte den Eindruck, dass sein Gesicht von unsichtbaren Klammern gespannt wurde, die die Haut der Stirn, um Augen und Mund in alle Himmelsrichtungen zerrten. Seltsame Schwere der Luft auf seinem Körper und Geist.

Halt lieber den Mund!

Was ich leisten könnte, versuchte Taft seine Worte abzumildern; er konnte nicht aufhören zu trinken und nachzudenken und schlaflos zu sein. Was ich leisten könnte in einem ernstzunehmenden Kampf, wäre ein verschwindend geringer Beitrag. Betonung auf verschwindend.

Du würdest einfach abhauen? Wenigstens ehrlich, entgegnete sie belustigt, und das sehe ich ein: Wer stürzt sich schon gern mit Anlauf in ein Problem, mit dem er eigentlich nichts zu tun hat und das weit entfernt von seiner Haustür existiert? Aber nimm mal an, es läge vor deiner Haustür, und sagen wir mal, die Betonung läge auf gering, dann wäre dein geringer Beitrag immerhin etwas. Besser als nichts. In ein paar Jahren hast du keine Gelegenheit mehr dazu ... Sie hielt inne, sah auf die Uhr an ihrem Handgelenk, als sei am Ziffernblatt Tafts Zukunft abzulesen. Die Sonne färbte den grau-weißen Himmel endlich ordnungsgemäß blau, zartes Himmelblau von der saubersten Sorte, ohne Wolke. Sorglos. In ein paar Jahren, fuhr Olivia fort, hast du geheiratet und Kinder und ein Haus mit Garten, ein Hausmädchen, mit dem du ein Verhältnis hast, Prostatahyperplasien und den Vorsitz im Golfclub. Dann ist die Gelegenheit für einen geringen Beitrag dahin. Für immer. Für immer. Für immer.

Er *war* verheiratet, vielleicht sollte er es erwähnen. Verdammt noch mal, er *war* verheiratet, absurd verheiratet.

Wenn es einen unangenehmen Charakterzug an dir gibt, dann den, dass du immer das letzte Wort haben willst. Die Ewigkeit wird nicht länger, wenn du sie drei Mal wiederholst, antwortete Taft ärgerlich.

Aber sie wird eindringlicher! Und ich will überhaupt nicht das letzte Wort haben. Olivia sah so nervenaufreibend aus wie am Flughafen, wo sie mit diesem Schild gestanden und ihn zum Lachen gebracht hatte, so unkompliziert und nahbar, geradlinig und klar. Er wollte ihr nicht von Veronika erzählen.

Wieso trägst du eigentlich den Namen deiner Mutter und nicht den deines Vaters?, fragte er, um die Ewigkeit zu vergessen.

Schattseit? Olivia lächelte ihn an. Der Name ist schöner als Groß.

Dunkler jedenfalls. Auch das noch!

Spitz die Dinge doch nicht so zu, herrje, das war ein Scherz. Taft sprach nicht mehr ganz deutlich: Z-s-z-u-u.

Das machst du, Taft, nicht ich. Wir würden nicht seit dreizehn Stunden über meinen Vater, seinen Beruf, Krisenherde der Welt, über meinen Beruf und deine Vorstellungen davon sowie die angeblichen Erwartungen meiner Familie sprechen, wenn du eine klare Auffassung über dich und deinen Beruf und die Erwartungen deiner Familie hättest. Wenn du, was deine Zukunft betrifft, so entspannt wärst, wie du vorgibst zu sein. Du willst gleichgültig sein, bist es aber nicht. Mit *Theorie* ist etwas auf dich eingestürzt, mit dem du nicht gerechnet hast. Jetzt wollen Menschen, dass du ihnen nicht nur Themen hinwirfst, sondern auch Verantwortung übernimmst, und insgeheim wunderst du dich, dass dir das gefällt. Du siehst darin ein neues Feld für dich. In Wahrheit willst du sie, die anderen Perspektiven. Die der Kommunalpolitiker in deinem Laden. Die meines Vaters. Meine. Aber wie sollten sie dir helfen? Es ist immer schwierig, sich für eine Zukunft zu entscheiden. Die Entscheidung ist moralisch. Sie ist schwer. Und das Wichtigste an ihr ist: Jeder muss sie allein treffen, sonst ist die wertlos.

So ein Schwachsinn! Nichts davon stimmt, und natürlich münzt du alles auf Moral, du Rambo. Wie heißt eigentlich ein weiblicher Rambo? Gibt es ein Äquivalent? Natürlich muss es auf Moral hinauslaufen, darüber also sprechen wir. In den Krieg ziehen ist moralisch wertvoll. Deutschland bei allen Fragen des Internationalen Strafgerichtshofs zu beraten und zu repräsentieren ist moralisch wertvoll. Ein Laden mit Ideen ist es nicht, ist sogar unmoralisch, weil ich Menschen Sachen verkaufe, die sie umsonst haben können, deswegen interpretierst du jetzt einen heimlichen Wunsch zu öffentlicher Verantwortung in mich hinein? Himmel, hör auf mich zu beurteilen!

Ich kenne dich nicht mal, Taft. Olivia stand auf, um zum Schwimmbad zu gehen. Nichts liegt mir ferner, als ein Urteil über dich zu fällen. Du bist nett. Du bist klug. Du hast mir einen Gefallen getan mit deinem Besuch hier. Wieso sollte ich dich verurteilen?

Noch immer wusste Taft nicht, worüber sie eigentlich sprachen, warum er sie mit seinen Irrungen und unausgegorenen Hirngespinsten belästigte. Sie machte ihn redselig, ließ ihn die Stille füllen, die seit Veronika schwer zu ertragen war. Welches Sternzeichen hatte sie? Er hatte vergessen zu fragen. Es gab nichts an Olivia, das ihm nicht eigensinnig erschien – von Anfang an. Nichts passte zusammen. Sie erinnerte ihn an das Kinderspiel aus Holzplättchen, bei dem Körperteile und Kleidungsstücke beliebig zusammenzusetzen waren: Entenfüße zum Bärenbauch zum Tigerkopf. Polizistenhose zum Krankenschwesterkittel zur Kochmütze ... Alles Weltanschauung. Alles richtig und falsch. Alles Freak-Show. Ihr erster Besuch bei *Theorie*. Armeehose mit Seidenbluse. Blick warmherzig, Reden frech. Ansichten apodiktisch. Wesen aufgeschlossen. Ihre Gestalt nicht die einer Soldatin, welcher Unsinn, was dachte er da? Ihre sommertagblauen Augen, die nichts mit ihrem ruhigen, vollen Mund zu tun hatten. Und die Hände, dachte Taft trunken, die passten nicht. Nicht zu einer Soldatin, wobei ihm nicht klar war, was er gegen eine Soldatin einzuwenden hatte und warum er wünschte, Olivia würde einen anderen Beruf haben. Ihre Unabhängigkeit und Gelassenheit wollten sich nicht in seine Vorstellung von Militär und Gehorsam fügen. Er beobachtete sie, wie sie zur Erfrischung ins Schwimmbad sprang. Halb sechs Uhr früh. Sie trug jetzt einen schwarzen Bikini unter dem schwarzen Kleid, das sie zum Abendessen angezogen hatte und nun einfach auf die Wiese fallen ließ. Sie sprang vom Beckenrand – ein schnurgerader

Pfeil. Als sie auftauchte, schleuderte die Bewässerungsanlage Regenbögen über den Rasen und über Taft, der so berauscht und dösig war, dass er liegen blieb und über Farben nachsann. Über die Farben und Olivias Schwarz. Nichts, dachte er, bevor er einschlief, nichts spielte in diesen Tagen, in seinem Leben mehr eine Rolle.

Ameisen mit Himmelsaugen

Angefangen hat es mit der PKK. Mit deren Angriffen auf die Türkei in den 1990er-Jahren. Dann Al-Qaida, der 11. September 2001. Die Hisbollah und Israel 2006 … Plötzlich erschienen die Dinge auch für uns Juristen in einem anderen Licht. All das ist ›transnationale Gewaltanwendung durch Private‹, wobei ich verstehe, dass Sie der Begriff irritiert. Aber wir haben es hier nicht mit Staaten oder Staatsorganen zu tun, Herr Taft. Auch wenn Sie sie paramilitärische Armeen nennen – das können Sie nicht beweisen, höchstens vermuten oder fürchten, Sie müssen präzise bei den Fakten bleiben. Die Hisbollah ist zwar im Südlibanon territorial verwurzelt, aber was ist mit Al-Qaida? In Afghanistan gab es Ende der 1990er und Anfang der 2000er eine gewisse lokale Verfestigung mit Ausbildungslagern, aber dass sie in der lokalen Bevölkerung verwurzelt sind? Die Berichte der internationalen Einsatztruppen dort sagen anderes. Sie sprechen von zunehmend weniger Rückhalt in der Bevölkerung für Al-Qaida. Aber vielleicht ist das gar nicht wichtig und macht die Sache nur noch gefährlicher. Es gibt keine nationale oder regionale Zielsetzung: Al-Qaida ist überall. Und ja, ich denke, das ist eine Form von Krieg.

Aber kein Bürgerkrieg. Wie Sie es eben sagten, klang es, als hielten Sie die Situation in Afghanistan für einen Bürgerkrieg. – In Tafts Kopf lichtete es sich allmählich. Maximilian Groß hatte ihn geweckt, weil er davon überzeugt war, dass Taft in seiner ungünstigen Schlafposition auf dem Terrassenstuhl ein Rückenleiden davontragen würde. Er hatte Tafts Schulter gerüttelt und laut ›Ischias‹ gerufen, glaubte Taft wenigstens, ihm dann eine Tasse Kaffee auf die Terrasse gebracht, sich zu ihm gesetzt und zu reden begonnen. Taft hatte keine Ahnung, wie spät es war. Die Sonne stand hoch, die Themen waren kompliziert.

Nun ... Sie haben natürlich recht, Herr Taft – obwohl ich kaum fasse, dass Sie überhaupt einen klaren Gedanken fassen können. Sie sind wirklich nicht ins Bett gegangen? Sicher möchten Sie duschen, bevor Olivia mit den Croissants zurück ist. Wir können später weitersprechen.

Taft schüttelte den Kopf, trank einen Schluck Kaffee und bedeutete Groß, weiterzusprechen.

Wie Sie wollen. Also, Sie haben recht: Es ist schwierig, einen Namen für all das zu finden. Es ist kein Bürgerkrieg in Afghanistan und ist doch einer. Ein Beispiel: Der Generalbundesanwalt hat auf das Gewohnheitsrecht im Bürgerkrieg zurückgegriffen, als er entscheiden musste, wie der Angriff eines deutschen Oberst auf einen Lastwagenkonvoi im Kundustal zu bewerten sei. Das heißt, er hat das Kampfführungsrecht angeführt, und das war genau richtig so. Aber in den deutschen Alltag schaffen es die Wörter Krieg und Kampf nur schleppend, also verstört ein Begriff wie ›Kampfführungsrecht‹. Offiziell sind die Truppen immer noch im Sicherheitsunterstützungseinsatz. Wahlweise übrigens auch – in einer grotesken Wortbildung – im Krisenstabilisierungseinsatz, worauf es meines Erachtens tatsächlich hinausläuft: auf die nachhaltige Stabilisierung der Krise. Aber wie geht ›Krisenstabilisierung‹, ›Sicherheitsunterstützung‹ in einem zerrissenen Land? Welche Bewertung legt man an? Dazu kommt die Erfordernis einer neuen, vernetzten Sicherheitspolitik in Deutschland, die alle Politikfelder einschließt. Davon ist Deutschland seiner Geschichte wegen weit entfernt. Sehen Sie: Solche Sachen sind mein Job. Ich habe Ihnen ja gesagt, es gibt Spannenderes.

Groß stapelte tief wie am Abend zuvor, aber es war ihm ernst damit, bemerkte Taft jetzt. Der Professor kokettierte nicht, sondern befürchtete zu langweilen, wenn er allzu ausführlich von seiner Leidenschaft, seinem Rechtsgebiet, sprach. Taft stellte die Tasse ab und fragte: Befinden sich also die USA in ihrem jahrelangen Kampf gegen den Terrorismus unter juristischen Gesichtspunkten im Bürgerkrieg mit Al-Qaida?

Sie befinden sich in einem nicht internationalen bewaffneten Konflikt, in dem sie das Bürgerkriegsrecht als Quelle staatlicher Handlungserlaubnisse hernehmen – für den Einsatz von Kampfdrohnen in Afghanistan und Pakistan etwa. Der Oberste Gerichtshof in Amerika steht auf dem Standpunkt, es handele sich um die völkerrechtliche Möglichkeit eines Bürgerkriegs mit transnationaler Dimension.

Verzweifeln Sie nicht manchmal an solchen Fragen und Definitionen? Wenn Sie in New York bei den Vereinten Nationen sitzen und abschätzen können, wie lange es dauern wird, bis diese oder jene Regelung überhaupt verabschiedet, dann, bis sie greifen wird?

Mitte der 1990er-Jahre hat ein serbischer Politiker protestiert, der sich vor dem Strafgerichtshof verantworten musste. Er meinte, das Gericht entscheide ohne Rechtsgrundlage. Der italienische Richter an der Spitze des Strafgerichtshofs gab eine Antwort, die mir nie mehr aus dem Kopf gegangen ist. Er erklärte, dass Bürgerkriegsparteien seit den 1930er-Jahren überall auf der Welt dazu übergegangen seien, Regeln zu akzeptieren, die denen des Humanitären Völkerrechts im Krieg ähnelten. In einem zeitgemäßen Völkerrecht seien Krieg und Bürgerkrieg nicht mehr ungleich zu behandeln: Aus der Perspektive des einzelnen Menschen, der Schutz suche, mache es keinen Unterschied, ob er international oder national bedroht sei. Das war ein Meilenstein. Und er hat damit zugleich gesagt, dass es Zeit braucht, wirklich viel Zeit, das Recht durchzusetzen.

Klingt vernünftig, den Bürgerkrieg wie den Krieg zu sehen.

Ja und nein. Daran ist – wie oft – der Halbsatz das Wichtigste. Menschen sind bedroht. Das können wir mit unseren Kompendien und Aufsätzen und unseren Theorien und Abhandlungen nicht verhindern; es muss einem gefolterten, gefangenen, flüchtenden Menschen zynisch vorkommen, in welche Paragraphen wir uns verstricken, um die Frage zu klären, unter welches Recht das ihm zugefügte Unrecht überhaupt fällt. Aber das habe ich in meinem Leben wirklich gelernt: Es geht nur so, in kleinen Schritten. Es ist der einzige Weg, alle mitzunehmen, die es angeht. Sollen Ergebnisse erzielt werden, die akzeptiert werden, müssen sich alle einbringen und Kompromisse gefunden werden. Das dauert. Es ist mühsam. Denken Sie an das, was der frühere UN-Generalsekretär gesagt hat: »Ich musste vielen Teufeln die Hand schütteln – und dafür gab es immer nur einen Grund: Ich wollte Leben retten. Ich hatte keine Wahl.«

Sie sind also der Generalsekretär der Völkerrechtswissenschaft.

Unsinn. Ich bin einer von ziemlich vielen Juristen, die damit umgehen.

Kennen Sie ihn gut, den früheren Generalsekretär?

Nun, ich telefoniere mit ihm wie auch mit dem neuen und wir sehen uns, wenn es zufällig passt. Wenn ich in New York bin, treffen wir uns zum Lunch.

Warum sagten Sie ja und *nein*? Was ist nicht gut daran, Menschen im Bürgerkrieg mit Hilfe des Völkerrechts zu schützen?

Es ist komplex, Herr Taft. Sie kriegen nichts umsonst. Verständigen wir uns für den Bürgerkrieg auf die Regeln des Humanitären Völkerrechts, gilt als Kehrseite der Medaille auch das Kampfführungsrecht, das mit dem Schutz des Menschen nichts zu tun hat. Das ist die grausame

Seite des Krieges, das Einvernehmen, den Feind während der gesamten Zeit, die der Konflikt dauert, zu töten – unabhängig davon, ob der gerade angreift oder Blumen gießt. Das resultiert aus der Geschichte der internationalen Kriege: Wer eine andere Uniform trägt, wird umgebracht, egal, was er gerade macht.

Olivia trug zwei Baguettes und eine weiße Papiertüte, als sie über die Wiese auf sie zukam. Du hast dein Flugzeug verpasst, Taft, rief sie und lachte, wenn du nicht sechs Stunden mit Zwischenstopp in München fliegen willst, musst du bis morgen bleiben!

Gehen Sie endlich duschen, Herr Taft, befand Maximilian Groß daraufhin, stand auf und ging zur Küchentür, lassen Sie sich Zeit, denn wir haben Zeit – und noch eine Menge zu besprechen.

Das Gästezimmer war ein karger, zweckmäßig eingerichteter Raum mit angeschlossenem Badezimmer am Ende des Flurs, in dessen Mitte Taft nun stand, unschlüssig, während unten, auf der Terrasse, Geschirr klapperte. Olivia und ihr Vater deckten den Tisch. Er wusste nicht, was er tun sollte. Eine Nacht hatte er einkalkuliert, nicht zwei. Das verpasste Flugzeug war unerwartet, und Unerwartetes hatte seit Veronika eine unangenehme Wirkung auf ihn. Die Wände seines Zimmers weiß getüncht, der Boden aus Stein, ein Bett, ein Tisch mit Stuhl und ein Schrank, in dem nichts hing – Taft hatte außer Rasierzeug, Unterwäsche, Badehose und frischem Hemd nichts mitgebracht. Nur noch das kleine, viereckige Geschenk für Groß, das er am Vorabend zu überreichen vergessen hatte. Die CD von Jamie Cullum. *Just one of those things.* Und natürlich all die anderen Lieder. Sein Bett noch jungfräulich mit schneeweißer Überdecke. Er hatte es bislang nur benutzt, um seine Tasche darauf abzustellen und nach dem Schwimmen am Vortag seine Handtücher übers Fußende zu hängen. Taft ging zum Fenster und sah über die Wiese mit Turmkraut und Gauklerblumen zu dem Oleander am Gartenzaun. Zwölf Uhr. Er konnte über München fliegen, um der Situation zu entgehen. Er konnte auch ins Hinterland fahren und dort alleine wandern, das hatte er lange nicht mehr und früher sehr gern gemacht: im Massif des Maures etwa, zum Monastère de la Verne. Und, ja, natürlich, er konnte auch einfach bleiben. Maximilian Groß war kein unangenehmer Gastgeber, ein interessanter, freundlicher Mann. Es war das Pfingstwochenende, sein Laden blieb am Montag ohnehin geschlossen. Andererseits hatte er einen längeren Aufenthalt nicht vorgesehen, und Olivia wollte vor ihrer Abreise sicher noch Zeit mit ihrem Vater allein verbringen.

Auf der Straße, die er aus seinem Blickwinkel nur unvollständig sah, fuhr langsam ein weißes Auto vorbei. Ein Renault oder Citroën, die Marke nicht zu erkennen, sowieso verwechselbar. Eine Frau hinterm Steuer, blond, ihr Gesicht dem Grundstück von Maximilian Groß zugewandt, vor ihren Augen eine große Sonnenbrille. Taft beugte sich vor. Irritiert. Schwerfällig. Sie fuhr langsam weiter. Der Wagen, gesichtslos wie alle Mietwagen der Autoverleiher am Flughafen, rollte wie in Zeitlupe. Taft lehnte sich aus dem Fenster, als könne er dadurch besser sehen. Irgendetwas stimmte nicht. Die rechte Hand der Fahrerin am Bügel ihrer Sonnenbrille, als wolle sie die Brille zur Stirn heben oder ganz abnehmen, um bessere Sicht auf Groß' Grundstück zu haben. Die rechte Hand der Fahrerin am Bügel der Sonnenbrille so, wie Veronika ihre rechte Hand an den Bügel ihrer Sonnenbrille gehoben hatte. Dieselbe Haltung. Dieselbe Kopfform. Dieselben Wellen in den Haaren, nur blond. Taft drehte sich um, riss die Tür zum Flur auf und sprang die Treppen hinunter. Auf der Kiesterrasse rannte er an Maximilian Groß und Olivia vorbei, über die Wiese zum Gartentor und auf die Straße. Es konnte nicht sein. Und doch: immerhin vorstellbar. Die Straße leer. Taft rannte sie in Fahrtrichtung des weißen Autos hinunter. Veronika!, schrie er an der nächsten Kreuzung. Veronika! Kein Wagen. Nichts. Er sah sich nach allen Seiten um. Lief erst die eine, dann die andere Straße ein Stück hinauf und wieder hinunter. Nichts. Alles leer. Was war er für ein Idiot? Taft fiel auf die Knie und legte seine Hände auf den Asphalt. Er kauerte auf der Kreuzung, mitten darauf, die Einfahrt zu einem Anwesen in seinem Rücken, ein hohes, hölzernes Tor, geschlossen, unwirtlich, still, nur ein paar Grillen in den Bäumen zu hören. Er hockte da, hielt die warme Straße fest und weinte.

BLACK HOLE SUN. Sie kniete sich neben ihn. War sie das?, fragte Olivia. Taft hatte Mühe zu sprechen, nahm aber die dargebotene Hand in seine: Wen meinst du? – Deine Frau. Oder deine Freundin, was weiß ich. Jedenfalls die Frau, die dir so zu schaffen macht: Veronika. Du hast diesen Namen gerufen.
Ein Müllwagen kam auf die Kreuzung zugefahren. Sie blieben beide, wo sie waren, reglos, unerschrocken. Der Wagen fuhr hinter ihnen vorbei und hupte.
Stell dir vor, Taft, erklärte Olivia. Streng genommen bin ich eine Veteranin. Aber ist es nicht ein Jammer, dass ich noch nie so bezeichnet worden bin? Da gebe ich mir so viel Mühe, aber kein Schwein will mich Veteranin nennen, nur, weil ich nicht verletzt wurde.
– Ich nenne dich gern Veteranin, wenn es dich glücklich macht. – Das ist nett von dir, Taft. Und falls du der Ansicht bist, dass nur eine Veteranin ist, wer auch gekämpft hat, so kann ich dir immerhin erzählen, dass ich einen Anschlag miterlebt habe, in der Nähe von Bymalacy.
Taft sah sie an.
Wir hatten dort mit Bauern gesprochen, die – wie die meisten in der Gegend – Mohn anbauen. Rot blühende Felder. Hübsch, eigentlich. Wenn nur nicht ... Na, jedenfalls gingen wir gerade zu unseren Fahrzeugen zurück, als wir aus etwa einem Kilometer Entfernung angegriffen wurden. Schüsse jagten durch die Luft, bellten laut, kurz. Wie getroffene Hunde. Sie kamen aus den Hügeln der ansteigenden Berge um uns herum.

Es ist erstaunlich: Du hörst in einem solchen Moment genau, mit welchen Waffen du es zu tun hast. AK-74. Alte russische Sturmgewehre. Du bist hellwach. Hast eine geschärfte Wahrnehmung. Die Sonne erschien mir plötzlich ganz schwarz; mein Kamerad Walther schubste mich in einen Wassergraben, dann fiel er auf mich und blutete. Ich dachte noch, dass das alles nicht wahr ist, dass ich mir das nur einbilde, dass so etwas nur den anderen passiert oder in der Zeitung steht, aber ganz sicher nicht mir geschieht, selbst dann nicht, wenn ich mittendrin bin. Natürlich weiß ich, dass die Zahlen real sind: In den letzten zehn Jahren sind über fünfzig deutsche Soldaten in Afghanistan gestorben. Walther blutete am Kopf; sein Blut war überall auf mir und ich dachte, ich blute selbst auch. Alles tat weh, es schepperte und knallte über uns. Unser Panzerkommandant erledigte alles. Ein paar Salven. Dann war es still. Wir saßen zu fünft im Graben, die anderen im Panzer und hinter Fahrzeugen. Wir hockten noch über eine Stunde in diesem Graben, bis die Kameraden aus Faizabad bei uns waren. Die Sanitäter versorgten Walther, dessen Kopf ich so lange auf meinen Schoß gebettet hatte, meine Jacke wie einen Verband darum. Die Bauern aus dem Dorf brachten Wasser. Es war nur ein Streifschuss knapp über dem rechten Ohr. Walther grinste schief und sagte: Siehste, Olive, jetzt haben wir das auch mal erlebt …

Olivias Hand zitterte leicht. Ich habe das noch keinem außerhalb der Truppe erzählt, Taft.

Er stand langsam auf, den Song *Black Hole Sun* unweiger-

Kopf. Er half Olivia hoch, ihre Hand immer noch ner. Sie standen mitten auf der Kreuzung und sahen nder an.

bin noch nicht fertig da unten, fuhr Olivia fort. Ich öchte aber gern, dass du weißt, Taft: Ich gehe nicht, weil ich das für eine Heldentat halte oder moralische Ziele verfolge, wie du gestern Nacht gemutmaßt hast. Ich gehe, weil es meine Arbeit ist. Das ist mein Anspruch an mich als Kapitänleutnant. Vielleicht muss das für dich und andere unverständlich sein, keine Ahnung, aber ich weiß, dass ich noch einmal nach Afghanistan muss.

Taft umschloss ihre Hand mit seinen beiden Händen. Ich dachte, sie wäre es, antwortete er und hörte *Black Hole Sun*. Meine Frau, meine ich. Veronika. Sie hat mich vor vielen Monaten verlassen.

Stell dir vor, Daniel, in Nordafrika gibt es Ameisen, Cataglyphis, die in ihrem 0,1 Milligramm leichten Gehirn ein hochkomplexes System der Wegintegration haben ... Sie saßen beim Abendessen in ihrer Wohnung an der Rue de la Tour 123, Spaghetti mit frischer Tomatensoße, Veronika hatte beim Kochen eine Dokumentation im Fernsehen verfolgt. Taft war eben erst von einer Hausmeisterreise nach Zürich für *Sandhurst Real Estate* zurückgekehrt. Diese Ameisen marschieren auf irgendeinem Zickzackweg zu ihrer Beute, erzählte Veronika. Sie tun das, ohne eine Duftspur zu hinterlassen wie andere Ameisen. Sie wissen also nicht, welchen Weg genau sie zurückgelegt haben. Doch auf einem ganz anderen Weg, dem geraden und kürzesten nämlich, kommen sie exakt zu ihrem Ausgangspunkt zurück. Ist das nicht unglaublich? Eine Forschungsgruppe der Uni Zürich hat versucht, Roboter nach dem Vorbild der Cataglyphis zu bauen, und ist hoffnungslos gescheitert. Denn was diese Ameisen können, bedeutet auf die Größe eines Menschen übertragen: Wir müssten, nachdem wir einen hundertzwanzig Kilometer langen und keineswegs geradlinigen Marsch in unmarkiertem Gelände zurückgelegt haben, in atemberaubender Geschwindigkeit von fünfzig Metern pro Sekunde auf dem kürzesten Weg zurückgehen. Weißt du, was der Weltrekord im Sprint ist? Zehn Meter pro Sekunde! Die Ameisen würden uns in dieser Disziplin locker schlagen. Und weißt du, wie sie das machen, diese Cataglyphis? Sie haben Himmelsaugen, Daniel, sie orientieren sich am Polarisationsmuster des Himmels, das für uns Menschen ohne Hilfsmittel unsichtbar ist. Sie aber sehen es. Und mit Hilfe von Richtung und Entfernung berechnen sie dann den schnellsten Weg zurück. Sie haben vermutlich den besten Orientierungssinn der Welt.

Taft lag am Schwimmbad, die Bilder dieses Abends ganz nah. Veronika hatte in weißen Jeans vor ihm gesessen, weil sie keine Zeit gehabt hatte, sich nach der Praxis umzuziehen. Darüber ein cremefarbener Pullover aus Kaschmir, auf dem ihre dunkelroten Locken wie ein Seidenschal aussahen. Mit dem Weinglas in der Hand berichtete sie von der Entdeckung der Forscher und der Bedeutung von Orientierung; phantastisch fand sie das, unglaublich. Und ausgerechnet sie hatte ihm die Orientierung, seinen Himmelsaugen den Anhaltspunkt genommen. Vielleicht war es so, überlegte er, während Olivia im Liegestuhl auf der anderen Seite des Pools einen zerschlissenen Krimi las, vielleicht war es so, dass sich Veronika auf der Suche nach etwas – was es auch war – zickzack durch ihre Sahelzone bewegte, so wie die Cataglyphis durch die wirkliche Sahelzone krabbelten. Möglicherweise versuchte Veronika, schneller als die Ameisen zurückzufinden, wild entschlossen, den Weltrekord im Sprint zu brechen. Und eventuell hatte sie sich bei ihrem Experiment verlaufen, den Blick aufs Polarisationsmuster des Himmels verloren und ihm zugleich seinen genommen. Sie war gegangen und hatte ihn um seine Himmelsaugen gebracht. Hatte aus ihm den Narren gemacht, als der er sich auf der Straßenkreuzung erwiesen hatte. Und natürlich würde sie dazu sagen, was das einzig Richtige war: Einen Narren macht niemand aus dir, Daniel. Einen Narren macht man immer nur aus sich selbst. Womöglich hatte am Ende alles mit ihren roten Haaren zu tun. Seine damalige Freundin Emilie hatte ihn gewarnt: Sie wird dir das Herz brechen, Daniel, so wie du jetzt meines brichst, mich betrogen und belogen hast, dass ich mir vorkomme wie ein blödes Stück Mist. Wie naiv ich war! Ich dachte, dass die anderen betrogen werden. Die, die immer nur auf ihrem Partner herumhacken, herumnörgeln, sich langweilen, nicht miteinander reden, keinen Sex mehr haben und wenn, dann unglaublich langweiligen. Ich dachte nicht, dass es mir passieren würde. Uns. Ich habe geglaubt, alles ist gut. Und er hatte geantwortet, dass alles gut war. Dass sie keinen Fehler gemacht hatte. Dass er ziemlich glücklich gewesen war. Aber jetzt eben ... Ich liebe sie, Emilie, hatte er gesagt, ich liebe diese Frau. Dann geh und liebe sie, hatte Emilie geschrien, geh weg und liebe sie und lass dich von ihr verführen und ablegen, denn das wird sie tun – rote Haare sind gefährlich, denk daran, du mieser Betrüger.

Hexen. Zauberinnen. Allenfalls zwei Prozent der Weltbevölkerung hatten das Ginger-Gen für rote Haare. Die meisten Rothaarigen gab es in Schottland, verbreitet waren sie vor allem im ehemaligen Völkerwanderungsgebiet der Kelten und Pikten, also auch Irland und Wales. Emilies schmerzerfülltes, nasses Gesicht vor Augen, hatte Taft damals schuldbewusst und mit einer gewissen Beklommenheit alles über Rothaarige gelesen. Emilie hatte schließlich nicht unrecht: Mit Veronika ging es schnell und fast zu selbstverständlich. Undurchschaubar. Geheimnisvoll. Verführerisch. Das waren die Hollywood-Adjektive für rothaarige Frauen. Wenn Emilie inzwischen von Veronikas Verschwinden gehört hatte, wovon auszugehen war, hatte sie an diese Unterhaltung gedacht. An diesen Moment ihrer Trennung, so wie Olivia fortan beim Anblick der Straße vor dem Haus ihres Vaters daran denken würde, wie Taft auf der Kreuzung gekauert hatte. Es gab diese Augenblicke, Szenen in der Beziehung zu einem Menschen, die man nie vergaß, die sich für immer mit dieser einen Person verknüpften – egal, wie oft sie sich möglicherweise in anderer Zusammensetzung wiederholten. Ein Satz. Ein Wort. Der Geschmack von Zitroneneis. Der Duft von Flieder. Ein Bild von Claude Monet. Die Kreuzung an der Avenue Guy de Maupassant du Cap. Olivia würde diese Straßenkreuzung fortan immer mit ihm assoziieren. Mit seinem Kniefall. Als handele es sich bei der Gabelung Boulevard Gardiole Bacon, Avenue Aimé Bourreau und Guy de Maupassant du Cap um das Ehrenmal der Helden des Warschauer Ghettos. Maximilian Groß war taktvoll genug gewesen, kein Wort über den theatralischen Auftritt zu verlieren. Olivia hatte beim mittäglichen Frühstück geplaudert, als wäre nichts gewesen. Und Taft hatte auf seinem Croissant mit Waldbeerenkonfitüre gekaut. Beschämt. Verstört. Ein Narr, dachte er, als Olivia ihm jetzt vom Pool aus eine Salve Wasser ins Gesicht spritzte. Er hatte nicht einmal mitbekommen, dass sie ihren Krimi zur Seite gelegt hatte und ins Becken gesprungen war. Wie lange er schon einen Narren aus sich machte!

Olive nennen sie dich also, sagte er.

Zumindest die, deren Dienstgrad es erlaubt, entgegnete sie selbstbewusst, so hat man mich schon in der Schule genannt, nicht besonders originell.

Was erwartet dich in Afghanistan, Schattseit? Wenig Schlaf.

Er trocknete sein Gesicht mit einem der hellgrauen Poolhandtücher, die Maximilian Groß in einem Korb neben dem Schwimmbad platziert hatte. Im Ernst, sagte er.

Das ist mein Ernst! So war es vor drei Jahren.

Wo genau warst du? Taft rollte das Handtuch zu einer Nackenrolle und lehnte sich dagegen.

Provinz Badachschan im äußersten Nordosten Afghanistans. Zwischen Tadschikistan, China und Pakistan; unser Lager war in Faizabad, der größten Stadt dort.

Und dahin gehst du wieder.

Nein, das Lager wurde inzwischen aufgelöst. Allerdings denke ich, dass wir in nicht allzu ferner Zukunft wieder dort zu tun haben werden. Die Drogen in Afghanistan sind seit jeher ein Problem, das ist nicht neu, aber allmählich ist es dramatisch. In Badachschan blühen die Schlafmohnfelder, soweit das Auge reicht. Seit wir weg sind, sind die Anbaugebiete um fünfundzwanzig Prozent gewachsen. Parallel dazu steigt die Zahl der Süchtigen. In Afghanistan sind zweimal so viele Erwachsene drogensüchtig wie im weltweiten Vergleich. Opium und daraus gewonnenes Heroin werden konsumiert. Vor allem aber exportiert.

Und die Bundeswehr will sich demnächst als einschlägige Beratungsstelle um den Mohnanbau und Drogenkonsum der Afghanen kümmern.

Natürlich, Taft ... Olivia lachte gequält. Stell dir einfach die Gemengelage vor: Die Taliban, aber auch Warlords und die Mafia verdienen Unmengen Geld mit der Opiumproduktion. Es geht um Drogenkartelle, Korruption, Waffenhandel. Afghanistan ist der größte Opium- und Heroinlieferant der Welt. Mehr als die Hälfte der Afghanen ist jünger als fünfundzwanzig Jahre und hat kaum Perspektiven. Es ist nur eine Frage der Zeit, bis die Lage vollends außer Kontrolle gerät. Eine Frage von Leben und Tod ist es für die Bauern. Wer nicht mehr mitmachen will, kriegt Ärger mit seinen Abnehmern, und die haben Waffen aus dem Ausland für den Kampf gegen die Taliban ... Aber was sollten die Bauern anbauen? Gemüse? Es ist ein wirklich schlechter Witz: Dein britischer Premierminister wollte vor zwölf Jahren dafür sorgen, dass heute sämtliche Drogen in Afghanistan beseitigt sind. Inzwischen ist es schlimmer als jemals zuvor, verdammt gefährlich und unübersichtlich. Alle hängen mit drin, und das Heroin landet über Tadschikistan und Russland in Westeuropa.

Ich habe es gelesen und gehört, mir aber nie wirklich klargemacht.

Ich glaube, die ganzen Probleme kriegt man abends vor dem Fernseher einfach nicht mehr auf die Reihe und sortiert aus – der aktuellste Schrecken ist logischerweise der prägnanteste. Auf Afghanistan hat auch keiner mehr Bock: zu oft gehört, zu schlecht gelaufen, alles kurz vor Schluss, also Seite vier in der Zeitung. Ich bin allerdings sicher, dass wir die Geschichte früher oder später wieder auf Seite eins finden.

Wenn es euer Lager in Faizabad nicht mehr gibt: Wo wirst du stattdessen sein?

Mazar-e Sharif.

Kenne ich, nickte Taft und wusste zugleich, dass er keine Ahnung hatte.

Letztes Mal bin ich dort nur gelandet und dann mit dem Hubschrauber weiter nach Faizabad geflogen. Deswegen kann ich dir nicht viel davon erzählen. Nur das, was wir in der einsatzvorbereitenden Ausbildung gelernt haben. Nichts, das du nicht irgendwo nachlesen könntest.

Erzähl es trotzdem, wenn du es schon gelernt hast.

Hauptstadt der Provinz Balkh. 320 000 Einwohner, also eine der größten Städte des Landes, liegt am Marmalgebirge. Handelsplatz für Textilien, Drehscheibe für Mekka-Pilger. Vor dem Krieg gab es eine einigermaßen gut ausgebaute Leichtindustrie dort – Baumwollverarbeitung, Textilfabriken. Jetzt nicht mehr. Inzwischen ist die Universität wohl wiedereröffnet, außerdem etliche Schulen und ein Krankenhaus.

Es ist gefährlicher als Faizabad. So sagt man. Ja.

Mit welcher Verzögerung erfährt die Welt von Anschlägen auf die Militärs?

Ein paar Stunden, glaube ich, das geht fix.

Hast du Angst?

Olivia sah ihn lange an. Ihre Augen jetzt lichtblau, sonnengetränkt. Dann sagte sie ruhig: An meinem ersten Tag in Faizabad habe ich, wie es von da an zu meinem täglichen Job als Presseoffizier gehörte, mit dem Dolmetscher die afghanischen und deutschen Zeitungen nach Nachrichten durchforstet, die für den Kommandanten wichtig waren. Da gab es in einem afghanischen Blatt die Meldung, dass Aufständische im Süden des Landes neuerdings Kinder als Attentäter einsetzten. Sie gaben ihnen Rucksäcke und schickten sie zu bestimmten Zielen, dort jagten sie per Fernbedienung die Bombe im Rucksack in die Luft. Wir fuhren am selben Tag nachmittags raus nach Faizabad-Stadt. Plötzlich waren wir in einer Straße, in der etwa einhundert Kinder um uns herum waren – Schulkinder mit ihren Rucksäcken. Sie hatten gerade frei, kamen aus dem Unterrichtsgebäude, lachten und redeten und wuselten durcheinander. Ich war wie gelähmt. Ich stand da und habe gezittert, sah nur die Rucksäcke, kein Gesicht. Erst ganz langsam habe ich mich zusammennehmen können und gedacht: Hör auf damit. Überwinde diese Angst. Hör auf zu zittern. Wenn du nur die Möglichkeiten siehst, wirst du das Land nicht wahrnehmen und tust den Menschen unrecht. Es waren Kinder, sie waren sehr nett und freundlich und haben sich gefreut, uns zu sehen.

Taft schwieg eine Zeit lang. Du hast gesagt, dich erwartet wenig Schlaf. Ich dachte, wegen der Angst. Darum habe ich gefragt.

Olivia lag vor ihm im Pool, die Arme angewinkelt auf den Beckenrand gestützt, ihr Kinn auf den flach übereinandergelegten Händen. Sie wackelte mit den Füßen, platschte damit ins Wasser und ließ die Oberfläche Falten werfen. Nein, Taft. Wenig Schlaf hatte ich wegen meiner Arbeit. Badachschan galt als sehr ruhig, deswegen konnte ich dort viel machen. Oft mit rausfahren, viel sehen und erleben, also auch viel nach Deutschland berichten – für die Medien und für unsere eigenen Publikationen. Ich bin morgens um fünf Uhr aufgestanden, hab mir einen guten Kaffee im Restaurant geholt und mich dann an die Zeitungslektüre gesetzt. Um sieben Uhr musste mein Pressespiegel stehen. Dann bin ich oft mit einer Patrouille raus. Meist ohne, ab und zu mit Journalisten aus

Deutschland, denen ich geholfen habe, ihre Afghanistan-Geschichte zu filmen oder zu schreiben. Aber das geht halt nur, wenn du ein gutes und vertrauensvolles Verhältnis zu den Kameraden hast, nur dann reden sie und erzählen dir und den Journalisten, wie es ihnen wirklich geht, was sie erleben, wie ihre Eindrücke vom Einsatz sind. Daher bin ich oft auch abends mit ihnen zusammen gewesen. Gemeinschaft ist wichtig da unten. Und aus diesem Grund habe ich wenig geschlafen: Abends spät in die Falle. Morgens früh raus. Ganz einfach.

Erzähl mir von Faizabad, bat er.

Es ist ein breites Tal auf knapp über eintausend Metern Höhe, umgeben von zweitausend Meter hohen Bergen. Eine unglaubliche Aussicht. Karg. Weit. Die ärmste Gegend Afghanistans, nie von den Taliban besetzt, mit einer ganz eigenen Schönheit. Es klingt banal, es so zu formulieren, aber tatsächlich kann ich es mit keiner anderen Landschaft vergleichen, die ich kenne. Als ich ankam, war es vierzig Grad heiß, ich konnte kaum atmen. Die klare, heiße Bergluft schlug mir ins Gesicht, legte sich um mich. Unser Lager war so groß wie sechs Fußballfelder, auch das ist eine besondere Erfahrung, in dieser Modelleisenbahnwelt zu leben. Du kannst ja nicht einfach nach Faizabad-Stadt rein und dich in ein Straßencafé setzen, also gibt es alles im Lager. Laden, Café, Sportclub, Kirche ... Eine eigene Welt.

Taft nickte. Ich stelle mir diese Welt vor wie in Wildwestfilmen. Das Fort der Soldaten, mit spitzen Holzpfählen umzäunt, an jeder Ecke ein Aussichtsturm und draußen Winnetou. Eine winzige Stadt im Nirgendwo, umgeben von Menschen, die das Fort und die weißen Menschen da nicht haben wollen.

Fängst du etwa eine politische Diskussion an, Taft? Olivia tauchte einmal unter und prustete dann Wasser in seine Richtung. Wir sind keine herrschsüchtigen Imperialisten, keine Guerilla-Truppe. Wir werden als Hilfs- und Stabilisierungstruppen hingeschickt.

Richtig! Ihr verteidigt die Sicherheit Deutschlands am Hindukusch. Ich habe es gelesen ... Wer hat das gesagt? Euer Verteidigungsminister? Außenminister? Aber wie viele Nationen haben sich in dem Land schon vergeblich versucht und fürchterlichen Schaden angerichtet? Mal ehrlich: Wie ist es mit den Afghanen, Schattseit? Wollen die euch dort?

Was soll ich dir darauf antworten? Es gibt sie nicht, die eine Antwort und *die* Afghanen, alles viel zu komplex, man weiß gar nicht, wo man anfangen soll. Viele sind froh über unsere Hilfe, kooperativ und freundlich, dankbar. Andere nicht. Von den Aufständischen abgesehen, bei denen die Antwort natürlich klar ist: Ich schätze, es ist nahezu *fifty-fifty*. Auch manche zivile Afghanen hätten uns lieber nicht dort. Wie fändest du es, wenn vor deiner Haustür ein riesiges, streng bewachtes Feldlager voller ausländischer Soldaten aufgeschlagen würde?

Taft stand auf und setzte sich zu ihr an den Beckenrand. Das eben überlege ich gerade. Aber ich verstehe zu wenig von diesem Krieg. Du hast es mir gestern an den Kopf geworfen und recht damit: Er ist weit weg, und das ist ein sehr bequemer Weg der Betrachtung. Man kann nun einmal nur ein bestimmtes Quantum an Themen bedenken und aushalten und legt daher aus nachvollziehbaren Gründen die weit entfernten auf den hintersten Stapel. Ich habe über eine Menge Fragen nicht nachgedacht, die du mir gestellt hast. Wie lange kennen wir uns? Zwei Monate? Und schon liegen vor mir mehr oder sagen wir: ganz andere Fragen als in den vergangenen zwei Jahren. Also gut, Afghanistan. Wie fände ich ein Feldlager vor meiner Haustür? Wenn meine Umgebung so rau und gefährlich wäre ... Wenn ich mein Land nur als einen Ort des Krieges kennen würde ... Vermutlich wäre ich froh, euch dort zu haben. Aber ich kann darüber nicht klar nachdenken. Mein Kopf ist voll mit dieser anderen Frage: Was, wenn eines dieser Schulkinder wissentlich oder unwissentlich eine Bombe im Rucksack gehabt hätte?

Gewöhn dir die Konjunktive ab, Taft, antwortete Olivia und lachte ihn an, grundsätzlich, meine ich: Gewöhn dir die Konjunktive ab, damit kommt man wirklich besser durchs Leben.

Monogamie

Monos!, dozierte Maximilian Groß und lief dabei um den Tisch. Monos ist altgriechisch und bedeutet ›allein‹, ›einzig‹, und alle Wörter, die mit Mono anfangen, sind mir suspekt. Nehmen Sie bei der Musik die Einkanaltechnik, Mono, im Vergleich zu Stereo. Am Monotheismus ist die Crux, dass man sich nicht das Beste aus den verschiedenen Religionen nehmen darf. Ein Monokel ist nicht gut für die Augen, Monopole sind selten gesund und Monologe meist eintönig. Monotonie – die ultimative Steigerung der Langeweile. Und da fällt die Überleitung zur Monogamie doch leicht … Was soll ich sagen, Herr Taft, die Worte, die mit Mono anfangen, behagen mir nicht. Er setzte sich zu Taft und fügte noch an: Deswegen konnte meine Ehe auch nicht halten, das sehe ich ein.

Aber ein Monolith sind Sie doch auch nicht? Groß lachte. Sagen wir: selten.

Wie heißt sie?

Valérie.

Eine Ihrer Studentinnen?

Ein anbetungswürdiges Geschöpf mit wilden, kringeligen Locken und feurigen Bernsteinaugen. Ja, eine Studentin. Wenn ich mich richtig erinnere, gibt es kein Mono-Wort in meinem Laden, überlegte Taft laut.

Sehen Sie, ereiferte sich sein Gegenüber, es war später Nachmittag und Groß war von Apfelsaft auf Whisky umgestiegen. Das werden Sie instinktiv und im Sinne Ihrer Kunden entschieden haben. Das fühlt man – mono ist nicht gut. Kennen Sie eine gute Ehe, in der es funktioniert?, fragte Taft.

Ich kenne jedenfalls zahllose Ehen, die sich zu mono verdonnert haben und so tun, als seien sie glücklich. Das finde ich besonders infam.

Andererseits sind viele Ehen gescheitert, die sich offen nannten und das als intellektuelle Errungenschaft betrachteten. Der Offenheit kommt regelmäßig das Gefühl in die Quere – es steht zwar nicht mehr Betrug über der Geschichte, aber der Schmerz, die Eifersucht bleiben.

Labsal.

Wurzelteer, Leinöl, Sikkativ: Labsal, der Schiffsanstrich, zur Konservierung von Schiff und Ladung. Oder eben, in ganz anderer Bedeutung, Erfrischung und Wohltat. Taft notierte das Wort im Geiste. War es das, was Veronika suchte? Eine Erfrischung, während er an Konservierung gedacht hatte? Konservierung eines Zustands, der, wenn man Maximilian Groß glaubte, nicht konservierbar war? Labsal ihrer Ehe. Ich bin nie einem meiner Freunde treu gewesen, hatte sie ihm mitgeteilt. Du musst das wissen,

Daniel, ich habe es einfach nicht geschafft, immer ist mir jemand dazwischengekommen. Es war nicht das Alte, das schlecht, sondern das Neue, das reizvoller war, verstehst du, die Erotik des Kennenlernens, das Glas Champagner, das mir jemand reichte mit einem Blick, der Verheißung war. Es sind diese Momente, die keiner bemerkt; sie finden in aller Öffentlichkeit statt, auf einem Empfang, bei einem Fest. Alle sehen dir zu, keiner findet etwas Ungewöhnliches oder Bemerkenswertes an der Situation. Sie ist selbstverständlich, aber die beiden, die es angeht – der Mann, der als aufmerksamer Gastgeber das Glas herbeischafft, füllt und reicht, und die Frau als Gast, die es erhält, dankbar nickend annimmt –, diese beiden wissen, was eigentlich geschieht in diesem Augenblick, während die Partner an ihrer Seite freundliche Konversation betreiben. Die beiden treffen eine wortlose Verabredung. Wozu genau, wissen sie zu diesem Zeitpunkt noch nicht. Aber ihnen ist klar, dass es eine Verabredung ist.

Hältst du wieder deine flammende Rede gegen die Ehe?, amüsierte sich Olivia, die aus dem Haus auf die Terrasse trat, jetzt in einem roséfarbenen Minirock und einer weißen Baumwollbluse mit Stickereien.

Unsinn! Ihr Vater fuchtelte durch die Luft. Ich habe nichts gegen die Ehe. Wer sie mag, soll sie eingehen. Ich mag sie nicht.

Aber du magst Frauen und Kinder, mein lieber Vater.

Natürlich. Und bevor du es sagst: Ich übernehme Verantwortung für sie.

Bis auf die emotionale Verantwortung.

Emotionale Verantwortung muss jeder für sich übernehmen – bis auf die ganz kleinen Kinder, versteht sich.

Da ist der Haken in deiner Theorie, bemerkte Olivia trocken.

Herr Taft, sagte Maximilian Groß, glauben Sie mir: Ich habe meine Kinder öfter gesehen und intensiver begleitet als manch anderer, verheirateter Vater, der den ganzen Tag im Büro sitzt. Oder hast du mich etwa zu wenig gehabt, Olivia? Zu wenig Liebe gehabt? Zu wenig Stabilität?

Ich hatte von allem mehr als genug. Deswegen bin ich auch zum Militär gegangen. Aggressionsabbau! Olivia sah die beiden Männer am Tisch belustigt an und schenkte sich selbst auch einen Whisky ein. Ist das nicht ein Klischee über Soldaten? Aggressive Idioten?

Da hört sich doch alles auf!, empörte sich ihr Vater. Aggressionsabbau! Die Ruhe und Souveränität in Person ist sie, Herr Taft. Besonnen. Umsichtig. Wissen Sie, welches Theater dieses Kind für seinen alten Herrn veranstaltet hat, bevor es das erste Mal nach Afghanistan ging? Hat herumgeschrien und ohne Punkt und Komma Vorträge gehalten.

Olivia schüttelte den Kopf. Ihr Gesichtsausdruck verriet, dass ihr Vater die Geschichte nicht zum ersten Mal verdrehte. Ein paar Tage, bevor ich abreiste, stellte sie klar, war ich bei meinem Vater zu Besuch. Nicht hier. Damals hatte er dieses Haus noch nicht. Wir saßen also zu Hause beim Frühstück auf seiner Terrasse – er hatte eine wunderbare Wohnung mit Blick auf die Synagoge, Rathenauplatz, falls du dich in der Ecke auskennst. Bist du eigentlich schon vertraut mit der Stadt? Jedenfalls saßen wir da draußen, tranken Kaffee und im Hintergrund lief das Radio. Nachrichten. Es ging um einen Anschlag in Afghanistan. Also habe ich versucht, so viel und so laut wie möglich zu sprechen. Ich wollte nicht, dass er es hörte, weil er zu dieser Zeit sehr nah am Wasser gebaut hatte und ständig versuchte, mir die Abreise noch auszureden. Und zwar auf jede erdenkliche Weise ... Nicht ich, *er* hat das Theater gemacht, und zwar nicht zu knapp! Zweimal hat *er* auch ein bisschen herumgeschrien dabei. Jedenfalls – an diesem Morgen beim Frühstück war es anders. Irgendwann sagte er ganz ruhig in meinen Wortschwall hinein: ›Hör auf, so herumzubrüllen, Olivia, hör auf zu versuchen, es leicht für mich zu machen. Ich habe mit dem zuständigen Generalleutnant der Nato telefoniert. Er hat mir erklärt, dass siebzig Prozent Glück und dreißig Prozent gute Ausbildung sind und ich auf die Ausbildung meiner Tochter vertrauen soll. Und das werde ich jetzt tun, mein Kind‹, Olivia imitierte ihren Vater, ›ich vertraue auf deine gute Ausbildung, denn auf das Glück kann ich nur hoffen.‹

Maximilian Groß sah seine Tochter an. Und das werde ich jetzt wieder tun müssen, nicht wahr? Auf deine verdammte Ausbildung vertrauen.

Taft beobachtete Olivia. Ihre Augen, so blau wie Hyazinthen in diesem Moment, waren auf ihren Vater gerichtet. Kein Wort war nötig, ihr Gesicht zeigte die Wärme.

Kinder? Veronika hatte sich auf eine der schwarzweißen Säulen im Jardin du Palais Royal gesetzt. Natürlich, Daniel. Natürlich möchte ich Kinder mit dir haben. Einen ganzen Stall davon. Nur nicht gleich. Können wir noch ein Jahr oder zwei warten? Ich möchte mich vorbereiten, weißt du, ich möchte mich darauf einstellen. Es wird ein ganz anderes Leben sein als das, das wir jetzt führen. So wenigstens stelle ich es mir vor. Wenn ich an Kinder denke, denke ich an ein Haus in einem Vorort und nicht die Wohnung in der Rue de la Tour, weißt du? Ich sehe einen Garten vor mir wie den, den meine Eltern in Deutschland haben. Keine Angst: Ich beabsichtige nicht, wie meine Mutter in den Pflanzen aufzugehen. Aber ich sehe weniger Verkehr und eine Schaukel. Die Sache ist nur die, dass ich mich im Moment nicht in einem Vorort mit einer Schaukel sehe. Darauf muss ich mich erst einstellen. Aber ja, grundsätzlich ja.

Maximilian Groß nahm einen beachtlichen Schluck Whisky und schenkte dann allen nach. Sie sehen, Herr Taft, ich kann meine Tochter nicht davon abhalten, in den Krieg zu ziehen. Das Schlimme ist: Ich verstehe sie. Ich habe kein vernünftiges Argument gegen ihre Entscheidung vorzubringen – vom Sinn oder Unsinn dieses Krieges zu sprechen, dazu ist es lange zu spät. Einer muss den miesen Job machen – auch jetzt, kurz vor Ende, wo allen klar ist, dass das Land nicht so zu stabilisieren ist, wie man es einmal tollkühn gehofft hat. Es gibt politische Zusagen, Verpflichtungen …

Ich dachte, Sie halten nicht viel von Verpflichtungen?
Oh, Herr Taft, das ist ein immenses Missverständnis.

Schließen Sie nicht von meinem Lebensstil, den nur

begrenzte Geister unkonventionell nennen, auf mein Verständnis von Recht, Ordnung, Politik. Konvention bedeutet Übereinkunft. So gesehen, bin ich furchtbar konventionell, denn ich treffe mit jeder Frau eine Übereinkunft. Nun zur Verpflichtung. Sobald es sich nicht um zwei, sondern um eine Gruppe von Menschen handelt, um ganze Nationen gar, brauchen wir unbedingt Verpflichtungen, müssen sie eingehen und uns daran halten. Dazu zählt Afghanistan. Maximilian Groß machte eine bedeutungsschwere Pause. Dann fuhr er fort: Ich habe nachgedacht, Herr Taft. Politik ... Einer wie Sie, das wäre gar nicht blöd.

Taft rollte die Augen. Um Himmels willen. Nun fangen Sie nicht auch noch an!

Bist du verrückt?, rief Olivia. Ich habe dir gesagt, er interessiert sich nicht für Politik. Noch dazu ist Taft Brite, vergiss das nicht: Er hat einen Inselblick! Er interessiert sich ja nicht einmal für seine eigenen Ideenkarten. Vielleicht verkauft er sie deswegen so gut.

Das ist mein Stichwort! Ich habe vergessen, Ihnen Ihr Geschenk zu geben!, fiel Taft in diesem Moment ein. Er war froh, vom Thema ablenken zu können.

Unsere Unterhaltung ist damit aber nur unterbrochen, nicht beendet, ob Sie Brite sind oder nicht, sagte Maximilian Groß bestimmt. Holen Sie mein Geschenk! Ich liebe Geschenke. Solange es keine Flasche Wein ist, ist alles willkommen.

Ich sage es gleich: Es ist auch keine Ideenkarte.

Das hätte mich auch enttäuscht. Wenn ich Ihr Konzept

richtig verstanden habe, geht es darum, sie selbst auszusuchen.

Folgsam stand Taft auf und ging ins Haus. Politik, dachte er auf dem Weg nach oben. Waren denn alle verrückt geworden? Was war nur los mit den Menschen in seiner Umgebung? Er hatte keine Ahnung von Politik, keinerlei Kompetenz, keinen Ehrgeiz. Warum sollte ausgerechnet die Abstinenz alles Wesentlichen ihn für ein derart komplexes Betätigungsfeld auszeichnen? Ebenso gut konnte man ihm antragen, eine Vorlesung über Kernphysik zu halten. Er begriff nicht, was da geschah, wo man ihn verortete, da er sich verloren sah. Und wo genau hatte er sich aufgehalten – vorher, als er sein Leben noch für ordentlich gehalten hatte?

Die Menschen sprachen ihm Talente oder Interessen zu, die er selbst nicht sah, sich nicht zurechnete. Journalisten hatten ihm im Zusammenhang mit *Theorie* Attribute verliehen, die ihn erstaunten. Vor ein paar Monaten noch, als sie in den Zeitungen erschienen waren, hatte er keine Sekunde über sie nachgedacht. Jetzt aber lösten die Floskeln des Erfolgs, die Plattitüden flüchtiger Popularität leises Grauen aus: Der erfinderische Daniel Taft. Der geschäftstüchtige Europäer. Der phantasiebegabte Kaufmann. Der geniale Vordenker. Der praktische Theoretiker. Weder war er einfallsreich noch kaufmännisch begabt; ein Europäer, ja, woran er beileibe kein Zutun hatte. Die Jazzplatte in der Hand, verharrte Taft einen Augenblick am Fenster seines Zimmers. Sein Gesicht ratlos, schmaler als noch vor Monaten, grauer auch, besah Taft die Straße, den fremden Ort, an den ihn das unsichtbare Polarisationsmuster des Himmels geführt hatte, ein Muster, das nur die Cataglyphis beherrschten. Nichts los. Kein Spaziergänger. Kein Müllwagen. Kein weißes Auto. Überhaupt kein Auto. Selbst aussuchen … hörte er Maximilian Groß sagen. Aussuchen. Aussuchen, Aussuchen.

Groß schob die CD gleich in seine Anlage in der Küche. Mit der zugehörigen Fernbedienung kam er wieder auf die Terrasse. Unmittelbar darauf war Jamie Cullums kratzige Singstimme bei ihnen im Garten. Gelassen. Abgeklärt. Seine gegenüber Cole Porter veränderte Version des Eingangstextes unter den Pinien mit ihren entblößten, meterhohen Stämmen. *Just one of those things* rann zum Schwimmbad, sacht, tragisch, unerbittlich. Der Text, der auf das Ende der Geschichte hinarbeitete – auf das Ende einer Amour fou, denn das war es, das Ende einer Liebesgeschichte, ein Lied über diese unerhebliche Kleinigkeit, die alles war und den Lauf der Welt nicht störte. Klavier, Saxophon, Schlagzeug, die ganze Big Band und der Rhythmus der Gleichgültigkeit legten sich auf die drei im Garten, durchdrangen Zeit und Raum, wiesen der alltäglichen, banalen, dieser einzig bedeutsamen Angelegenheit ihren Platz zu. Cullum erbarmungslos in jeder Silbe des Abschieds, und Maximilian Groß sang laut mit, begeistert, glücklich, bestätigt. *Our love affair was too hot not to cool down.* Wunderbar!, schrie Groß in die Musik hinein, nicht zu übersetzen! Alles, worum es geht! So wahr …Vielleicht! *Good bye and Amen.* Taft konnte nur schwer atmen.

Olivia beobachtete ihn rücksichtsvoll und seelenruhig, trank und lachte, als Groß aufsprang, um über die Terrasse zu tanzen. Klaviersolo. *Too hot not to cool down.* Und wieder Klaviersolo. *Solo,* hämmerte es in Tafts Kopf. *Solo.*

WHAT A DIFFERENCE A DAY MADE. Und dann stand Olivia auf, streckte ihre Hand aus und zog Taft vom Stuhl, der noch nicht wahrgenommen hatte, dass es zu Ende war, das Lied. Bass und Klavier jetzt verändert. Versöhnlich. Cullum weich, ohne glatt zu sein; Olivias Wange an Tafts, tanzte sie mit ihm über den Kies, ihr linker Arm um seinen Hals, ihr Haar strubbelig an seiner Nase. Pfirsiche. Sie roch unglaublich, er wollte sie fester an sich drücken, was sie missverstehen würde, er wollte sich an Olivia klammern. Leicht und vertraut schien sie ihm, während Jamie Cullum diesen Tag besang, der alles veränderte, diesen Tag, der jedenfalls im Songtext den Mann veränderte, der allen Alltag verhöhnte, alles unwichtig machte und jedes Detail in ein anderes Licht tauchte. Olivias Kopf auf seiner Schulter, ihre rechte Hand fest in seiner linken; eine Behutsamkeit, die er nicht gekannt hatte, und Taft wollte diese Weile vakuumieren, über das Verfallsdatum hinaus halten. Die Illusion, den Klang, die Luft, diese Harmonie, die Blumen und Pfirsiche und sie, Olivia, in seinem Arm. Entschädigung für den Schmerz – einen Tanz lang. Derweil stand Maximilian Groß an eine Pinie auf seiner Wiese gelehnt, zündete sich eine Zigarre an und sah zum Meer, matt und zufrieden, und Taft war, als fühlte er einen Moment lang Boden unter seinen Füßen.

Im Flugzeug, auf dem Weg nach Deutschland, erinnerte er sich an diesen Tanz, der länger hätte dauern können. Aber Maximilian Groß hatte andere Pläne gehabt. Ich habe nachgedacht, Herr Taft!, hatte er durch den Garten gebrüllt und mit seiner Zigarre durch die Luft gewedelt, als wolle er Rauchzeichen geben. Schluss. Aus. Vorbei der Tanz und der Frieden. Aus Ihnen machen wir einen bedeutenden Mann! In seinen kanariengelben Shorts und dem über der Hose flatternden blauweißen Hemd war er in die Küche gestapft, hatte die Musik ausgeschaltet und schon saßen sie wieder am Tisch, tranken noch mehr Whisky, knackten geröstete Pistazien dazu und redeten über Europa und das, was Taft Groß' Meinung nach für die Europäer tun sollte.

Die alte Europapolitik funktioniert nicht mehr, man kann den einzelnen Staaten oder der NATO nicht mehr allein das Feld der Außen- und Sicherheitspolitik überlassen. Wir brauchen heute ein aufeinander abgestimmtes europäisches Vorgehen – denken Sie nur an den internationalen Terrorismus, die Politik autoritärer Regime oder die vielen kleinen Krisenherde in unmittelbarer europäischer Nachbarschaft ... Groß war in seinem Element, während Olivia das Lachen nicht lassen konnte und befand, die nächste Wette sei fällig: Du gehst nach Brüssel und leckst Blut, bekundete sie, worauf Taft ungläubig und abwehrend den Kopf schüttelte und ihre Idee schrullig nannte. Warte ab, Taft, mein Vater wird dich rumkriegen, freute sich Olivia indessen, als liege ihr daran, recht zu behalten.

Taft wusste nicht, warum er ihr nicht gesagt hatte, wer ihre ›Europa‹-Ideenkarte wirklich gekauft hatte. Es hatte keine Veranlassung gegeben, sie zu belügen. Nur die, dass ihm der Käufer unsympathisch war: der Mann aus dem dritten Stock gegenüber. Sein hohlwangiger Nachbar mit dem kurzen, braunen Schopf und der schmalen Nase, der immerzu am Schreibtisch saß, aus dem Fenster blickte und, auf dem Weg zur Post oder zum Bäcker, bei ihm einkehrte. Noch nie hatte er eine Karte gekauft. Wohl hatte er verschiedene mit seiner spitzen Stimme kommentiert, um sich dann nach dem Gang der Geschäfte zu erkundigen, worauf Taft stets dieselbe Antwort gab: Ich bin zufrieden. An jenem Tag aber war dieser Nachbar in seinen altmodischen, hochgeschnittenen Jeans und dem kurzen, engen Rautenpullover nach den üblichen Begrüßungsfloskeln zielsicher auf ›Europa‹ zugegangen und hatte die Karte mitsamt der Heftzwecke von der Wand genommen, an die Taft sie in Olivias Beisein gepinnt hatte. Als habe der Mann gewusst, wo sie hing. Er hatte Taft nichts getan, kein falsches, auch kein unfreundliches Wort gesprochen. Dass er den lieben langen Tag schrieb, was auch immer er schrieb, auch dagegen gab es freilich nichts einzuwenden, trotzdem war er Taft suspekt. Es war möglicherweise nichts als eine nette Geste, wenn er sich nach Tafts Geschäften erkundigte. Ein Versuch, Kontakt aufzunehmen. Doch die misstrauische, kleinkarierte Ausstrahlung des [illegible]n behagte Taft nicht. Er wirkte aufdringlich, pedant, ohne es nachweislich zu sein, hatte die Aura des Außenseiters, ohne dass man hätte erklären können, was exakt ihn dazu machte. Nur aus diesen Gründen hatte Taft Olivia nicht gesagt, wer ihre Karte – einen Tag, nachdem sie sie gemeinsam aufgehängt hatten – erstanden hatte. Dass er ihr vorenthalten hatte, wie schnell sich ›Europa‹ verkauft hatte, war nicht anständig, aber einer gewissen Räson geschuldet. Zu sehr im Recht sollte sie sich auch nicht fühlen, dachte er, während er ihr und Maximilian Groß zuhörte. Die Idee beider reifte während des Sprechens aus. Sie bestätigten und überflügelten sich gegenseitig in ihren Ansichten, was »einer wie Taft« erreichen konnte, wenn er erst einmal loslegen würde. Sie redeten, als sei er nicht anwesend, als kennten sie ihn inund auswendig. Er betrachtete derweil den Himmel und die späte Sonne, die hier und da Schatten warf, Schatten, die den Glanz eines aussichtsreichen Tages trugen. Er bewunderte die langstieligen Pinien und die Büsche von Stechpalmen, schaute aufs Mittelmeer und seine weißen Tupfer, Yachten, die ein- und ausliefen und mit dem elastischen, azurblauen Stoff des Wassers spielten. So war es wohl, dachte er: irrsinnig, wellengängig, durchgedreht, wetterabhängig. Vielleicht war das schon Grund genug, sich mit Politik zu beschäftigen.

Beamte der Europäischen Union verdienten nicht nur viel Geld, lehrte ihn Maximilian Groß, sie bekleideten eine Menge interessanter und mächtiger Ämter. Ohne sie, sagte Groß, liefe gar nichts. Taft, der sich mit Posten und Einrichtungen in Brüssel – zumal als Brite – allenfalls flüchtig beschäftigt hatte und froh war, das Europäische Parlament, den Rat der Europäischen Union und die Europäische Kommission als Institutionen aufzählen zu können, ohne zu wissen, wer für was zuständig war, hatte sich noch mehr Whisky eingeschenkt und sich auf einen langen Monolog eingestellt, den Groß, wenn das Wort auch mit mono anfing, durchaus gern zu halten schien. Machen wir's kurz, begann er. Parlament. Rat. Kommission: Die Mitglieder des Parlaments vertreten die europäischen Bürger. Sie werden in direkten Wahlen für fünf Jahre gewählt. Was tun sie? Sie verabschieden mit dem Rat den EU-Haushalt und EU-Rechtsvorschriften und kontrollieren andere EU-Institutionen, vor allem die Kommission. Der Rat der Europäischen Union – nicht zu verwechseln mit dem Europäischen Rat – ist demgegenüber das Stelldichein der nationalen Minister aller Mitgliedstaaten. Im Rat werden Rechtsvorschriften verabschiedet und politische Strategien wie wirtschaftspolitische Absprachen, internationale Übereinkünfte mit anderen Staaten, die Zusammenarbeit der nationalen Gerichte, Außen- und Sicherheitspolitik und beispielsweise gemeinsame Einsätze nationaler Polizeikräfte koordiniert. Zuletzt die Kommission als mächtigste Institution: Sie führt alles durch, was die beiden anderen fabrizieren. Sie vertritt die Interessen der gesamten EU, erarbeitet Vorschläge für neue Rechtsvorschriften, führt das Tagesgeschäft, setzt also politische Maßnahmen um und verwaltet das Geld.

Wer macht das? Achtundzwanzig Kommissare aus den einzelnen Mitgliedstaaten, denen eine ganze Armee von Bediensteten zuarbeitet: Verwaltungsmitarbeiter, Rechtsanwälte, Wirtschaftswissenschaftler, Übersetzer, Dolmetscher, Kulturkräfte ... Und hier, mein lieber Herr Taft, kommen Sie ins Spiel.

Taft verstand nicht.

Die Feder ist mächtiger als das Schwert!, rief Maximilian Groß daraufhin. Das stammt von einem Ihrer Landsmänner! Edward George Bulwer-Lytton. Haben Sie etwa nie *Die letzten Tage von Pompeji* gelesen?

Taft hob ratlos die Schultern.

Die Feder ist mächtiger als das Schwert! In Ihrem Fall das Wort, der Begriff, die Idee. Denken Sie darüber nach, was Sie in Europa alles bewegen könnten, wenn Sie den Menschen die richtigen Worte vor die Füße werfen. Sie haben es doch erlebt: *Theorie* hat mehr Erfolg, als Sie jemals angenommen hätten. Sie hatten schon einen Notfallplan in der Tasche, das haben Sie uns gestern erzählt – einen Kiosk, eine Bar. Aber dann sind die Menschen gekommen – reisebusseweise –, um Ihre Ideenkarten zu kaufen. Was, glauben Sie, würde passieren, wenn Sie im Herzen Europas einen Laden aufmachen und, sagen wir, politische Begriffe anbieten? Wirkliche, wahrhaftige politische Begriffe! Keine Floskeln!

Er werde darüber nachdenken, hatte Taft versprochen.

Doch jetzt, auf dem Heimweg, war er schon sicher, was er tatsächlich tun würde: nichts. Er hatte zu tun. Er wartete.

Dies war, einstweilen, seine Aufgabe: zu warten. Heimweg …

Dass er so über den Flug dachte! Es war sein Weg in Veronikas Stadt, kein Heimweg. Früher Nachmittag. Olivia hatte ihn nach dem Frühstück zum Flughafen in Nizza gebracht. Wir sehen uns in sechs Monaten, hatte sie gesagt. Fröhlich. Unbeschwert. Dann ein Kuss auf seine Wange und ein kleiner Druck seines Unterarms. Danke, Taft, dass du deine Wettschuld eingelöst und meinem Vater und mir eine so schöne Zeit bereitet hast. Dann hatte sie ihm ohne weiteren Kommentar eine Flasche südfranzösisches Olivenöl in die Tasche gesteckt. Alziari. Die Ölmühle in Nizza. Und gleich darauf, mit ebenso frechem Blick, eine Flasche Wein aus dem Keller ihres Vaters, an der eine selbstgemalte Ideenkarte hing.

Konjunktiv.

Olivia hatte ihm keine Gelegenheit gegeben, sich angemessen zu verabschieden. Er hätte ihr gern gesagt, dass er sich wünschte, sie würde ihre gute Ausbildung nicht brauchen. Auch hatte er ihr nicht sagen können, dass er sich um sie sorgte – eine diffuse Angst, die er nur schwer in Worte hätte fassen können und die ihm nicht zustand. Nichts hatte sie hören wollen: Olivia hatte ihn so selbstverständlich verabschiedet, wie sie ihn zwei Tage zuvor empfangen hatte. Sie hatte ihm Auf Wiedersehen gesagt, als bliebe sie an der südfranzösischen Küste im Haus ihres Vaters, um nichts zu tun als das Leben unter einem wolkenlosen Himmel zu genießen und sich im Lauf der Sonne, dann und wann, im Pool abzukühlen. Sie hatte gewunken, als wäre ihr Leben nichts als Sommer und Vergnügen und ein kauziger Vater, der jede Woche, weil ihm mono nicht gefiel, eine neue Studentin und neue Ideen mitbrachte. Taft ließ das Wochenende Revue passieren, belebt durch die Bekanntschaft mit diesen beiden Menschen, deren Gerüst ihr Glauben an die Sache war. Er kannte niemanden, der derart im Einklang mit sich lebte.

Nun verstand er Schattseits Bemerkung bei ihrem ersten *Theorie*-Besuch: dass ihr unter seinen Ideenkarten eine Menge Begriffe fehlten. Dass sie andere gewählt hätte. Natürlich, dachte er im Flugzeug. Natürlich war das so, wenn eine wie sie unvermittelt auf seine Wirrnis traf, auf seine kleinbürgerliche Perspektive, in der sich alles nur um ihn drehte, in der möglicherweise Eitelkeit die Triebkraft war, die verletzte Eitelkeit eines monogamen Treuherzens, der die richtige Frau gefunden und verloren hatte, während Olivia zurückstellte, was sie als Niederung des Gefühligen betrachtete. Ihn, den Zufallsbekannten, stellte sie genauso zurück wie den anderen Mann in ihrem Leben, den es bestimmt gab, der jedoch das gesamte Pfingstwochenende nicht erwähnt wurde, ein Phantom blieb. Wie die Frau im weißen Auto. Gespenster gleichsam, die auf der anderen Seite der Wirklichkeit an ihnen zerrten.

Schwamm drüber

Als seine Mutter vier Jahre zuvor im Sterben gelegen hatte, war Taft tagelang nicht benachrichtigt worden. Ein Missverständnis, sagte ihr Liebhaber später. Tabitha Taft war alleine gestorben, erzählte ihm der Pfleger auf der Intensivstation des Krankenhauses, Pierre. Niemand war bei ihr, als sie, durch Medikamente und Morphium in anderen Bewusstseinssphären, aufhörte zu atmen. Am Tag vorher, berichtete Pierre, habe sie ein bisschen Deutsch gesprochen, kaum mehr Französisch. Leider habe er nur Bruchstücke verstanden. ›Wald‹ zum Beispiel. Und ›Taka, meine Katze‹. Als Taft die Nachricht schließlich von seinem Vater erhielt, war ihr Sarg bereits verschlossen. Er bat den Leiter des Beerdigungsinstituts in Paris, ihn noch einmal zu öffnen, aber Fernand Huvré lehnte bedauernd ab. Sehen Sie, Ihre Mutter wird jetzt ins Krematorium gebracht. Die Regularien, verstehen Sie, die Regularien. Und dann war Huvré gegangen. Eine Verabredung zum Mittagessen zwei Straßen weiter, sagte er noch als Entschuldigung. Seine Mitarbeiterin, Marie, hielt Tafts Arm und flüsterte ihm zu, er möge bitte warten. Und da saß er.

Aus einem Lautsprecher über seinem Kopf dudelte Johann Sebastian Bachs *Largo ma non tanto* in einer schauderhaften Hammondorgel-Version und verkleisterte seine Gedanken derart, dass seine Mutter in Bildern auftauchte, die ihm andernfalls nicht in den Sinn gekommen wären. Mit Bach im Ohr sah er sie Geburtstagskuchen kaufen, vorm Kino warten, beim Schulkonzert jubeln, in Situationen, die Ausnahme und nicht Regel gewesen waren; ihre Mütterlichkeit nicht die herkömmliche, sofern es eine herkömmliche gab – was er letztlich nicht beurteilen konnte. Zehn Minuten später war Marie, die Beerdigungsmitarbeiterin, mit einem Mann aus der Werkstatt und dem entsprechenden Werkzeug zurück. Sie ließ den Sarg, der auf einer von weißen Volants verdeckten Kühlbahre stand, öffnen und reichte Taft, bevor sie sich zurückzog, ein Taschentuch.

Der Tod hatte sie zugerichtet. Es kostete Kraft, stehen zu bleiben. Sich das Taschentuch vors Gesicht zu halten erschien Taft pietätlos, weswegen er es unterließ. Er konnte kaum atmen und hatte den Eindruck, sein Kopf müsse sich von seinem Körper lösen, um den widerstreitenden Gedanken und Gefühlen standzuhalten. Seine Mutter Tabitha als Tote anzusehen, ihren vom Bestatter zugenähten Mund, ihre eingefallenen Augen, die schwarzen Flecken auf ihrer schönen Haut – es erschien Daniel Taft wie ein letzter Beweis seiner Verbundenheit. Ich bin da. Verstehst du? Ich bin trotzdem da! Sie waren im Reinen gewesen, es gab nichts, das er sich oder ihr vorzuwerfen hatte. Geborgenheit, dafür war sie einfach nicht der Typ gewesen, er hatte es früh verstanden. Nähe war ihr nicht angenehm, sie war immer mehr Freigeist als Fürsorgerin gewesen. Nur ein paar Kilometer voneinander entfernt hatten sie in Paris gelebt und er hatte nicht gewusst, wie krank sie, dass sie überhaupt krank gewesen war, auch das war typisch für seine Mutter. Ihr Gefährte, zehn Jahre jünger als sie, ein Schönling namens Gerald, hatte auf ihren Wunsch hin, so berichtete er, niemanden informiert und mit niemandem gesprochen. So hatte sie den Krebs, der zuerst in ihrem Unterleib und schon wenige Wochen später auch in Magen und Lunge gewütet hatte, allein in Angriff genommen – halbherzig, sagte der Pfleger auf der Intensivstation der Privatklinik Peupliers im 13. Arrondissement, sie war klar und deutlich in ihrem Wunsch, was und was nicht mit ihr zu tun ist. Dass eine Chemotherapie nichts mehr ausrichten konnte, habe sie schneller verstanden, als die Ärzte es ausgesprochen hatten; ihr sei klar gewesen, dass nicht viel Zeit blieb. So oft und lange wie möglich habe sie draußen im Krankenhausgarten an der Place Abbé Georges Hénocque gesessen. Einmal habe er, Pierre, dann nachgehakt, ob er nicht vielleicht doch ihre Familie …? Darauf habe sie den Kopf geschüttelt. Dann sind wir beieinander und nehmen Abschied und wissen nicht, wie, Pierre. Wir sitzen einander gegenüber und halten Hände, als würde einer von uns für zwei Wochen verreisen, während es unsere Herzen zerreißt, weil wir wissen, dass es so nicht ist. Mein Mann, Ex-Mann muss ich wohl sagen, und mein Sohn, die jetzt ihre Leben leben und in ihrer Gegenwart sind, sie würden die Wärme meines Körpers fühlen und sich vorstellen, wie bald schon er kalt und starr und leblos sein wird, während ich denken würde, dass ihre Lebendigkeit, ihre Wärme mir in kurzer Zeit für immer unerreichbar sein wird. Alle würden wir uns fragen, was wir versäumt haben, und versuchen, es in die verbleibende Zeitspanne zu packen, von der man doch ernsthaft nichts mehr erwarten kann. Liebesschwüre im Angesicht der Ewigkeit? Entschuldigungen im Wissen um das Ende? Wozu, Pierre? Wozu? Wir könnten nicht einmal essen gehen, was ich mir wünschen würde, aber ich kriege nichts runter, wie sollte ich all das gute, französische Essen nur ansehen? Jeder würde betreten auf seinen Teller schauen und sich schlecht fühlen, weil ich nichts essen kann. Jeder würde sich überlegen und vorstellen, wie ich als Tote aussehe, während ich will, dass sie mich nicht so sehen. Und dann, dann käme die Unruhe, die Angst vor jedem Telefonklingeln. Und jede Minute, die sie nicht bei mir verbringen, sondern mit ihrem Leben, würden sie sich schuldig fühlen. Jede Nacht schlaflos sein, denn wenn man es erst einmal ernst meint mit dem Mitgefühl, dann frisst es einen auf. Mitleid ist die gefährlichste Liebe von allen, wenn Sie verstehen, was ich meine. Mitleid ist eine Liebessorge, die Menschen alles kosten kann.

Der Pfleger sah Taft an. Sie wollte allein sterben, Herr Taft, ich habe niemals vorher eine entschlossenere, stärkere Frau erlebt als Ihre Mutter. Wenn es Ihnen ein Trost ist: Sie ruhte voll und ganz in sich und war sich absolut sicher in ihrer Entscheidung – bis zuletzt. Sie war der Ansicht, dass das Sterben die letzte Privatangelegenheit ist. Taft saß nach diesem Gespräch mit dem Pfleger lange im Krankenhausgarten. Den letzten Willen seiner Mutter – sie nicht tot zu sehen – hatte er drei Stunden vorher ahnungslos gebrochen, aber eigentlich hatte er es sich denken können. Dass sie ihn nicht mehr hatte treffen wollen ... ein letztes Mal, sie hatte es beschönigend zu formulieren gewusst, ihre Eigenheit in das Gewand der Selbstlosigkeit gekleidet und Pierre überzeugt. Sie hatte immer ihren Willen bekommen. Taft saß da und prägte sich ein, was es in diesem Garten zu sehen gab. Überlegte, was seine Mutter als letzte Eindrücke mitgenommen hatte. Die Rückseite der roten Krankenhausfassade, den zornigen, alten Mann im Rollstuhl, der, offenbar dement, seinen Begleiter anschrie und immerzu zwischen seine Beine griff, die leeren Balkone vor den Krankenzimmern wie angeklebt, die junge Patientin im hellblauen Bademantel mit dem rollenden Infusionsständer als stummem Diener, ein paar Bäume, kein Weitblick, Endlichkeit. Und Taft war erstaunt, dass seine Mutter nicht den höchstens fünfzehn Gehminuten in Anspruch nehmenden Weg zum Parc Montsouris auf sich genommen hatte. Ein wirklicher Park wenigstens. Mit mehr Bäumen, Bänken, Wiesen, weniger Krankheit. Sie musste sich sehr schwach gefühlt haben. Schwach, wie er sie nie erlebt hatte. Aber was wusste er auch schon von ihr? Fünf- oder sechsmal hatte er sie in den zwei Jahren zuvor gesehen, glücklich, soweit er es beurteilen konnte. Letzten Endes hatte er seine Mutter nicht gekannt. So unkonventionell sie gewesen war, so klischeehaft hatte sie ihre Mutterrolle verstanden. Sie war ein Mysterium geblieben – eine Mutter mit Geschichten, von denen sie die meisten nicht für kindertauglich hielt; eine Mutter, die Geheimnisse wahrte, die fast alles mit sich selbst ausmachte, um niemanden zu belasten, was natürlich die schwerste Last für alle bedeutet hatte.

Sein Vater kam mit ihrem Tod nur schwer zurecht. An ihrem Grab weinte er zum Missfallen seiner dritten Frau Adeline bitterlich, während Gerard, mit dem Tabitha alles in allem mehr Zeit verbracht hatte, die Ruhe selbst war. Was er beruflich tat, hatte Taft vergessen. Medienberater. Etwas in der Art. Jemand, der Werbepakete schnürte. Seine Mutter hatte ihn bei der Arbeit kennengelernt, Grund für die Trennung von seinem Vater war Gerard aber nicht gewesen. Am Tag ihrer Beerdigung standen die beiden sehr unterschiedlichen Männer Schulter an Schulter und führten eine größere Gruppe von Verwandten und Freunden an. Daneben Taft, zu diesem Zeitpunkt sechsundzwanzig Jahre alt und ratlos, was zu fühlen war. Exequien. Urnenbestattung. In ihren drei Köpfen Bilder dieser schönen Frau; Bilder, die sie behalten wollten, während Taft dämmerte, dass sie unhaltbar waren, dass sie verblassen und verschwinden würden, dass Fotos ein Dreck waren im Vergleich zum Moment des Erlebens. Später sagte er das zu Gerard und fragte ihn, um welches Missverständnis genau es sich gehandelt habe, das ihn um eine letzte Begegnung mit seiner Mutter gebracht hatte. Es war eines im Kopf deiner Mutter, lautete Gerards Antwort. Für deine Mutter war Liebe abstrakter als für viele andere. Schwamm drüber, Daniel, so war sie.

Elektrische Impulse – nichts weiter waren Gedanken. Taft saß in Rosalindes *Tütensuppe* und aß einen kernig gewürzten Frühlingseintopf mit Möhren, Kohlrabi, Blumenkohl, Porree und Zwiebeln, dazu leicht geröstetes, gebuttertes Baguette. Elektrische Impulse! Gedanken lösten Prozesse im Gehirn aus, aktivierten das zentrale Nervensystem. Gedanken waren Vergangenheit, abgespeicherte Informationen, die über Millionen von Synapsen verschaltet wurden, Erinnerungen hervorriefen, ganze Assoziationsketten auslösten. Taft wusste das und versuchte, ihrer Herr zu werden, während seine Gedanken machten, was sie wollten. Sie verketteten sich nach ihrem Willen, sodass er den Tod vor Augen hatte und nicht loswurde, den Tod seiner Mutter, während er das Buch über Afghanistan las. Daran ketteten die elektrischen Impulse die Erinnerung, dass er mit Veronika nie über den Tod gesprochen hatte, auch nicht über den Tod seiner Mutter. Mehr als der Austausch einiger weniger Informationen – sie lebt nicht mehr, sie hatte Krebs – hatte nicht stattgefunden. Das Buch hatte er fast ausgelesen. *Mein Freund im Krieg*. Ein schlichter Titel. Ratgeber für Frauen, deren Mann als Soldat in einem Auslandseinsatz war. Taft hatte nicht realisiert, worum genau es sich handelte, als er den Band – verschämt – in einer kleinen Buchhandlung am Rathenauplatz gekauft hatte, wo er nur spazieren gegangen war, um zu sehen, wo

Maximilian Groß gewohnt hatte, bevor er nach Südfrankreich gezogen war. Zurück in seinem Laden, hatte Taft das Büchlein sorgfältiger angeschaut und sogleich wegwerfen wollen, dann aber doch durchgeblättert und schließlich zu lesen begonnen. Von der Abreise und den Lebensversicherungen, die viele Soldaten für ihre Angehörigen abschlossen, bevor sie loszogen. Von Sprengfallen auf von ISAF-Truppen frequentierten Wegen, Ohrstöpseln gegen Trommelfellschäden und Handschuhen gegen Verbrennungen. Von Schutzwesten für den Oberkörper und Helmen, die in gepanzerten Eagle-Fahrzeugen nicht getragen wurden, damit sie im Falle einer Bombendetonation nicht verrutschten und den Soldaten das Genick brachen. Von den Seminaren der Bundeswehr, die für Angehörige in der Heimat regelmäßig abgehalten würden – zum Verständnis der Lage ›da draußen‹. Vom monatelangen Warten, das eine Zerreißprobe für jede Beziehung darstellte. Von Videogesprächen per Laptop, die das Vermissen noch schlimmer machten. Von Paketen, die – via Darmstadt – geschickt wurden.

Feldpost. Taft las das Wort viermal, bis er begriff, dass es sich genau darum handelte. Feldpost klang nach Tolstoi und nach Tod. Und er ließ auch die Passage über die Beratungsgespräche mit Psychologen nicht aus, die angeboten wurden, bevor ›der Soldat‹ aus dem Einsatz zurückkam – vielleicht verändert, jedenfalls mit einer Menge Erfahrungen im Gepäck, die den Blick auf das blankgeputzte Heimatland veränderten. Taft las, derweil Rosalinde, an diesem Abend in einem braun-beige-gelben Kleid mit psychedelischen Mustern, ein zweites Glas des wohlschmeckenden Merlot brachte.

Man hat sich nach Ihnen erkundigt, sagte sie unvermittelt. Sie hatte auf den geeigneten Moment gewartet, um ihm dies mitzuteilen.

Taft sah auf.

Eine Frau hat sich nach Ihnen erkundigt und gefragt, ob ich etwas über Sie erzählen könnte – was Sie so machen und mit wem Sie so unterwegs sind.

Taft wollte nicht, dass Rosalinde seine Unruhe bemerkte. Sie hat keinen Namen genannt?, fragte er betont gelassen.

Ich habe nach ihrem Namen gefragt, aber sie hat keinen gesagt. Eine ganz normale Frau halt, brünettes, halblanges Haar, irgendwas zwischen fünfundzwanzig und fünfundvierzig, heutzutage erkennt man das ja überhaupt nicht mehr, alle wollen gleich aussehen, Großmütter wie Mütter und Mütter wie ihre Töchter und alle wie Filmschauspielerinnen. Die Frau habe ich hier noch nie gesehen. Ich habe gefragt, warum sie das wissen will. Da hat sie gelacht und meinte, es ginge um Ihre Zukunft, man wolle da nur nichts übersehen.

Taft nahm einen Schluck Merlot und nickte enttäuscht.

Natürlich. Eine Genossin von Herrn Helle.

Nichts für ungut, Herr Taft. Sie sah nicht aus, als führe sie Böses im Schilde, aber ich dachte, ich erzähle es Ihnen lieber, man weiß nie. Und Sie sind ja sozusagen prominent.

Taft nickte noch einmal dankend und sah auf die Straße

im Licht ihrer weißgelben Laternenbeleuchtung. Was war nur los mit ihm, dass er das Gefühl nicht loswurde? Dass er immer noch hoffte, immer noch wartete, immer noch daran glaubte, obwohl es immer unwahrscheinlicher wurde? Er hatte den Eindruck, Veronika zu fühlen, während sie offensichtlich nicht in seiner Nähe war. Er legte das Geld für den Eintopf auf den Tisch. Steckte das Buch ein, stapfte los. Aufgewühlt, erschöpft, erbittert. Durch die Straßen der Südstadt, vorbei an hell erleuchteten Fenstern, hinter denen Wohnzimmer, Schlafzimmer, Küchen zu sehen waren, mit und ohne Bewohner, mit und ohne flimmernde Fernseher. Alles Räume von Menschen, die miteinander waren, es miteinander aushielten, miteinander lebten, ohne fortzulaufen; Menschen, die sich möglicherweise verantwortlich für den anderen fühlten, ihn ernst genug nahmen, um sich mit ihm auseinanderzusetzen statt einfach fortzulaufen. Er lief vorbei an Bars und Restaurants, deren Tische mehr oder weniger belegt waren – Leute lachten und redeten, gestikulierten und aßen, ihm war danach, in ihr Glück zu schlagen, auf ihre Tische zu hauen, sie anzubrüllen, weil sie so friedlich waren, so beisammen, so beschissen ahnungslos davon, was ein anderer Mensch mit einem machen konnte. Sie waren nicht in Afghanistan in Kampfkleidung unterwegs und warteten darauf, dass der Rucksack eines Kindes mit dem unschuldigen Kinderkörper in die Luft flog – oder auch nicht. Sie packten nicht die Koffer, während der andere arbeitete. Sie trabten einfach nebeneinander her und achteten aufeinander. Er wollte sich auf sie stürzen für diesen Gleichmut. Taft rannte an Schaufenstern vorbei, in denen Fahrräder oder Trödel oder angeschwitztes Sushi angeboten wurden, Dinge, die kein Mensch brauchte. Er hastete an der Kirche vorbei, St. Maternus, auf deren Stufen zwei Obdachlose Wein aus Pappbechern tranken, die er ihnen am liebsten aus den Händen getreten hätte. Immer geradeaus. Das bleierne Gefühl im Nacken, unheilbar zu sein, viel zu lange schon; paranoid, weil er sich allein und beobachtet zugleich fühlte; labil, weil er dieses gefühlstriefende Buch gelesen hatte, nur deshalb, weil Olivia seit vier Wochen in Afghanistan war und nichts von sich hören ließ – natürlich nicht, warum sollte sie ausgerechnet ihn kontaktieren in den wenigen Minuten, die ihr pro Tag für sich blieben? Ihr Vater, Maximilian Groß, hatte ihm nach seinem Wochenende in Frankreich das Handbuch zum Humanitären Völkerrecht in bewaffneten Konflikten geschickt. Es begann mit den Worten: »Die Vereinten Nationen wurden gegründet, um – mit den Worten ihrer Charta – ›künftige Geschlechter vor der Geißel des Krieges zu bewahren‹. Ein Recht der Staaten zum Kriege kennt das moderne Völkerrecht nicht. Es besteht im Gegenteil eine Verpflichtung zum Frieden.« Taft hatte diese Sätze oft gelesen. Wirklich oft. Die beschissene Verpflichtung zum Frieden brachte Olivia dazu, sich in einen Krieg zu stürzen, mit dem sie nichts zu schaffen hatte, gar nichts. Taft lief und wollte nicht denken. Gedanken – nichts als elektrische Impulse, die Prozesse im Gehirn auslösten, Bilder, Assoziationen auslösten, die nichts mit der Realität, nichts mit seinem Hier und Jetzt zu tun hatten. Seine tote Mutter im Kopf, weil er über die Möglichkeit des Todes las. Afghanistan war eine Möglichkeit zu sterben.

Sie standen im Halbdunkel unter den Linden am Agrippina-Ufer am Hafen, den er mochte, weil er eine betörende Mischung aus Alt und Neu war. Erst als er sie sah, erinnerte er sich an den Kunden bei *Theorie*, der ihre Anwesenheit ebenda beklagt hatte. Die Kommunalpolitik verschließe die Augen vor der Prostitution mitten in der Stadt, hatte der Mann geschimpft, sehen Sie, ich lebe mit meinen Kindern dort; um neunzehn Uhr fangen die Damen an! Die Damen, das waren drei, und sie grienten Taft an. Wohnwagen, Zimmer oder der alte Kran?, fragte eine und deutete auf den Lastkran, der aus nostalgischen Gründen auf vier fest installierten, schwarzen Stahlfüßen im neuen Hafengelände belassen worden war, dort, wo früher einmal Schiffsladungen gelöscht wurden und jetzt Wohnungen, Geschäfte, Restaurants zu Hause waren. Gedanken. Nichts weiter als elektrische Impulse. Ihm fielen die Formulierungen ein, die er nur ein paar Tage zuvor in einem Artikel über Prostitution gelesen hatte. Männer, die Frauen kauften, Männer, deren Gewissen aufhörte, wo die Prostitution anfing; Männer, die nicht für Sex, sondern für »die Abwesenheit der Frau als Person« zahlten. Genau danach war ihm jetzt. Der Artikel ratterte durch sein Gedächtnis. Eine Öffentlichkeit, die sich mehr über Fleischesser und Raucher als über Bordellbesucher aufregt. Ein Bordell, hatte der männliche Autor gewettert, sei ein Ort der Verzweiflung, ein Schauplatz der Dürftigkeit, die Fluchtburg des modernen Mannes vor der noch moderneren Frau zu Hause, deren widersprüchliche Bedürfnisse und Wünsche ihm einfach zu viel seien. Elektrische Impulse. Nichts weiter. Schwamm drüber.

Lastkran, antwortete Taft und nahm die Dunkelhaarige. Er wollte es hart, aggressiv, schnell. Er zahlte im Voraus.

NICE WORK IF YOU CAN GET IT. Viele Männer lassen sich nicht gern im Mund herumfummeln, fuhr Veronika fort, von ihren Patienten und der Zahnklinik zu erzählen. Er hatte sie nach ihrer Arbeit gefragt. Drei Wochen mit ihr. Es kam ihm vor, als kenne er sie sein Leben lang. Ein Spaziergang an der Seine. Unten. Am Wasser. Gegenüber die Gare d'Orsay. – Tatsächlich? Das habe ich noch nie gehört. – Doch, diese Erfahrung machst du insbesondere als Zahnärztin schnell: Frauen sind die besseren Patienten. – Weil Männer solche Angsthasen sind. – Das auch. Veronika zwinkerte. Aber vor allem erleben viele Männer nicht gern, dass jemand in ihrem Körper unterwegs ist, während eine Frau daran … Sie suchte nach der richtigen Formulierung. Na ja, eine Frau ist daran gewöhnt. – Warum wolltest du unbedingt Zahnärztin werden? – Mein Vater ist Arzt. Chirurg. Chefarzt an einem sehr guten Krankenhaus. Ich bin mit Patienten groß geworden, wenn du so willst, für mich war es völlig normal, dass ich meinen Vater nicht für mich hatte, sondern mit allen möglichen Menschen teilte. Er hat nie viel darüber gesprochen, aber manchmal, wenn wir zusammen unterwegs waren und zufällig Leute auf der Straße trafen, die er beraten, behandelt, operiert hat, dann beschlich mich in acht von zehn Fällen das Gefühl, dass sie ihn als einen ganz anderen Mann kannten als ich. Dass sie in meinem Vater jemanden sahen, der mir nie begegnet ist. Später habe ich verstanden, dass er zwei Gesichter hat. Haben muss. Dass er um seiner selbst willen auf der einen oder anderen Seite seines Seins Abstriche machen musste. – Und er hat sich dafür entschieden, seine ganze Kraft in die Chirurgie zu investieren, nicht in dich oder deine Mutter. – Sie betrachtete angelegentlich die Pflastersteine. Ich war als Kind sehr beeindruckt. Stolz, wenn die Patienten ihn so anbeteten. Sie strichen mir übers Haar und sagten: Du hast einen großartigen Papi, Kind, hast du ein Glück! Medizin zu studieren war für mich völlig klar. Aber mich in zwei Hälften teilen? Die Zahnmedizin erschien mir die perfekte Lösung zu sein. – Und eine Goldgrube noch dazu. – Veronika lachte. Ja, das auch. Ich streite nicht ab, verehrter Herr Patient, dass ich mir gern eine goldene Nase an dir verdiene. Und das vermutlich auch muss: Wenn es nach meiner Mutter geht, wird mein Erbe eines Tages einer Stiftung vermacht, die Bäume bespricht oder Büsche umtanzt. – Ich frage nicht, ob es ein nennenswertes Erbe ist und besonders weh tun würde. – Das ist ein feiner Zug von dir. Ich würde übrigens gern einmal unabhängig von meiner ärztlichen Tätigkeit wissen, wie es sich anfühlt, im Körper eines anderen zu sein. – Taft blieb stehen. Was genau meinst du? – Ein Callgirl, sagte sie und strahlte ihn an. Ich war noch nie mit einer Frau zusammen und ich denke, dass ich diese Erfahrung nicht verpassen darf. Wie wär's? Schenk mir ein Callgirl zum Geburtstag, und du darfst dabei sein.

Eine Fremde. Ihre nackte Haut an seiner, eine merkwürdige Konsistenz hatte diese Haut, stofflich fast, wie Neopren. Ihre Augen weit geöffnet dort oben im Lastkran; sie wollte wissen, was mit ihr und ihm geschehen sollte, nachdem sie ihre schwarze Lederjacke und die Bluse mit dem Tigermuster, die sie darunter trug, weit aufgeknöpft hatte für ihn. Er berührte ihre Brust. Haut wie Neopren. Fest. Samten. Im Licht der Straßenlaternen, draußen, vor dem historischen Kran von 1937 – ›Demag‹ und ›1937‹ und ›5 t‹ und ›20 m‹ stand auf dem Schild an der gesperrten Stahlleiter, die sie zum gelben Kranhaus aus Holz erklommen –, da draußen hatte er die Farbe dieser Augen nicht richtig erkennen können. Er trat näher zu ihr, ein wenig ruhiger jetzt. Ihre Haare rochen nach Rauch und Haarspray, sie fragte nichts, öffnete seine Hose, dann ihre, aber das wollte er doch nicht mehr. Er zwang sie auf die Knie, ihr Name sei Nelli, sagte sie vorher noch, und Nelli machte alles so, wie sie es machen musste. Taft schwankte, sein Kreislauf spielte verrückt, er musste sich am Fensterbrett festhalten wie ein kleiner Junge, der zu wenig Blut im Kopf hat. Der Fluss neben ihm. Wellen wie dunkle, tiefe Kerben. Vögel, die nervös zwischen den Ufern flatterten. Nelli saugte an ihm, massierte, bearbeitete ihn mit ihrem Mund und sah ab und zu auf zu ihm, es blieb unmöglich, ihre Augenfarbe zu bestimmen. Er erinnerte sich an die junge Frau auf der Kühlerhaube, damals, beim Fest an der Uni, dieses Mädchen aus Essex, das sich vorgenommen hatte, an diesem Abend mindestens sechs Jungs aus ihrem Jahrgang zu vögeln, und das hatte sie dann auch gemacht. Endlich Erregung in der Erinnerung. Sie hatte Taft auf der Tanzfläche zur Seite gezogen und ihm Bescheid gegeben: Hör zu, Daniel, sag's deinen Jungs, du fängst an, wer dann kommt, ist mir egal – und ich meine das wörtlich. Die Schiffe tuckerten gemächlich vorbei, Dieselmotoren in voller Fahrt, sie waren schnell und sahen dabei doch gelassen aus, als lägen sie vor Anker, reisten dahin in die Schweiz oder nach Liechtenstein, Frankreich, Holland, Lastkähne und Ausflugsschiffe, von einem tönte laute Musik und unten, an der Uferpromenade sechs Meter unter ihnen, Spaziergänger. Allein. Zu zweit. Hand in Hand. Er durfte nicht an Veronika denken. Die Kellnerin im Restaurant in Barcelona. Er saß an einem Ecktisch, noch früh am Abend, nur drei, vier Gäste. Sein Tisch versteckt hinter der Bar. Diese Kellnerin mit langen, schwarzen Locken bringt ihm sein Bier, sie beugt sich über ihn und streichelt mit ihren Brüsten seine Schulter. Dann zieht sie auf Höhe seiner Augen ihren geblümten Minirock hoch. Darunter nichts als ihre Nacktheit. Sie legt ihren Mittelfinger zwischen ihre Beine, macht kleine, zarte Kreise. Taft schluckt, ohne zu trinken, das Bierglas in seiner Hand. Vamos, sagt sie, lächelt und führt ihn in den Vorratsraum und lehnt sich ohne ein weiteres Wort für ihn an die Getränkekisten. Daran denken. Nur daran denken. Nelli massierte ihn mit beiden Händen, es dauerte lange. Nicht bei der Sache. Seine Gedanken beim Fortgehen, Verlassen, Weglaufen, immer wieder, Weggehen, vielleicht sollte er das auch tun, wie Veronika, aber wohin und warum, da war nichts und er hatte es satt, so satt. Nelli wusste, was sie tat, sie blieb dabei, obwohl er schwierig war; sie kämpfte ihn mit ihrer Zunge und ihren festen Lippen und ihren geübten Händen zur Lust, die Fingerspitzen zuerst auf seinem Hintern, dann zwischen seinen Hinterbacken. Sie saugte und biss, einmal atmete sie so laut, dass er sie am liebsten geschlagen hätte, damit sie ihn nicht ablenkte. Als sie fertig war, endlich, seine Erregung abebbte, so schnell wie sich ein Kurzschluss ereignete, sein Sperma rund um und in ihrem Mund, war ihm noch schwindeliger und er stützte sich mit beiden Händen an der hölzernen Wand des Krans ab. Zu dumm, fuhr es ihm in diesem schwachen Moment durch den Kopf, wenn er nun umkippte, würden sie ihn mit heruntergelassenen Hosen und lippenstiftverschmiertem Schwanz in einem alten Kran notversorgen und mit gewaltigem Aufwand in den Krankenwagen manövrieren müssen. Mit einem Hubwagen möglicherweise, weil sie ihn nicht über die stählerne Treppe hinunterbringen konnten. Man würde Veronika benachrichtigen, sie war die Notfall-Nummer in seinem Telefon. Ihre Nummer gab es nicht mehr, natürlich hatte er sie tausendmal versucht, aber sie würden sie irgendwie ausfindig machen, so wie ein Testamentsvollstrecker schließlich jeden verbliebenen Verwandten irgendwann ausmachte. Hören Sie, wir haben

Ihren Mann mit einem Herzinfarkt bei einer Nutte aufgelesen …

Langsam ging es ihm besser. Taft richtete sich auf und blickte aus dem Fenster nach unten. Erstaunlich, dass kein Spaziergänger aufsah und ahnte, was sich ein paar Meter über seinem Kopf abspielte. Zigmal an einem Abend. Nelli noch einmal in die Augen zu sehen, in diese farblosen Augen im Licht der Straßenlaternen, brachte er nicht über sich. Er reichte ihr ein Taschentuch. Und weil er nichts zu sagen wusste, klopfte er Nelli wortlos auf die Schulter. Als sei er stolz auf sie. Nelli merkte es kaum. Sie war gedanklich schon beim nächsten Kunden, stand bloß da, schenkte ihm ein professionelles Abschiedslächeln und suchte in ihrer Jackentasche ein Pfefferminzbonbon.

Mit Messer und Gabel

Der Mann erinnerte Taft an sein früheres Leben, das lange zurückzuliegen schien. Greg Kalinski. Er hatte den Habitus derer, mit denen er durch *Sandhurst Real Estate* zu tun gehabt hatte: Menschen, die für sehr vermögende Arbeitgeber tätig waren und sich für wichtiger hielten, als sie waren. Über ihre Austauschbarkeit hatten sie noch nicht nachgedacht – dazu fehlte die Erfahrung. Über ihre Identifikation mit dem Geld anderer hatten sie sich auch noch keine Gedanken gemacht – dazu fehlte die Distanz. Greg Kalinski kam in den Laden, er trug einen hellgrauen Anzug aus sommerlicher Schurwolle, ein weißes Hemd mit saphirblauen Manschettenknöpfen, sein Rasierwasser raumfüllend, eine weiche, eingecremte Haut.

Guten Tag, Herr Taft, grüßte er. Ein leichter, englischer Akzent. Bitte entschuldigen Sie, dass ich Sie so überfalle, aber ich dachte, es ist am besten, Ihnen mein Anliegen persönlich vorzutragen.

Er schloss die Tür sorgfältig hinter sich. Seine Haare dunkelblond, gescheitelt, auf seiner Nase eine hellbraune Hornbrille.

Die Firma *Aston*, für die ich tätig bin, ist eine weltweit operierende Firma, die sich an erfolgreichen Unternehmen beteiligt und ihnen hilft, sich weiterzuentwickeln ...

Taft hob die rechte Hand und bedeutete Greg Kalinski, dass er diesen Teil seiner Begrüßung nicht weiter ausführen musste: Ich kenne *Aston*, sagte er kurz.

Nun, das ist schön. Dann wissen Sie, dass wir Beteiligungen auf der ganzen Welt in verschiedenen Größenordnungen haben. Es geht uns um langfristige Projekte, wir sind nicht darauf aus, in möglichst kurzer Zeit einen möglichst hohen Gewinn zu erzielen. Uns geht es darum, junge Unternehmen nach vorn, zu einem nachhaltigen, gemeinsamen Erfolg zu bringen.

Aston sitzt in London. Wie kommen Sie auf einen winzigen, deutschen Laden?

Durch Zeitungsberichte, die auf meinem Tisch gelandet sind mit der Bitte, unseren Berater Anton Friedenreich einzuschalten. Nun ja, er ist, wie soll ich sagen, kein offizieller Berater mehr, aber er hat früher für uns Deutschland, Österreich und die Schweiz bearbeitet. Nun ist er seit Jahren Rentner, aber zu unserem Glück immer noch sehr rege: Er ruft ab und zu an und gibt uns einen Tipp. Natürlich erhält er auch eine Provision, fügte Kalinski beflissen hinzu, wenn es sich am Ende um einen erfolgreichen Deal handelt. Taft lächelte in sich hinein. Anton Friedenreich ..., sagte er mehr zu sich selbst als zu dem Besucher: Der alte Herr kommt mich mit seiner Zigarre seit einem halben Jahr nahezu jeden Tag besuchen – ich hätte nicht vermutet, dass er einmal Berater einer Beteiligungsgesellschaft war. Und noch viel weniger hätte ich gedacht, dass er geschickt wurde. Das war auch ein komischer Zufall, entgegnete Kalinski: Als wir ihn anriefen, hat er uns erzählt, dass er Sie kennt, dass er ohnehin gelegentlich bei Ihnen ist. Er hat von Ihnen und Ihrem Projekt geschwärmt, worauf wir ihn fragten, wieso er *Theorie* nicht schon empfohlen hat.

Und was hat er geantwortet?, wollte Taft wissen. Kalinski zögerte und log dann: Dass er noch ein bisschen warten wollte. Wir alle sind jedenfalls sehr angetan von Ihrer Geschäftsidee.

Wer ist ›wir alle‹?

Die Deutschland-Abteilung von *Aston*. Das sind aktuell drei Personen.

Und gibt es einen Mr Aston?

Kalinski feixte. Dann folgte der Pressetext, den Taft erwartet hatte: Es gab einmal einen Mr Andrew C. Aston. Er wurde 1849 in Amerika geboren, ging als Goldsucher nach Montana und fand Kupfer. Es hat ihn zu einem sehr reichen Mann gemacht. Er saß im amerikanischen Senat und baute seine Geschäftsfelder immer weiter aus: Silber, Gold, Eisenbahnen, Immobilien, Holz, Zeitungen, Fernsehsender, Finanzen, Kaffee, Vieh ...

Und heute stehen seine Erben an der Spitze von *Aston*?, erkundigte sich Taft.

Greg Kalinski schwieg.

Worauf Taft sagte: Mrs Henderson. Sie müssen es nicht aussprechen. Ich weiß es. Sie ist es. Sie muss es sein.

Kalinskis Augen weiteten sich: Was veranlasst Sie dazu, eine Mrs Henderson hinter *Aston* zu vermuten?

Ich vermute es nicht, ich weiß, dass sie es ist.

Und wie bringen Sie Ihre Mrs Henderson mit *Aston* in Verbindung?

Durch Bücher, gab Taft zurück. Zwei Bücher, die zu kostbar und zu alt waren, um dem Sonnenlicht so ausgesetzt zu werden, wie sie es in Mrs Hendersons Haus am Meer wurden. Eine Erstausgabe mit persönlicher Widmung von Somerset Maughams *Magier* und der erste Sammelband von Arthur Conan Doyles *Holmes*-Geschichten. Ich habe die Bücher vom Fensterbrett genommen, um sie ins Bücherregal zu räumen. Wenn man etwas so Außergewöhnliches, Kostbares in Händen hält, blättert man durch, schon um zu prüfen, ob eines der Bücher Schaden genommen hat. So sah ich das Ex-Libris-Zeichen: Andrew C. Aston. Daraufhin habe ich in ein paar Bücher im Regal geschaut. Sie trugen alle dasselbe Zeichen.

Und wo genau haben Sie diese Bücher in den Schatten gestellt?

Tafts Blick auf Kalinski heiter: Ich habe auch einmal für Mrs Henderson gearbeitet.

Sie haben für Mrs Henderson gearbeitet?

In der Tat, Mr Kalinski. Das habe ich.

Aber sie ist ein Geist! Ich weiß überhaupt nur von ihr, weil ... Egal, das tut nichts zur Sache. Haben Sie sie jemals gesehen?

Nein, nie.

Ich auch nicht, rutschte es Kalinski heraus. Darf ich fragen, in welcher Funktion Sie für sie tätig waren?

Als Dienstleister.

Ich verstehe ... Kalinski nickte, er begriff etwas, das er vorher nicht so genau verstanden hatte.

Was verstehen Sie?, hakte Taft ein.

Wie soll ich sagen ... Bitte nehmen Sie es nicht falsch auf: Wir sind begeistert von Ihrer Idee, Herr Taft. Wir bei *Aston* finden, dass Sie damit einen Nerv getroffen haben, wirklich. Aber wir waren alle überrascht, als Herr Friedenreich gebeten wurde, Sie genauer unter die Lupe zu nehmen. Normalerweise kommen wir, wie Sie eben selbst sagten, erst bei größeren Projekten ins Spiel. Wenn unsere Beteiligung für Expansion und Marketing gebraucht wird und – irgendwann – ein, sagen wir: ansehnlicher Gewinn zu erwarten steht ...

Aber diesmal war es anders, stellte Taft fest.

In der Tat, bestätigte Kalinski. Obwohl wir alle, Friedenreich eingeschlossen, hinsichtlich der zu erwartenden Umsätze Zweifel hatten, haben wir – wie zu allen Projekten – ein Exposé zu *Theorie* angefertigt und es wie alle anderen Beteiligungsoptionen weitergeleitet. Um ehrlich zu sein, haben wir uns in diesem Exposé gegen ein Engagement bei *Theorie* ausgesprochen – nicht, weil Ihre Idee nicht gut wäre, sondern ...

... sondern weil *Theorie*, unterbrach ihn Taft, kein Konzept ist, das sich mir nichts, dir nichts vervielfältigen und vergrößern lässt. Das wird Ihnen auch Anton Friedenreich gesagt haben, wenn er etwas von seiner Arbeit versteht.

Nicht nur die Worte für die Karten kommen von mir – vielleicht hängt sogar das ganze Konzept an mir, oder sagen wir: an einer Person, die dafür steht und die nicht überall zur gleichen Zeit sein kann. Es ist doch so: Was die Leute kaufen, ist nicht das Thema, das ich aufschreibe. Sie erwerben die Illusion von Gedankenfreiheit. Wenn sie eine Karte bei mir erstehen, haben sie das Gefühl, selbstbestimmt zu denken. Wenn sie das überall auf der Welt haben könnten – was sie de facto und auch noch kostenlos können, sie müssen nur ein Thema auf einen Zettel schreiben –, wenn sie den Kauf also nicht mehr nur mit dieser einen bestimmten Erfahrung, diesem Ort verknüpfen könnten, erschiene ihnen das vermutlich weniger wertvoll.

Greg Kalinski nickte zögerlich.

Taft merkte, dass sein Gegenüber so weit noch gar nicht gedacht hatte.

Doch selbst, wenn man das Risiko der Filialisierung einginge, fuhr er daher fort: Was würde es kosten, neue Läden anzumieten und einzurichten? Dreißig- bis fünfzigtausend pro Laden – und das ist schon verdammt hoch gegriffen. Der zu erwartende Umsatz auf einer Ladenfläche wie dieser ist sehr überschaubar. Also, Mr Kalinski, ich verstehe Sie gut: Ich hätte Mrs Henderson auch davon abgeraten, in *Theorie* zu investieren.

Kalinski presste die Lippen aufeinander.

Trotzdem stehen Sie hier vor mir, bemerkte Taft trocken.

Ja. – Allmählich fing sich Kalinski wieder. – Das Exposé

kam zurück mit der Bitte, die Angelegenheit ernsthaft weiterzuverfolgen. Daher also meine Frage: Würden Sie sich mit mir darüber unterhalten, Herr Taft?

Taft überlegte, schaute auf die Uhr. Eine Mittagspause um diese Zeit war vertretbar, jetzt war weder mit einem Reisebus noch mit allzu viel Laufkundschaft zu rechnen. Aber mit Messer und Gabel, antwortete er also. Lassen Sie uns ins *Camillo* gehen, das ist ein nettes, italienisches Lokal hier in der Straße, genau das Richtige für einen Londoner Anzugträger wie Sie.

Kalinski lachte. Taft nahm den Ladenschlüssel und hängte den Zettel an die Tür.

»Bin gleich zurück.«

MORE THAN YOU KNOW. Wie sind die Häuser deiner Klienten, Daniel? Wie sehen sie aus?, wollte Veronika wissen. Es war ihr dritter oder vierter gemeinsamer Tag. Alles noch ganz neu. Sie lagen auf dem Fußboden in Veronikas Wohnung, das Fenster offen, Paris weit draußen mit seinem Lärm, den vielen Menschen auf den schmalen Bürgersteigen, dem unverwechselbaren Licht, das tags, nachts, bei Sonne und Regen die sandsteinernen Fassaden werfen. Tafts Reisetasche neben ihnen. Der schwarze, schmale Rollenkoffer geschäftsreisender Männer. Zumindest eine Französin würde nie derart einfallslos unterwegs sein. Er hatte noch zwei Stunden Zeit, Emilie hatte er belogen. Ein früherer Flug, hatte er gesagt, ich muss leider jetzt schon zum Flughafen. Etwas Besseres war ihm tatsächlich nicht eingefallen, dann hatte er die Métro zu Veronikas Wohnung genommen. Stacey Kent sang *More than you know;* er hatte Veronika die CD eben mitgebracht, sie hatte sie gleich eingelegt und die Musik hatte den Nachmittag begleitet, hatte untermalt, wie sie am Boden lagen und sich liebten, seine Hände auf ihrem Körper, während sie auf ihm saß, ihre tiefroten Haare halb über ihrem Gesicht und über ihren blassen, kleinen Brüsten und er sein Glück kaum fassen konnte. – Ich würde dich so gern einmal auf einer Inspektionsreise begleiten, sagte sie, ich würde gerne sehen, wie diese Häuser eingerichtet sind, worauf Wert gelegt wird. – Fast alle Villen sind videoüberwacht, man würde sofort sehen, dass ich nicht allein bin, und in den Verträgen steht, dass ausschließlich ich mit meinem Pass von *Sandhurst Real Estate* Zugang habe. Dazu musste ich ein polizeiliches Führungszeugnis abliefern, mich einverstanden erklären, dass ich überall gefilmt werden darf, und so weiter. Ich werde dich leider nicht mitnehmen können. Oder nur ein einziges Mal und nie wieder. – Kannst du von der Einrichtung eines Hauses auf die Eigentümer schließen?, fragte Veronika. – Zuerst war ich davon überzeugt. Taft rollte sich auf die Seite, stützte seinen Kopf auf und sah Veronika an, nackt vor ihm ausgestreckt, wie ein Gemälde, ihre Butterhaut zart. Er legte seine Hand auf ihre Brust. Nach einer Weile war ich mir allerdings nicht mehr so sicher. Die Bilder zu den Bewohnern stellten sich nicht überall so einfach ein wie in den ersten zwei Häusern, in denen es zufällig goldene Sessel und überdimensionale, exotische Jagdtrophäen an den Wänden gab. Derart offensichtliche Accessoires gibt's nicht überall. Viele Immobilien wurden vererbt, das heißt, sie stehen heute noch genauso da, wie sie vor dreißig, fünfzig oder hundert Jahren gebaut worden sind. Bisweilen hängen die Bilder noch so, wie die Großeltern oder Eltern sie aufgehängt haben, also muss man seine Sicht auf die heutigen Bewohner modifizieren. Andererseits ... Er überlegte und streichelte ihre Brust. Andererseits sagt es vermutlich eine Menge über die neuen Besitzer aus, wenn sie alles lassen, wie es immer war. Aber es gibt natürlich auch vollkommen gesichtslose Häuser wie aus dem Katalog, die von Innenarchitekten eingerichtet wurden. Da liegt jeder Bildband auf dem Platz, den der Stylist dafür vorgesehen hat. Sich vorzustellen, wer dort wohnt, ist nahezu unmöglich. Natürlich verrät ein langweiliges Ambiente auch viel über den Typus Besitzer, aber eben nichts Spezielles. – Gibt es unter allen Immobilien, die du verwaltest, eine, die du sofort beziehen würdest? Ohne Wenn und Aber, so, wie sie ist? – Taft antwortete ohne Zögern: Ein Haus auf dem Monte Argentario. Das ist eine Halbinsel in der Maremma, einhundert Kilometer nördlich von Rom. Ich glaube, es ist das schönste und eindrucksvollste, das ich je gesehen habe. Es liegt so einsam, dass du dich alleine auf der Welt glaubst. Mitten im Naturschutzgebiet an steilen Klippen. Blick auf die Insel Giglio. Es ist in den Felsen gebaut und hat zum Meer hin eine raumhohe, verschiebbare Glaswand, sodass du das Gefühl hast, eins mit dem Wasser zu sein. Auf dem Sofa, am Schreibtisch,

im Esszimmer: Es gibt nur dich und das Meer. Es ist ein luxuriöses Haus, aber nicht protzig. Nicht zu groß, nicht zu klein. Die Terrasse liegt unterhalb des Wohnzimmers vor den drei Schlafzimmern. Wenn du dort bist, sieht dich niemand. Die Terrasse ist so sichtgeschützt, dass dich sowohl vom Land als auch vom Wasser her niemand dort ausmachen kann. – Veronika nahm seine Hand von ihrer Brust, sie war vollauf beschäftigt mit seinen Häusern und den Auftraggebern: Wem gehört dieses Haus? – Einer Mrs Henderson aus London. – Wie ist sie so? – Das kann ich dir nicht sagen. Sie ist mir nie begegnet. Aber das ist nicht ungewöhnlich: Ich kenne die meisten Klienten von *Sandhurst* nicht persönlich, eher ihre Sekretäre, Assistenten.
– Veronika war verdutzt: Du kennst deine Auftraggeber nicht? Du bist in ihren Privathäusern, du kümmerst dich um ihre persönlichen Dinge und hast keine Ahnung, für wen du das tust? – So ist es, antwortete Taft. – Du willst nicht wissen, mit wem du es zu tun hast? Veronika setzte sich auf. Du willst wirklich nicht wissen, wer zum Beispiel Mrs Henderson ist? – Im Allgemeinen interessiert es mich nicht, nein. Ich kümmere mich ums Haus, nicht um die Menschen. Aber wenn ich im Fall von Mrs Henderson vom Haus und seinem Inhalt auf die Eigentümerin schließen soll, dann denke ich, dass es sich um eine sehr gebildete, geschmackvolle, einsame Frau handelt, die nicht erst gestern zu viel Geld gekommen ist. Mehr muss ich über sie nicht wissen, denke ich. – Was meinst du mit ›Inhalt‹? – Ich meine Möbel wie die Intarsienkommode

aus dem 17. Jahrhundert, die im Wohnzimmer steht. Ich meine Materialien wie die Kaschmirdecke auf dem Sofa, das man vielleicht eher als altmodisches Canapé bezeichnen sollte. Ich meine die antiquierte Regenjacke, die an der Garderobe hängt. Ich meine die Spirituosen auf dem Silbertablett, ausnahmslos exzellente Tropfen. Ich meine die Bücher im Arbeitszimmer: keine Taschenbücher, keine Krimis, keine leichte Urlaubslektüre. Da stehen Kafka, Balzac, Schiller, Lessing, Shakespeare ... Verstehst du, was ich meine? – Du googelst deine Auftraggeber nie?, insistierte Veronika. – Nur in Ausnahmefällen. Wenn ich das Gefühl habe, irgendetwas unbedingt wissen zu müssen. Dazu besteht aber meist keine Veranlassung, und im Fall von Mrs Henderson wäre es reine Neugier, die ich im Gegensatz zu dir nicht verspüre. – Du hältst diese Mrs Henderson für einsam. Warum? – Es gibt keine Bilderrahmen mit Fotos, keine vergessenen Spielkarten, keine Zigarrenvorräte, keine Kinderzeichnungen oder Nachrichten am Kühlschrank; meines Wissens sind nie Gäste da ... Wieso interessiert dich das so brennend, Veronika? – Weil du gesagt hast, dass es das schönste Haus ist, das du je gesehen hast. Mich interessiert, was für ein Mensch es gebaut hat. Denkst du, sie ist oder war verheiratet? Wie alt sie wohl ist? – Taft überlegte und hörte dazu Stacey Kents klare Stimme. *More than you'll ever know*. Mitte fünfzig, sechzig? Keine Ahnung. Und nein ... Es sieht nicht nach einem Mann aus. Das Haus sieht auch nicht besonders weiblich aus, aber jedenfalls nicht nach einem Mann.

Und die Schrift auf dem Zettel auf ihrem Schreibtisch, der seit Jahren unverändert daliegt, seit ich das Haus verwalte, diese Schrift ist auch eine weibliche. – Was steht auf dem Zettel? – Nur ein Wort: Damokles.

Von jenem Junitag an, an dem Greg Kalinski in meinem Auftrag bei *Theorie* vorstellig wurde, dauerte es nur noch sechs Monate, bis ich selbst Tafts Bekanntschaft machte und er mir die Geschichte erzählte, die ich hier, auf diesen Seiten, niederschreibe. Zwei lange Abende brauchten wir, bis alles gesagt war. Es begann bei unserem ersten Treffen im *Hotel Imperial*, wo wir mit Blick auf die gewaltige Kathedrale Kölns, diesen wunderbar düsteren, geheimnisvollen gotischen Dom, am Kamin saßen und Grog tranken, während es draußen windete und schüttete. Grog, den Taft mir zuliebe zu sich nahm, das muss ich zugeben, er selbst hätte etwas anderes gewählt, war aber zu höflich dazu. Als wir uns damals trafen, es war an einem Donnerstag Anfang Dezember, da kam es mir vor, als hätten all die Worte, die er über ein Jahr lang nicht gesprochen hatte, all die Gedanken, die er in sich vergraben hatte, eine eigene Dynamik entwickelt. Er konnte nicht aufhören zu reden nach dieser unglaublichen Zeit, nach diesem Sommer, der alles verändert hatte; nach diesem Herbst, der aus Taft einen anderen Mann gemacht hatte. Er wollte mir all das erzählen, weil er wusste, dass ich ihn begreifen würde, weil er verstand, wer ich war, ohne dass wir uns je zuvor begegnet waren. Warum ich einwilligte, ihn dort und dann auch noch einmal in meinem Haus in den Bergen zu treffen? Das eben ist meine Geschichte. Eine, die ich viel zu lange mit mir alleine ausgemacht habe; eine, die Taft dazu veranlasste, mich unvoreingenommen zu sehen, mich gar zu mögen, obwohl ich nicht viel Liebenswertes an mir habe. Eine Geschichte, die er nur ahnte und die ihn doch dazu brachte, mir die schönen, ja, fast poetischen Mails und Berichte zu schreiben, die er mir zu meinen Immobilien im Engadin und auf dem Monte Argentario zukommen ließ. Einmal war sogar eine Zeichnung dabei – das Haus am Thyrrenischen Meer, der Blick auf Giglio. So kunstvoll, so fein, dass ich das kleine Bild habe rahmen lassen. Mein Name ist Eugenia Henderson.

Meine Mutter Eleonor, sie wurde siebenundneunzig Jahre alt, hatte schon früh beschlossen, uns beide unsichtbar zu machen – aus guten Gründen. Ihr Großvater Andrew C. Aston, genannt Ace, war ein Mann des *Gilded Age*, ein Gewinner des vergoldeten, amerikanischen Zeitalters wie der große Gatsby, wenn es ihn gegeben hätte. Ace war aber auch und vor allem ein Goldgräber wie aus einem Wildwestroman: rücksichtslos, skrupellos, gierig. Aus Zeitungsartikeln der Jahrhundertwende weiß ich, dass es viele gab, die ihn einen Emporkömmling nannten, und das war die mildeste Titulierung. Einen, der Geld mit Status verwechselte. Einen korrupten Verbrecher. Einen Dieb. Einen ehrlosen Bastard. Einen, der nur durch Bestechung Senator der Vereinigten Staaten von Amerika wurde. Der wunderbare Mark Twain nannte ihn in einem Essay eine Schande für die Nation – und noch Schlimmeres, das ich lieber nicht wiederholen möchte. Ace war einundsechzig Jahre alt, als meine Mutter geboren wurde. Sie war alles, was er sich erhofft hatte. Er trug sie auf Händen. Für sie, seine Enkeltochter, ließ er 1911 vom Architekten des Pariser Grand Palais, Henri Deglane, den Palast mit einhundert Zimmern an der Upper East Side bauen, 952 Fifth Avenue. Für sie, das blondgelockte, zauberhafte Wesen mit den kugelrunden, eisblauen Augen, wurden keine Kosten und Mühen gescheut. Für sie, meine Mutter, ließ Ace *Astonia* in Santa Barbara errichten: ein Schloss auf einem neun Hektar großen Anwesen mit Blick über den Pazifik, in dem er, so belegen es Gäste- und Haushaltsbücher, zeitlebens nur zwei Gesellschaften gab, zu denen dann allerdings Leute wie Ernest Hemingway, Jimmie Rodgers, Charles Lindbergh und sogar der Las-Vegas-Gangster Moe Dalitz geladen waren. Heute ist *Astonia* ein Museum, in dem unsere Gemälde von Renoir, Sargent, Monet, darüber hinaus zwei Stradivari-Geigen und die kostbare Bibliothek zu besichtigen sind, in der sich auch das erste Buch befindet, das auf dem Gebiet der heutigen USA gedruckt wurde. Mein Urgroßvater hat es ersteigert: *The Bay Psalm Book* von 1640 mit einem Schätzwert von 14 Millionen Dollar.

Soweit ich es beurteilen kann, hatte meine Mutter eine scheußliche Kindheit. Sie sprach kaum darüber, aber ich habe über die Jahre zusammengetragen, was zu finden war, und zwei Mitarbeiterinnen befragt, die in jungen Jahren im Dienst meines Urgroßvaters standen. Die eine, Cecile, war Zimmermädchen. Als Siebzehnjährige hatte sie 1929 bei Ace die Arbeit aufgenommen, Anfang der Siebziger fand ich sie in Greenwich Village. Ich rief an und fragte sie, ob sie mir etwas über meinen Urgroßvater erzählen würde. Ihre Antwort war: Ich werde für Sie beten, junge Dame, dass Sie trotz Ihrer Gene ein besserer Mensch als Andrew C. Aston sein mögen. Dann legte sie auf. Die zweite war Sally Woolf, die von 1935 bis zu Ace' Tod 1940 seine Privatsekretärin war. Sie erzählte mir, dass sie meine Großmutter Ella nicht mehr kennengelernt habe, aber es sei ein offenes Geheimnis, dass Ella ihre eigene Tochter – meine Mutter – derart um die bedingungslose Liebe von Ace beneidete, dass sie bald kein Wort mehr mit dem Kind wechselte, schließlich aus Ace' Haus geworfen wurde und 1926 in einer Nervenklinik in der Nähe von Los Angeles an einer Überdosis Schlafmittel starb. Da war meine Mutter gerade sechzehn Jahre alt: ein Teenager ohne Eltern, allein unter dem Einfluss eines übermächtigen Großvaters, alle anderen Angehörigen waren ausgeschaltet oder gestorben, auch die Großmutter gab es nicht mehr. Meine Mutter selbst äußerte sich stets zurückhaltend über Ace – wenn überhaupt. Aber dass sie ihn nicht geliebt hat, dass sie es einfach nicht über sich gebracht hat, ihn von ganzem Herzen zu lieben, das spürte ich immer. Sie war höflich zu ihm, glaube ich, aber dank des Geldes, das er in ihre Erziehung investierte, war sie sicher schon im Alter von sieben Jahren zu klug und zu kultiviert, um ihn achten und lieben zu können. Als ich meine Mutter das erste Mal nach ihm fragte, zögerte sie lange. Dann antwortete sie: Dein Urgroßvater war zutiefst davon überzeugt, dass für ihn besondere Gesetze galten. Das mag für dich abgeschmackt klingen, Eugenia, schlicht geradezu, aber stell dir das in der ganzen Tragweite vor, in jedem Detail seines Lebens, in jeder Nuance seines Tuns, in jeder einzelnen, noch so winzigen Facette seines Alltags – geschäftlich wie privat, dann wirst du ermessen können, was ich versuche, dir zu sagen.

Im Gegensatz zu meinem Urgroßvater war meine Mutter eine sehr diskrete Person. Von Natur aus leise, unaufgeregt, bescheiden. Sie nutzte sein Vermögen, um zu helfen. Kunstsammlungen, Krankenhäuser, Kinderheime konnten sich über nennenswerte anonyme Spenden freuen. Sie wollte Sinnvolles mit dem Geld tun und Frieden für uns beide, für sich und für mich, sie wünschte sich, dass uns niemand kannte, niemand erkannte, dass niemand in unser Leben eindrang. Tatsächlich ist es Eleonor gelungen, dass die Medien bis heute kein Foto von mir und nur ein einziges von ihr haben: ein Bild aus dem Jahre 1940. Es zeigt sie vor dem New Yorker Standesamt an der Worth Street in einem ausladenden Nerz mit wunderbarem, enormem Fuchskragen, wobei mir bewusst ist, dass Pelze heutzutage nicht gern gesehen sind. Um ihren Hals liegt eine Perlenkette, an ihren Handgelenken glitzern zwei Brillantarmreife mit filigranen Mustern, an ihrem Ringfinger der frische Ehering. An diesem Tag, dem Hochzeitstag meiner Eltern, feierte sie das letzte Fest in und mit Manhattans Gesellschaft. Am selben Abend starb Ace einundneunzigjährig als einer der fünfzig reichsten Männer Amerikas; drei Jahre später kam ich auf die Welt, vier Jahre später war mein Vater verschwunden. Was meine Mutter ausstrahlt auf diesem Foto von 1940, ist die Eleganz einer ganzen Epoche. Sie wohnte ihr bis zu ihrem Tod vor ein paar Jahren inne. Menschen wie meine Mutter gibt es nicht mehr, solche Frauen sind lange ausgestorben, und heute weiß ich: Das war es, was mich dazu bewogen hat, Greg Kalinski in die Alte Straße zu *Theorie* zu schicken – die Worte der Sekretärin von *Sandhurst Real Estate* über Daniel Taft. Er sei aus der Bahn geworfen, hatte diese Sekretärin meiner Assistentin gegenüber ausgeplaudert, von jetzt auf gleich verlassen worden. Darauf las ich seine Mails und Berichte wieder und wieder. Feinsinnige, achtsame Zeilen. Und plötzlich war er wieder da: der stille Schmerz meiner Mutter, als mein Vater 1944 nicht wiederkam. An den Moment selbst erinnere ich mich freilich nicht; ich war ein Jahr alt. Aber an ihren Schmerz erinnere ich mich in seiner ganzen Tragweite, Anmut, Größe. Sie hat es nie verwunden. Sie hat nie darüber gesprochen, doch der Verlust meines Vaters war der Wendepunkt in ihrem Leben, der roh und rücksichtslos zerriss, was diesem Leben nach lauten, reichen Jahren einen Sinn gegeben, was dieses Leben ausgemacht hatte. Wenn man sich vorstellt, dass im weitesten Sinne Adolf Hitler dafür verantwortlich ist, dass sich mein Vater am 8. Juni 1944 in Sainte-Mère-Église in die zwanzigjährige Französin Fabienne Frézal verliebte und nie mehr nach Amerika zurückkehrte, wenn man sich vergegenwärtigt, dass der primitive, psychopathische Österreicher nicht nur Millionen Menschen auf dem Gewissen, sondern auch das Glück und die Liebe unzähliger Überlebender zu Grabe getragen hat, kann man den eigenen Zorn zwar theoretisch auch auf ihn und damit auf zwei Männer lenken, praktisch aber bleibt es ohne Belang für den Schmerz. Er bleibt bodenlos, wenn man liebt. So maßlos, wie es Tafts Schmerz war.

Meine Mutter gab uns den Phantasienamen Henderson. Wir zogen nach London, dorthin verlegte meine Mutter auch den Hauptsitz der Firma. Sie strukturierte das Unternehmen um, trennte sich von einigen Tochtergesellschaften, strebte zuerst eine Umbenennung des Konzerns an, stellte aber bald schon fest, dass der Name Aston in England keine oder aber deutlich harmlosere Assoziationen als in Amerika hervorrief – so war es am Ende reiner Pragmatismus, dass der Firmenname blieb. Sie stellte zwei Anwälte ein – Charles Gower und William Clark, die fortan nach außen auftraten – und verpflichtete sie, unseren neuen Namen Henderson nie mit *Aston* in Verbindung zu bringen. Tatsächlich bauten die Anwälte das Konstrukt so geschickt, dass es unmöglich ist, uns dahinter zu finden. Mit Hilfe von Mr Gower, Mr Clark und mir hat meine Mutter sämtliche Vermögenswerte (insgesamt handelt es sich um 500 Millionen Dollar) bis zu ihrem siebzigsten Lebensjahr selbst verwaltet und vermehrt. *Astonia* – ihren Besitz in Santa Barbara, wo mein Vater sehr gern gewesen ist – besuchte meine Mutter bis zu ihrem Tod nicht mehr. 952 Fifth Avenue ließen wir 1959 abreißen und dort ein gewinnbringendes Appartementhaus errichten. In der Theorie hatte ich all das lange ad acta gelegt. In der Theorie war ich fertig damit. Aber in der Theorie ist Liebe eben nur eine Idee.

Theorie.

Wie schlicht war doch Tafts Konzept. Wie elegant. Seine Zettel erinnerten mich an die minimalistischen, oft nur aus einem Wort bestehenden Notizen im Tagebuch meiner Mutter. An ihre Untröstlichkeit, die sie meinem Vater nie nachgetragen hat. Diese Untröstlichkeit, die mich mein Leben lang von der Liebe fernhielt.

Sylvester Stallone

Anton Friedenreich zündete seine Zigarre gemächlich an. An diesem Nachmittag, einen Tag nach Greg Kalinskis Besuch, war es eine Hernández & Ruíz aus Panama. Er saß vor dem Schaufenster von *Theorie*. Auf dem hellblauen Klappstuhl, den Taft beim Einzug im Toilettenvorraum des Ladens gefunden hatte und seither täglich neben die Ladentür auf den Bürgersteig stellte. Friedenreich sog und mampfte an der Zigarre, bis sie glühte; Taft hatte mit seinem Besuch gerechnet.

Jetzt ist Ihnen das Geld für die teuren Zigarren ausgegangen, zog er Friedenreich auf und stellte ihm eine Tasse Kaffee aufs Fensterbrett, wie immer mit einem Stück Zucker, ohne Milch. Ohne Provision für die Vermittlung von *Theorie* müssen Sie andere Zigarren kaufen, was?

Keine Sorge, Herr Taft. Noch komme ich zurecht. Die anderen waren bloß ausverkauft. Eine sehr eindrucksvolle Entscheidung übrigens, die Sie da gestern getroffen haben gegenüber Greg Kalinski. Kompliment.

Sie gratulieren mir dazu?, fragte Taft erstaunt.

Nun, nicht viele junge Männer hätten sich die Chance

auf so viel Geld und – möglicherweise – Ruhm entgehen lassen.

Taft zuckte die Schultern.

Wenn Sie mich fragen, fuhr Anton Friedenreich fort, was Sie nicht tun, aber ich sage es trotzdem: Wenn Sie mich fragen, haben Sie die richtige Entscheidung getroffen.

Was würde all der Ruhm nützen, wenn er nach hinten losgeht? Und das würde er, weil *Theorie* zweifellos wenig ruhmreich in rote Zahlen geriete.

Absolut richtig, Junge, aber das hätten eben nur wenige so entschieden im Angesicht von so viel Geld. Das stärkt meine Überzeugung, dass es sich bei Ihnen um einen wahren Idealisten handelt.

Taft lachte auf. Nichts weniger als das, Herr Friedenreich, glauben Sie mir ... Ich bin kein Idealist. Was halten Sie von Politik?

Interessanter Themenwechsel. Wie kommen Sie nur von Idealismus auf Politik?

Taft schwieg.

Also schön, sagte sein Besucher. Was halte ich von Politik? Ohne geht es nicht, weniger wäre mehr. Das halte ich davon.

Sehen Sie: Mir geht es ähnlich. Viele halten mich für einen Idealisten, einen nützlichen noch dazu. Aber ich bin keiner. Ich finde allerdings, Politik sollte mit Idealismus zu tun haben. Das Gegenteil ist der Fall. Ich bin alles andere als ein Kämpfer für eine Sache, nichtsdestotrotz will mich einer der Bürgermeister dieser Stadt für die Kommunalpolitik gewinnen.

Und was genau sollen Sie da machen?, fragte Friedenreich mit vielsagendem Gesichtsausdruck, Kindergärten einweihen und Straßenbahnhaltestellen verabschieden?

Das ist der Punkt. Wer will das schon? Verstehen Sie mich nicht falsch: Ich habe aus den genannten Gründen keineswegs die Absicht, das Angebot des Bürgermeisters anzunehmen. Aber mir geht nicht mehr aus dem Kopf, dass sich trotz allen Abscheus irgendjemand der Kindergärten und Straßenbahnhaltestellen annehmen muss. Ich habe früher selten darüber nachgedacht. Und wenn, dann voller Mitleid für die, die politisch arbeiteten. Inzwischen frage ich mich – rein abstrakt und theoretisch, versteht sich – ob sich entgegen meiner Überzeugung die Dinge nicht doch irgendwie bewegen lassen.

Man müsste andere Wege gehen, räumte Friedenreich ein und blies Rauch in Tafts Richtung.

Das sagt jeder, kommentierte Taft abfällig.

Und dabei bleibt es, konterte Friedenreich gelassen. Ist doch komisch … Jeder sagt es. Es klingt schön. Aber keiner kennt den anderen Weg. Herkömmliche Politik ist mühsam und anstrengend und langwierig und fruchtlos und eitel und absurd und opportunistisch und, ach, grauenhaft, weil sie andere Wege angeblich kennt, aber nie geht. Da sind wir uns einig, nicht wahr? Aber es wäre so einfach.

Lassen Sie hören, forderte Taft ihn auf. Wahrhaftigkeit.

Taft sah ihn entgeistert an: Sie werfen jetzt nicht ernsthaft die schlimmste aller Floskeln ins Feld!

Doch, das tue ich.

Nehmen Sie's mir nicht übel, Herr Friedenreich, aber das Wort hat für mich dieselbe Qualität wie die Ansicht des Bürgermeisters, dass sich alles nur um die richtige Ansprache dreht. Taft wollte sich nicht vorstellen, dass Friedenreich nicht mehr drauf hatte.

Natürlich findet er das. Dieser Ansicht sind alle Politiker. Und sie meinen damit, dass man neue Worte für altbewährte Maßnahmen findet. Schuldenbremse, zum Beispiel. Diätenanpassung. Reform der Reform. Es sind immer Floskeln. Nichts als Floskeln.

Gut. Also was genau meinen Sie mit Ihrer Floskel: Wahrhaftigkeit?

Konkret meine ich eine Wahrhaftigkeit wie Ihre, Herr Taft. Friedenreich betrachtete angelegentlich die andere Straßenseite, auf der nichts zu sehen war. Er wiederholte: Eine wahrhaftige und schmucklose und wirklich andere Ansprache. Eine wie Ihre, Herr Taft, nur ein bisschen größer.

Ich verstehe nicht. Taft war verwirrt. Gerade haben Sie doch noch gesagt, dass ich die richtige Entscheidung getroffen habe, indem ich die Beteiligung von *Aston* abgelehnt habe.

Jetzt sah Friedenreich Taft an, die Zigarre lässig im rechten Mundwinkel wie ein Ganove. Sie haben die richtige Entscheidung getroffen, was den Bürgermeister und was *Aston* betrifft, Junge. Expansion ist überhaupt nicht passend für *Theorie*. Filialen? Was für ein Quatsch! Es gibt diesen einen Laden hier, diese, sagen wir: werdende Legende, und mehr darf es nicht geben. Man kann auch

Harry's Bar, das *Moulin Rouge* oder *Ronnie Scott's* nicht überall auf der Welt haben. Es wird gerne versucht, aber es wird woanders nie dasselbe sein. Man kann allerdings vom Ruhm solcher Institutionen erzählen und von ihm profitieren. Und das ist dann ganz etwas anderes. Heutzutage arbeitet man crossmedial, und das ist es, was ich in Ihrem Fall machen würde ... Friedenreichs hohe Stirn glänzte braunrot in der Junisonne, der weiße Haarkranz drumherum, der ihm bis zur Schulter reichte, wie ein Heiligenschein im Gegenlicht. Die schwarze Brille saß auf seiner Nasenspitze, darüber sah er Taft jetzt unentwegt an.

Crossmedial? Taft verdrehte die Augen. Wie wollen Sie *Theorie* crossmedial vermarkten?

Sie gehören ins Fernsehen und ins Internet, Junge, entgegnete Anton Friedenreich ungerührt: Ein Wort – ein Abend. Und zwar länderübergreifend. Europa. Eine Talkshow, mehrere Länder, Blogs, Chats. Sie geben das Wort vor, dann entbrennt die Diskussion, egal, auf welchem Medium. Eine ehrliche, ungebremste Diskussion unter Europäern – und Sie sind doch so etwas wie ein Vorzeige-Europäer: deutsche Mutter, englischer Vater, in Frankreich aufgewachsen. Sie sprechen mehrere Sprachen, sind viel gereist, genießen hohe Glaubwürdigkeit durch diesen Laden und sind, ich bleibe dabei, in Ihrer tiefsten Seele ein Idealist, im guten Gegensatz zu einem Träumer.

Taft setzte sich aufs Fenstersims.

Stellen Sie es sich vor, fuhr Friedenreich fort: Sie sagen ›Demokratie‹ in eine Fernsehkamera, und dann sprechen

Sie, während im Internet zeitgleich die Diskussion losgeht, mit Menschen über die Demokratie. Nicht mit den üblichen Experten in den Talkshows, in denen keiner den anderen ausreden lässt. Keine Politiker, die schwafeln, sondern ganz normale Menschen. Was ist Demokratie für sie? Wo in ihrem Leben spielt Demokratie wirklich noch eine Rolle?

Im Laden hinter ihnen drei Kunden, die Ideenkarten studierten. Taft drehte sich kurz zu ihnen um, um nach dem Rechten zu sehen. Sie brauchten noch Zeit. Zweifelnd antwortete er Friedenreich: Das wäre das reine Chaos. Wissen Sie, wie viel Unsinn da gesprochen und geschrieben würde? Wie viel unqualifiziertes, nutzloses, schlimmstenfalls gefährliches Zeug in die Welt posaunt würde?

Es kann nicht mehr sein, als Politiker jetzt erzählen, antwortete sein Besucher nüchtern. Es gibt ein Thema, es gibt Bewerber, die mit Ihnen darüber sprechen möchten, es gibt eine Redaktion, die mit den Gästen Vorgespräche führt und ihnen die Spielregeln erklärt. Wer polemisch oder ausfallend wird, dem wird das Mikrofon ausgeschaltet.

Was nicht besonders demokratisch ist ...

Ich spreche von Extremfällen. Und natürlich könnten Sie das auch steuern, die Ehrlichkeit macht es ja so spannend. Alles eine Frage der Gesprächsführung. Aber am Ende stelle ich es mir so vor, dass Politiker nicht andere Politiker im Fernsehen sehen, sondern ihre Wähler, von denen sie etwas lernen, aus deren Worten sie im besten

Fall eine gute Idee für ihre nächste Fraktionssitzung mitnehmen.

Krieg. Taft dachte laut.

Friedenreichs Mundwinkel zuckten. Die Zigarre weit heruntergebrannt jetzt zwischen Zeige- und Mittelfinger seiner Rechten. Auch das wäre selbstverständlich ein Thema, sagte er vorsichtig.

Denken Sie oft darüber nach, Herr Friedenreich? Ich meine, wie viele Soldaten im Auftrag Ihres Landes irgendwo kämpfen?

Ich sehe, wir verstehen uns. Genau das meine ich. Solche Fragen. ›Demokratie‹ oder ›Krieg‹ sind nur zwei Begriffe von zahllosen, die Sie zum Thema machen könnten, das ist das Einzigartige an *Theorie*. Sie können als Folge dieses Konzepts – er deutete hinter sich – theoretisch jedes Wort auf den Tisch legen oder, um ein in diesem Zusammenhang triviales Wortspiel zu bemühen, die Menschen beim Wort nehmen. Und genau das sollten Sie im Fernsehen tun. Gewalt. Träume. Selbstständigkeit. Generation ... Nehmen Sie eine Karte von Ihrer Wand und machen Sie daraus das Thema Ihrer Sendung. Das ist ehrlich. Das ist pur. Das hat mehr Substanz als alle Talkshows zusammen. Es wäre eine echte Chance, die Menschen zu erreichen.

Taft schwieg.

Ich habe dieses Konzept übrigens *Aston* vorgeschlagen, fuhr Anton Friedenreich entspannt fort. Nur, dass Sie das wissen, Herr Taft. Das Konzept mit dem Titel *Theorie Live* liegt dort seit gestern vor. Seit ich weiß, dass Sie Greg Kalinski die Absage erteilt haben.

Taft war perplex. *Aston*?

Sie haben nennenswerte Beteiligungen an Internet-Unternehmen und Fernsehsendern in mehreren Ländern. Ein Sender gehört ihnen ganz: Kanal Zwei. Wenn ich es recht überlege, gibt es kaum eine Sparte, in der *Aston* keine Beteiligungen hält. Es hat mich Jahre gekostet, diese Firma zu durchleuchten.

Taft konnte nicht widerstehen: Kennen Sie Mrs Henderson?

Friedenreich zog eine Augenbraue hoch. Er dachte einen Moment nach und entschied dann, ohne Nachfrage zu antworten: Wir haben vor drei Wochen zum ersten Mal miteinander telefoniert. Wegen *Theorie*.

Und wann haben Sie es verfasst, dieses Konzept *Theorie Live*?, fragte Taft.

Vor zwei Monaten etwa. Und glauben Sie mir: Ich bin ganz und gar davon überzeugt, ich brenne dafür ... Sie haben mir erzählt, dass Sie vorhatten, nach einem Jahr wieder zu ihrem alten Arbeitgeber zu gehen. Ich gebe Ihnen einen guten Rat, Herr Taft: Sagen Sie ab! Er legte den Zigarrenstummel in den Aschenbecher und stand auf, streckte seine Hand aus und packte Tafts linke Schulter: Sie sind gut, Junge, Sie wissen gar nicht, wie gut.

50 WAYS TO LEAVE YOUR LOVER. Er betrachtete Olivia auf seinem Computerbildschirm. Ein wenig unproportioniert war sie, manchmal unscharf. Gerade erst hatte sich Anton Friedenreich von ihm verabschiedet, da meldete

sie sich auf seinem Handy und sagte: Du lädst jetzt Skype runter und dann sehen wir uns, Taft. Sein Herz schlug ein bisschen schneller in diesem Moment und er antwortete: Warte, aber sie wartete nicht, hatte schon wieder aufgelegt. Also kassierte er fünf Ideenkarten ab, schloss die Tür zu, als die Kunden den Laden verlassen hatten, setzte sich mit seinem Laptop auf den Boden hinter seinen Tresen und suchte sehr eilig die Software für Skype, die es sowohl fürs Handy als auch für Computer gab. Es ging fix. Er gab »Taft« als Nutzernamen ein und suchte dann Olivia. Fand sie nicht. Aber in diesem Moment gab sein Computer ein blubberndes Geräusch von sich, mit dem Schattseits Gesicht vor ihm auftauchte wie aus einem Moorbad. Ihre blonden Haare mit Klammern aus dem Gesicht gehalten. Die Haut braun. Beigefarbenes Shirt und rosa Lippenstift.
Wo um Himmels willen kauerst du da, Taft? – Ich sitze auf dem Fußboden hinter meinem Verkaufstresen. – Du siehst aus wie ein Buzkashi-Kämpfer! Ganz verknautscht. Versteckst du dich vor deinen Kunden? – Wenn sie mich jetzt sehen könnten, würden sie zu Recht erwarten, dass ich die Tür aufschließe. Ich möchte aber lieber mit dir sprechen. Wie geht es dir, Schattseit? Und was ist Buzkashi? – Mir geht es gut, antwortete sie und lächelte, ich bin nur ein bisschen müde. Buzkashi ist ein traditionelles, afghanisches Reiterspiel. Auf einem riesigen Feld liegt ein totes Schaf oder Kalb, das man aufheben und bis zum Schiedsrichter bringen muss, während man von allen anderen Reitern auf dem Feld gejagt und attackiert

wird. Ziemlich wild. – Und so sehe ich aus? Wie ein afghanischer Cowboy, der wie ein Irrer mit einem toten Schaf durch die Steppe galoppiert? – Ja, im Moment hast du ein bisschen etwas davon. – Wenn du müde bist, Schattseit, heißt das, du hast viel zu tun, die Lage ist einigermaßen sicher und du kannst viel raus. – Du hast mir aber verflucht gut zugehört, Taft ... Sie lachte. Ja, es geht mir gut. Aber es ist sehr viel zu tun, und uns läuft die Zeit weg, so sieht's aus. – Und wie ist die Umgebung? – Was meinst du, draußen oder hier drinnen? – Beides. – Zum Lager habe ich dir ja schon etwas erzählt. Es ist viel, viel größer als Faizabad. Fast achttausend Soldaten. Amerikaner, Norweger, Kroaten ... Gestern war Tag der Mongolen. Wir bilden die mongolischen Soldaten als Sicherungssoldaten aus, die Marmal bewachen, so heißt das Camp hier eigentlich, Marmal. Also haben wir gestern über mongolische Kampfkunst, Trachten, Speisen bis zum Gesang alles Mögliche gelernt. Es war sehr lustig, das kannst du mir glauben. Sie machte eine kurze Pause, überlegte. Ansonsten gibt es hier alles. Wie in Faizabad damals, nur größer: Sporthallen, Cafés, Bars, Flugplatz. Mit gelben Bussen, die wie amerikanische Schulbusse aussehen, fahren wir innerhalb des Camps von A nach B, so groß ist es. Wir haben sogar einen Rosengarten mit Hollywoodschaukel, da sitze ich oft. – Taft stellte sich Olivia im Rosengarten vor. Vielleicht tanzte sie auch dort, Wange an Wange, mit einem Soldaten durch den Rosengarten in der Wüste. Was für ein Bild. – Ich bin viel mit den Amerikanern unterwegs, fuhr Olivia fort, neulich bin ich mit ihnen im zivilen Hubschrauber einer moldawischen Fluggesellschaft nach Khilagay rüber, wir haben Versorgungswaren und Feldpost über die Berge geflogen. Das Licht, Taft, es ist unglaublich, du müsstest das sehen! Wenn die Sonne gut steht und wenig Wüstensand in der Luft liegt, ist es ein unwirklicher Sepiaton, wunderschön. Und der Flug über die Berge ... Auch wenn ich voll aufgerödelt war, was lästig ist, konnte ich ihn genießen. Das Land ist von einer Schönheit, die dich umwirft. Im Fernsehen zu Hause kommt nicht ansatzweise etwas davon rüber. – Was heißt das, Olivia: voll aufgerödelt? – Sie lachte wieder. Na, voll bewaffnet mit Splitterschutz und Helm, du Zivilist. War auch ganz gut so. – Was bedeutet das wieder?, erkundigte er sich alarmiert. – Als wir außerhalb von Camp Khilagay landeten, erfuhren wir, dass sie seit einigen Stunden unter Beschuss lagen. Also haben wir schnell verladen und sind wieder weg. So ist es halt, man kann die Schönheit nicht lange genießen, sich nie darin verlieren, das ist zu gefährlich. – Du setzt wirklich alles daran, eine anerkannte Veteranin zu werden, scheint es. – Sie winkte ab. Ach was, Taft, halb so wild. Wie läuft es bei dir? Hat mein Vater dich rumgekriegt? – Nein, aber er versucht es äußerst charmant. Er hat mir Literatur geschickt: mehr und weniger interessante Aufsätze und Abhandlungen zum Völkerrecht und dazu einen Stadtführer für Brüssel. Und er hat mir einen Brief geschrieben, in dem er mich eingeladen hat, ihn wieder zu besuchen. – Und wann fährst du? Nein, sag es mir lieber nicht, ich werde nur neidisch. – Gehört Neid zu den Eigenschaften deines Sternzeichens? – Rate. – Ich tippe auf Löwe. – Ich wusste es: Mein Vater hat es dir gesagt. – Taft lachte leise. Du sehnst dich nach Rampenlicht, bist generös und gerechtigkeitsliebend, mutig, überlegen und kraftvoll ... – Um Himmels willen!, rief sie und schüttelte den Kopf. Wo hast du das her? – Internet. Astroseite, sehr unterhaltsam. Fast wie die Fernsehastrologin. – Hast du sie noch einmal gesehen? – Die Fernsehastrologin? Er wusste sehr wohl, von wem Olivia sprach, und ihr war das bewusst. Sie sah ihn nur an, ihre Augen seeblau; er starrte ausdruckslos darauf. Olivia saß in einem Zimmer, ihrer Stube vermutlich (das Wort hatte er aus dem Buch *Mein Freund im Krieg* gelernt), sie saß an einem Tisch, ab und zu vibrierte und donnerte Flug- und Straßenlärm hinter ihrem Fenster bis zu ihm. Es war ihr warmer, freundlicher Blick, mit dem sie ihn aus 4928,56 Kilometern Luftlinie und 6085 Kilometern tatsächlicher Wegstrecke betrachtete. Er dachte an Selbstmitleid, musste es, sich selbstmitleidig nennen, sonst würde ihn dieser Blick treffen und schreien: Wie konnte Veronika nur? Aber so wollte Taft es nicht sehen. Er wusste: Es war anders, Veronika hatte aus ihm unbekannten Gründen so handeln müssen, eines Tages würde sie es ihm erklären. So lange galt es zu warten und sich mit Selbstmitleid herumzuschlagen. Taft hatte die Entfernung nachgeschlagen. Olivia war 4928,56 Kilometer von ihm entfernt und doch jetzt bedrohlich nah vor ihm, viel zu nah an ihm dran. Paul Simons Hit aus den

1970er-Jahren ging Taft durch den Kopf. *50 ways to leave your lover.* Wie befremdlich, wie taktlos, dass er ausgerechnet an diesen Song dachte. Sie hat ihre Gründe, wollte er antworten. Sie hat Gründe, die ich nicht kenne, aber eines Tages verstehen werde. Sie ist nicht rücksichtslos und kalt. Er brachte kein Wort heraus. Er war nicht bereit, Veronika zu teilen. Mit überhaupt irgendjemandem Veronika zu diskutieren. Taft antwortete zögerlich, leise: Ich hätte es dir nicht erzählen sollen. Er sah in die Kamera, genau in ihre Augen, die ruhig und fest in seine schauten. Es war ein Fehler, Schattseit, tut mir leid. – In diesem Moment hörte er in Afghanistan ein zackiges Klopfen und wie sich eine Tür öffnete. Olivia blickte über den Bildschirm hinaus, als sähe sie hinter Taft. Eine Männerstimme. Entschuldige, ich wusste nicht … Olivias Hand. Größer und größer. Schnell. Richtung Kamera. Dann war alles schwarz. Alles Nichts.

Abends, als Taft den Laden schloss, durch die Alte Straße Richtung Ufer ging, vorbei am *Camillo*, am Trödel- und am Fahrradladen, an der Kirche, hörte er immer wieder diese Stimme. Entschuldige, ich wusste nicht … Angenehm. Tief. Er hatte versucht, sich abzulenken. Er hatte, entgegen seiner Gewohnheit, länger mit ein paar Kunden geplaudert, dann Ideenkarten aufgefüllt, über sein Gespräch mit Anton Friedenreich nachgedacht, aber immer wieder hatte er Olivias Gesicht vor sich gesehen. Den Ausdruck in ihren Augen, als sich, für Taft unsichtbar, die Tür ihrer Stube öffnete. Überrascht. Ertappt. Er wusste nicht, um wen es sich handelte. Es konnte ein Freund sein, ein Kamerad, der eine sanfte, jedoch nicht zärtlich gemeinte Tonart unter Leidensgenossen anschlug. Da draußen mochten andere Umgangsformen gelten. Aber wieso hatte Olivia erschrocken ausgesehen, den Laptop ohne Erklärung zugeklappt? Taft versuchte, sich ihre Kameraden, sich insbesondere diesen Kameraden an der Tür vorzustellen, wobei er sofort den Schauspieler Sylvester Stallone vor Augen hatte, ein Gedankenplakat von John Rambo. Im Film ein Vietnam-Veteran und unerschrockener Kämpfer, der seine Wunden im Wald selbst näht, narkoselos natürlich, eine Spur der Verwüstung hinterlässt, missverstanden, allein. Taft musste selbst lachen. Was dachte er sich eigentlich? Wie schlicht er doch war! Ein Mann in Uniform. Er kannte nicht viele. Monsieur de Brignon, den Vater einer Freundin aus Paris, der eine hohe Position im Verteidigungsministerium bekleidete und bei dem es zur Familienehre gehörte, dem Staat zu dienen. Jacques Perrier, einen ehemaligen Kommilitonen, der immer zur Marine wollte. Sonst fiel ihm keiner ein. Er bog in die Schönhauser Allee Richtung Ufer. Zwei Welten auf einer Straße. Auf der linken Seite brachliegende Grundstücke, aus denen Anwohner bunte Gärten gemacht hatten, daneben ein schlichtes, geklinkertes Geschäftshaus, schmuddelige Container für Altkleider, Flaschen und Papier, lieblos auf den Bürgersteig gesetzt. Auf der rechten Seite zwei sanierte, denkmalgeschützte Villen, daneben hochmoderne, organisch geformte Bürogebäude mit grün und rot schimmernden Fensterläden aus Glas, mutig, originell, elegant. In Tafts Augen symbolisierte die Schönhauser Allee wie kaum eine andere Straße das Wesen Kölns. Möglicherweise, überlegte Taft, war das auch schon die ganze Geschichte: Er kannte keinen Soldaten, weil eine Uniform keinen interessierte, den er kannte. Und tatsächlich war ihm das Militär als Beruf noch immer schwer nachvollziehbar, erst recht, da die Wehrpflicht in vielen Ländern aufgehoben war, auf jeden Fall war sie es in Frankreich und Deutschland. Wieso entschied man sich dafür? Wegen der Möglichkeit, neben dem Militärdienst eine solide Ausbildung, ein Studium zu absolvieren, überlegte Taft. Weil dem oder der Freiwilligen der Gemeinschaftsgedanke gefiel. Weil der Mensch im zivilen Leben nichts zuwege brachte und dort eine Aufgabe und einen festen Platz und dazu noch einen Rang erhielt. Weil er heroische Absichten hatte und sein Land verteidigen wollte. Weil er auf Kampf und Waffen und Uniformen stand. Vielleicht brauchte es auch nur einen Bezug zum Militär – die Familiengeschichte, elterliche Vorstellungen, einen vielbewunderten Onkel, der Offizier war. Taft überquerte die Straße. Am Agrippina-Ufer sah er Nelli mit ihren Kolleginnen unter den Linden. Sie rauchten und unterhielten sich im Abendlicht, inzwischen blieb es wieder länger hell. Die Blonde gestikulierte, ihre Bewegungen eindeutig: Sie zeigte in der Luft, wie sie einen Kunden gepackt und ihn offenbar an seinem besten Stück hinter sich hergezogen und gelenkt hatte. Die anderen lachten. Sie waren in ihr Gespräch vertieft, beachteten Taft nicht, nahmen ihn nicht wahr, denn sein Gang hatte diesmal nichts

Zögerliches. Nichts, das signalisierte, dass er ziellos war, ohne Zeitgefühl, dass er nicht wusste, was er mit sich anfangen sollte. Er ging an ihnen vorbei, auf dem Spazierweg oberhalb des Wassers, den er gern mochte wegen der alten, rostigen Schmiedegitter aus einer anderen Zeit, wild bewachsen; wegen der Linden, die den Weg überdachten, wegen des kraftstrotzenden Flusses, der braun und breit und angeberisch dahinfloss mit seiner Wucht. In gewisser Weise war er dankbar, dass Olivia nicht alleine in Mazar-e Sharif war. Es war ein beruhigender Gedanke, sie sich tags und nachts in guter Gesellschaft vorzustellen, mit Menschen, die auf sie aufpassten. Ach was. Schon wieder ein Klischee! Dummes Zeug! Sicher war es genau andersherum. Sie passte auf den Mann auf, der in ihre Stube getreten war, gab ihm eine Narkose und nähte in der Wüste seinen Arm. Er brauchte ihre Hilfe in Afghanistan. Sie stabilisierte ihn, wie sie Taft beim Tanzen gehalten, ihn in dieser einzigartigen Kombination von Freundschaft und Erotik durch die Musik gebracht hatte, die er ohne ihre Arme keine Sekunde länger ausgehalten hätte. Schwerelosigkeit. Möglichkeiten zwischen ihnen. Anziehung. Verlangen. Alles uneinlösbar, das war beiden klar gewesen, trotzdem: Olivia hatte ihn durch die Musik gelotst, als kenne sie den Weg aus dem Schmerz.

Dass er es ihr nicht übelnehmen dürfe, dass sie einfach aufgelegt habe, befand Maximilian Groß eine Stunde später am Telefon. Sie hat mir gerade davon erzählt und mich gebeten, Sie anzurufen, Herr Taft.

Wer war der Mann, der in ihr Zimmer kam?, fragte Taft unvermittelt und schämte sich sogleich dafür.

Welcher Mann? Keine Ahnung! Was weiß ich? Sie hat mich nur gebeten, Ihnen auszurichten, dass sie sofort Schluss machen musste.

Taft saß inzwischen am Wasser. In den Uferhängen aus Grauwackenpflaster gab es steile, schmale Treppen, die den Schiffern dazu gedient hatten, vom Lastkahn ans Ufer zu gelangen. Von einer solchen Treppe aus betrachtete Taft jetzt den Rhein und seine graubraunen Strömungen, die in alle Richtungen wirbelten. Das Wasser zu seinen Füßen, Färberwaid und Zimbelkraut zwischen seinen Schuhen. Eine Entenfamilie ließ sich treiben. Er liebte den Fluss und seine Ruhe, diesen breiten, langmütigen Strom und seine verwunschenen Treppen, die Schiffe mit ihrer schweren Bürde, lang und schwarz, schmale Welten mit fröhlichen Lichterkettengrüßen ans Land.

Sie ist ziemlich im Stress und müde. Das erzähle ich Ihnen nur, weil Sie ein netter Mensch sind und meine Tochter offenbar gern haben. Olivia setzt sich viel zu sehr unter Druck, das hat sie immer schon gemacht, obwohl die Dinge bei ihr immer ganz leicht wirken.

Das kann ich mir vorstellen, gab Taft zu.

Ich nehme an, Sie beide hatten noch keine Gelegenheit, in Ruhe miteinander zu sprechen. Es scheint sehr aufreibend für sie im Lager zu sein. Ich weiß es nicht mit Sicherheit, ich vermute es nur. Sie würde mir nie etwas erzählen, das mich in Sorge versetzen könnte.

Wie lange wird sie noch fort sein?

Von den einhundertfünfundzwanzig Tagen sind erst einunddreißig vergangen, antwortete Maximilian Groß bekümmert.

Sagen Sie ... Taft wusste, dass es eine ungehörige Frage war: Ist Olivia eigentlich in festen Händen?

Maximilian Groß schien nicht überrascht. Sie hat mir nichts erzählt. Das muss aber nichts heißen. Sie ist eine sehr diskrete Person, was ihr Privatleben betrifft.

Gab es denn einmal jemanden, ich meine ...?

Sie meinen etwas Ernstes, das ich mitbekommen habe?

Durchaus, ist aber eine Weile her. Er war Oberstleutnant.

Ist sie vielleicht seinetwegen in Afghanistan?

Das würde mich sehr wundern. Es war damals genau andersherum. Er war ihretwegen in Faizabad. Davon war er aber nicht begeistert, und inzwischen lebt er, soweit ich weiß, als Touristenpilot auf den Malediven ... Maximilian Groß hielt einen Moment inne. Will ich wissen, warum Sie fragen?

Nur aus Interesse, antwortete Taft ehrlich. Ich mag Ihre Tochter sehr gern, Herr Groß, aber Sie müssen wissen: Ich bin verheiratet. Zwar nicht glücklich, aber ich bin es. – Er hatte es einfach ausgesprochen. Es war leichter gewesen, als er gedacht hatte.

Warum sind Sie verheiratet, wenn Sie nicht glücklich sind?, fragte Maximilian Groß. Sollte eine Ehe nicht dazu da sein, einander grundsätzlich glücklich zu machen?

Einschaltquoten

Alles war in blaugrauem Licht versunken. Die Stühle auf dem terrassenförmig ansteigenden Podium wie leere Gesichter, die Bühne spiegelglatt, als müsse sie ihm Glanz verleihen, ihm und seinen Ideenkarten, ihm, dem Moderator, der sich mehr als jeder andere wunderte, wie all das hatte geschehen können, wie er hierhergeraten war. Es gefiel ihm. Er konnte nicht anders, als es sich eingestehen: Er genoss es. Ein heißer Abend Mitte August. In der Kulisse alles angenehm kühl. Früher, noch vor acht Wochen, war die Bühne rot gewesen, hatte ein Schreibtisch darauf gestanden, dahinter ein riesiges, falsches Fenster, hinter dem ein Hochglanzplakat das nächtliche Stadtpanorama vorspiegelte: die Kathedrale St. Petrus natürlich, die immer als Wahrzeichen herhielt, die benachbarte Kirche Groß St. Martin mit ihren vier Türmchen, die spitzgiebeligen Häuser der Altstadt. Es war das ehemalige Studio eines Late-Night-Talkers, der sich in den Ruhestand verabschiedet hatte. Nun war es Tafts Studio, ohne Dom und Altstadt, darauf hatte er bestanden, und es würde seines bleiben, solange die Sendung lief wie die ersten drei Ausgaben seit dem 20. Juli. Es hatte nicht einmal einen Monat gedauert. Man hatte extra im Sommer begonnen. Einen Soft-Start, hatte der Produzent das genannt. Lasst uns mal sehen, wie es funktioniert, während viele noch in Ferien sind, der Wirbel nicht ganz so groß … Er hatte sich geirrt. Der Wirbel war schon nach der ersten Ausgabe von *Theorie Live* gewaltig gewesen. Taft war über Nacht zu einem Fernsehstar geworden, und es hatte keine zwei Wochen gedauert, sich mit dem neuen Status anzufreunden. Er hatte keine Ahnung gehabt, wie schnell eine Fernsehshow auf die Beine zu stellen war, wie reibungslos die Maschinerie der Unterhaltung rotierte, wie sie aus dem Stand Fahrt aufnahm, wie gerne und schnell Unternehmen Schlange für Werbeminuten standen, wenn die Einschaltquoten stimmten, wie eilfertig ein ganzes Team nach seiner Pfeife tanzte, sobald das goldene Kalb, der Zuschauer, seinen Segen gegeben hatte. Alles, einfach alles davon hatte Taft in nur vier Wochen derart überrannt, dass er irgendwann aufgestanden und mitgelaufen war. Er hatte gestaunt, funktioniert, gelacht, geredet wie unter Medikamenteneinfluss, ferngesteuert und doch ganz er selbst, entschlossen, die Dinge voranzutreiben, unausweichlich zu werden, die Antwort zu provozieren, auf die er seit über einem Jahr wartete. 15. August. Veronika war seit dreihundertfünfundneunzig Tagen verschwunden. Er zählte die Zeit wie Maximilian Groß.

Fulminant. Bedeutend. Sensationell. Sein Team – Regisseur, Aufnahmeleiter, Redaktion, Assistenten, Masken-

und Bühnenbildner, schließlich auch Programmdirektor und Senderchef –, sie alle hatten sich nach der ersten Sendung überschlagen mit Lob und Jubel, bis Taft tatsächlich Stolz verspürte. Die Feuilletons applaudierten, die Boulevardpresse spielte verrückt und machte schon nach dem zweiten Dienstagabend einen »Shooting-Star« aus Daniel Taft. Einen Mann, nannten sie ihn, der direkt aus der Zukunft kam, um allen und jedem vor Augen zu führen, dass sich die Menschen in Kompliziertheit verloren hatten, dass sie nicht mehr wussten, wer oder was sie sein wollten, wofür sie standen, was ihnen wichtig war. Einen Hellseher nannten sie ihn, den Mann fürs Wesentliche, den europäischen Puristen. Einer schrieb: »Der Mann, der uns die Kälte nahm«, was seine Kollegen einrahmten und in Tafts Büro hängten. Schon nach der ersten Sendung gab es Ticketanfragen für die nächsten drei Monate. In seinem Geschäft in der Alten Straße, dessen sich Anton Friedenreich in seiner Abwesenheit annahm, kam ein Kilo Fanpost an. Gratulationen von alten Kollegen, Freunden und Bekannten. Briefe von Unbekannten. An den Sender adressierte und dann an ihn weitergeleitete Schreiben, die Friedenreich ungeniert öffnete, las und, sobald Taft in den Laden trat, voller Wonne und Vergnügen lautstark in Adjektivlisten zusammenfasste: bewunderungswürdig, gutaussehend, charmant, schlau, heilend, prophetisch. Und so fort. Es war wahnwitzig. Innerhalb eines Monats hatte sich Tafts Leben verfärbt, als wäre es mit den falschen Sachen gewaschen worden. Drei Sendungen. Mehr Medienrummel, als er erwartet hatte. Ein Bekanntheitsgrad, den er nie für möglich gehalten hätte. Die Kassiererinnen im Supermarkt, Passanten, Gäste der *Tütensuppe*, Spaziergänger im Park … Man nickte ihm zu. Starrte ihn an. Tuschelte los. Sprach ihn an. Bat ihn um Autogramme.

Doch kein Zeichen von Veronika. Taft setzte sich in seinem Studio auf einen der Zuschauerstühle und betrachtete die blau schimmernde Kulisse. Mit ein paar Handgriffen hatten die Bühnenbildner von Kanal Zwei in kürzester Zeit die Welt von *Theorie Live* erschaffen: Überdimensionale Ideenkarten hingen von der Decke und an den Wänden. Die Karte, um die es während der Show ging, wurde auf dem LED-Screen gezeigt, dort, wo das künstliche Fenster einmal die falsche Aussicht auf Köln gezeigt hatte. Der Schreibtisch des Late-Night-Talkers war in die Requisite transportiert worden – nur für den Fall: Man wusste nie. Tafts Stehpult war ozeanblau und schlicht. Er hatte »Blau« gesagt, als man ihn fragte, ob es eine Farbe gebe, die er präferiere. Blau, weil es die Farbe von Olivias Augen war. Blau wie meine Augen, hatte eine Redakteurin gesagt und ihn geküsst. Das war abends in seinem Büro im Sender geschehen, keiner sonst mehr da. Marie hatte sich an ihn gedrückt und ihn umarmt, seinen Nacken gestreichelt. Besser nicht, hatte er gesagt, das willst du nicht wirklich …

Blau wie Olivias Augen. Ohne sie würde er noch im Laden sitzen. Starr vor Schmerz. Taub für den Lärm des Lebens. Ihm schien es, als fügten sich die Dinge ineinander: Seine stille Absicht, von sich reden zu machen, und Olivias tiefe Überzeugung, etwas Vernünftiges mit seiner

Zeit anzufangen. Natürlich war nicht abzusehen, wie maßgeblich und sinnstiftend *Theorie Live* tatsächlich werden konnte. Aber die ersten Reaktionen waren beeindruckend. Erst gestern war die Einladung vom Bundespräsidialamt gekommen – Taft möge den Europäischen Jugendkongress in Brüssel moderieren. Seine ruhige und besonnene Gesprächsführung wäre ein Gewinn für die Veranstaltung, seine Jugend und seine Kreativität eine Inspiration für die kommende Generation. Taft verblüffte die Lobhudelei immer noch. Sie schmeichelte ihm. Er hatte nicht geglaubt, dass es ihm tatsächlich gefallen würde, im Mittelpunkt zu stehen. Diese Rolle innezuhaben. Das Gespräch so vieler Menschen zu jonglieren. Während er es tat, dort vorn, auf der Bühne, fühlte es sich selbstverständlich an. Es machte Spaß. Es interessierte ihn. Und tatsächlich: Für die Dauer einer Sendung war er ganz bei der Sache. Konzentriert, wie er es lange nicht war. Zugewandt, wie es ihm monatelang nicht möglich gewesen war. Ob es Veronika gefiel? Das Pult stand in der Mitte der Bühne, vor der zwölf Sitzreihen mit jeweils zwanzig Stühlen hochwuchsen. Nun saß Taft in Reihe drei. Allein. Die Kameraleute und Beleuchter waren gegangen. Er stützte sich auf der Lehne des Stuhls vor ihm ab. Sah sich um. Stehpult, LED-Wand, riesige Ideenkarten aus graublauem Plastik.

›Vision‹ schwebte über ihm, die Karte der zweiten Sendung.

Vision.

Nicht in seinen kühnsten Vorstellungen hatte er angenommen, dass es tatsächlich geschehen, dass es derart schnell passieren würde. Er war zu Probeaufnahmen gebeten worden, nachdem man bei Kanal Zwei das Format für »genial« befunden, den unbekannten Showmaster aber für keine gute Idee gehalten hatte. Doch Eugenia Hendersons Anwalt hatte verdeutlicht, dass *Aston* das neue Format ausschließlich mit diesem neuen Gesicht haben wollte, dem Erfinder von *Theorie,* und dass die in Deutschland produzierte Sendung auch in Österreich und der Schweiz ausgestrahlt würde, dass darüber hinaus Verträge für eine britische Version unterzeichnet waren und, wenn es gut liefe, die Show auch in Frankreich produziert wurde. In allen Ländern eben, in denen *Aston* maßgebliche Beteiligungen an privaten Fernsehsendern hielt, die USA ausgenommen, weil man diesen Markt anders aufrollen müsse. Zur Überraschung aller Beteiligten waren die Probeaufnahmen derart gut, dass anschließend kein Mensch mehr an Tafts Befähigung zweifelte, Fernsehzuschauer zu unterhalten – er käme ausgezeichnet rüber, bescheinigten ihm Regisseur und Assistent erstaunt. Er habe eine ungeheure Präsenz, freute sich der Aufnahmeleiter, keinerlei Berührungsängste mit der Kamera und dem Studiolicht, und überhaupt, so etwas hätten sie alle noch nie erlebt. Er ging auf die Testpersonen im Publikum zu, stellte Fragen, hörte zu, wie es nur ein Engländer konnte: Mit höflich aufmerksamer Zurückhaltung, die dem Gegenüber das Gefühl vermittelte, das Zentrum des Universums zu sein. Da alle gleichermaßen überrascht und erleichtert wirkten, als sie Taft Talent attestierten, glaubte er ihnen, wobei ihm auf der Zunge lag, dass Präsenz und Gelassenheit allein seiner Gleichgültigkeit zu verdanken waren. Er hatte keine Ambitionen. Ihm war egal, was Kritiker von ihm und für wie langweilig oder talentiert die Zuschauer ihn halten würden. Ihn interessierte einzig, dass sie ihn sehen würde, dass Veronika früher oder später auf diese Weise mit ihm konfrontiert wurde. Aber er sagte nichts, nahm die Komplimente und den Zuspruch dankend entgegen und wusste, dass er für seine Ehe das Richtige tat.

Im Großen und Ganzen blieb Anton Friedenreichs Konzept unverändert. Dass für eine Show sehr wenig passiere, hatte der Regisseur anfangs zu bedenken gegeben. Keine Spiele. Keine Gewinne. Keine Herausforderungen – das sei unüblich und könne für die Zuschauer schnell langweilig werden. Ob man nicht ein paar Elemente einbauen ... Vom Produzenten erhielt er einen Rüffel, noch bevor er ausreden konnte. Ebendies sei das Bewegende und Neue des Formats: dass kein Tamtam gemacht werde, sondern vernünftig mit normalen Menschen gesprochen werde. Dabei hatte der Produzent Zuspruch heischend zu Taft gesehen, der aber dem Regisseur beipflichtete. Vielleicht sei es eine denkbare Variante, schlug Taft vor, am Ende einer jeden Sendung telefonisch Kontakt zu einem Verantwortlichen aufzunehmen – Berufspolitiker, Verbandspräsident, Lobbyist, Kirchenvertreter, Strippenzieher –, jemandem, der versprechen musste, sich dieses oder jenes Themas ernsthaft anzunehmen.

Alle nickten. Dann ging die Sitzung weiter. Es war die erste. Taft saß da, hörte zu und fragte sich, ob er zurechnungsfähig war, ob er tatsächlich so weit gehen sollte. Aber er konnte nicht widerstehen. Es war der einzige, sein geheimer Grund: Veronika würde ihn sehen – wo sie auch war. Sie würde irgendeine Kleinigkeit von *Theorie Live* mitkriegen. Jemand würde ihr davon erzählen, wenn sie es nicht selbst sah. Jemand würde ihr einen Zeitungsausschnitt mitbringen, denn jetzt hatte er auch eine Presseagentin, die Informationen über ihn und seinen Werdegang herausgab – Privates blendete sie nach seinem Willen weitgehend aus. Veronika würde etwas über ihn lesen. Dann würde sie einschalten. Sie würde ihm nicht mehr ausweichen können, und er würde die Worte für seine Sendungen ihretwegen sehr sorgfältig auswählen.

YOU LOOK GOODTO ME. Er lag im Gras und blinzelte in den Himmel. Glücklich. So großflächig zufrieden, dass er die Arme ausbreitete in der Hoffnung, die irisierende Sonne brenne ihm die Seligkeit ein. *You look good to me.* In einer einzigen Version ging ihm dieser Song durch den Kopf: Oscar Peterson. Siebeneinhalb Minuten. 1996 live in Paris. Veronika saß im Garten ihrer Eltern auf einer weißen Holzbank. Ihr dunkelrotes Haar ein Herbstblatt im Sommer, der nach Gras und Kastanienblüten roch. Auf der Löwenstraße ein Roller. Das Surren seines Motors wie der rührende Besen auf Martin Drews Schlagzeug bei diesem Konzert in der Salle Pleyel; da war Peterson schon einundsiebzig Jahre alt und spielte wegen des Schlaganfalls mit nur einer Hand. Veronika sah ihn an und hob ihr Glas. Dann rief sie: Wir heiraten! Wir werden noch in diesem Winter heiraten, weil alle Welt im Frühling heiratet und wir sowieso nicht warten möchten. Wir werden nicht hier heiraten, wie es sich vermutlich gehört, sondern bei uns zu Hause in Paris, sollen alle Verwandten doch dorthin kommen! Wir werden im *Café Marly* feiern, weil ich es liebe. Und ich liebe dich, Daniel, ich liebe dich so sehr, dass ich es nicht fasse. Heirate mich! Er schnellte hoch und wollte sie noch warnen, aber da war es schon zu spät – die Wespe auf dem Rand ihres Glases hatte sie in die Oberlippe gestochen; Veronika schrie, er sprang auf, ihre Mutter kam aus der Küche in den Garten gelaufen und machte gleich wieder kehrt, brachte Eiswürfel und Tropfen gegen allergische Reaktionen, während Taft versuchte, das Wespengift aus Veronikas Oberlippe zu saugen. Zwischendurch versicherte er ihr, dass er zur Hochzeit ein gelbschwarz gestreiftes Kostüm und eine Kappe mit Fühlern tragen würde, so wie er es auf Bildern vom Karneval ihrer Heimatstadt gesehen hatte. Wir heiraten im Winter, tröstete er sie, und von mir aus im *Café Marly*, ist mir alles völlig egal, Hauptsache, wir heiraten, nur an deiner Lippe müsste dein Vater bitte chirurgisch etwas machen, wenn sie weiter so an- und nicht wieder abschwillt. Veronika heulte, weil es wehtat, und blieb zwei Tage in ihrem alten, schneeweißen Kinderzimmer im ersten Stock mit Blümchenvorhängen rund ums Bett und einem Setzkasten über dem Nachttisch, in dem sie

Miniaturtöpfchen und Milchzähne und getrocknete Rosenköpfe und Holzengelchen gesammelt hatte. Ihr Mund ein Ballon, der mit den Nasenflügeln abheben wollte. Er nannte sie Heliumbraut und spielte ihr *You look good to me* über ihren CD-Player vor, während einer ihrer früheren Verehrer aus dem Tennisclub weiße Freesien schickte (Walter Schirmer hatte ihm offenbar von Veronikas Besuch und der Wespe, nicht aber von Taft und der Verlobung erzählt). Taft schenkte die Blumen einer älteren Dame auf dem Bürgersteig. Er las, während Veronika schlief, Aufsätze seines Schwiegervaters über den Strukturwandel in der Chirurgie und das Akzeptieren von Grenzen; sein Schwiegervater zitierte Kierkegaard (Der Spaß, eines Menschen Leben für einige Jahre zu retten, ist nur Spaß; der Ernst ist, selig zu sterben) und kam Taft damit fast ein bisschen menschlich vor, während seine Schwiegermutter wie eine Besessene die Hortensien und Buchsbäume im Vorgarten pflegte und zupfte. Nicht mit den Pflanzen zu reden schien ihr viel abzuverlangen. Taft wusste, dass Agnes Schirmer sonst mit allem Grün sprach, den Blumen vorsang, den Bäumen Gedichte aufsagte, und jetzt nur für den zukünftigen Mann ihrer Tochter eine Ausnahme machte. Sie wollte offensichtlich nicht, dass er sie für durchgedreht hielt, was er nichtsdestotrotz tat: Agnes Schirmer hätte ohne Scheu singen und rezitieren können. Ihr Mann und sie waren ein irreales Paar, vertraut in den Abläufen ihres Alltags und darüber hinaus vollkommen unverbunden. Es schien, als sei Agnes ihrem Mann

Walter zuwider, er hielt Abstand zu ihr, als habe sie einen ansteckenden Ausschlag, wich ihr aus, wenn sie sich näherte, während sie ihn lange und leer anstarrte, voller Verachtung, als wäre er von Anfang an nichts als der falsche Inhalt in der Überraschungstüte gewesen. Taft hatte niemals vorher ein Paar erlebt, das sich so vollständig entliebt hatte, vorausgesetzt, die beiden hatten einander überhaupt je geliebt. Nicht einmal seine Eltern, die sich gegenseitig nichts geschenkt und sich kompromisslos in ihre Leidenschaften gestürzt hatten, die am Ende ein eheliches Trümmerfeld zurückließen, nicht einmal diese beiden Menschen hatten aufgehört, sich zu lieben. Niemand konnte seinen Vater so verletzen wie seine Mutter. Und andersherum. Aber bei den Schirmers gab es keine Verletzungen mehr. Ich hätte nicht gedacht, Veronika, dass du einmal heiraten möchtest, gab Walter Schirmer bekümmert zu, nachdem er höflich gratuliert hatte. Als sie nach diesem verlängerten Wochenende abreisten – Veronika im Zug nach Paris, Taft vom Flughafen aus nach Mailand zur Villa eines neuen Kunden aus der Formel 1 –, hielt Veronika lange Tafts Hand, obwohl sie um Abschiede im Allgemeinen kein Aufheben machte. Ich lasse einen Vertrag aufsetzen und darin festlegen, dass ich nie etwas von deinem Geld oder sonst etwas haben will, sagte sie. – Aber ich will deins, entgegnete er und lachte. – Ich mein's ernst, Daniel. Ich heirate dich so, wie du bist. Und wenn es nicht funktioniert, verlasse ich dich so, wie du bist. Mit nichts mehr und nichts weniger, als du jetzt hast und bist. Und dasselbe will ich von dir. – Einverstanden, antwortete er ernst und nahm ihr Gesicht in seine Hände. Sie winkte ihm noch von Weitem nach. Und sie sah so schön aus, dass es wehtat.

Das Publikum der bisherigen drei Sendungen war bunt gemischt, genauso wie es sein sollte. Frauen, Männer, Alte, Junge, Arbeiter, Akademiker, Auszubildende, Studenten.

Taft war nicht nervös. Durch die Proben wusste er, wie es sich anfühlte, vor vollen Rängen am Stehpult zu stehen. Die Maskenbildnerin hatte ihn gepudert und eine Rötung am Kinn mit Make-up abgedeckt, die Kostümbildnerin hatte ihm Jeans, ein gestreiftes Hemd und ein taubenblaues Sakko ausgesucht. Du sollst normal und anfassbar aussehen, sagte sie, es muss menscheln. So ging er unter triumphaler Musik (eine Erkennungsmelodie mit einigen Bläsern, kurz, schmissig, prägnant) und Applaus auf die Bühne, begrüßte mit ausgebreiteten Armen alle Deutschen, Österreicher und Schweizer zur neuen Fernsehsendung. Als seien sie sämtlich seine Freunde. Als habe er nie etwas anderes getan, als mit weit geöffneten Armen Hauptdarsteller zu sein. Er freue sich, die Premiere des neuen Formats mit ihnen zu feiern, rief er in den Applaus hinein, eine Sendung, in der die Zuschauer Könige seien. Und nicht etwa geladene Gäste. Keine Experten auf der Couch. Kein Elfenbeinturm. Er schaute charmant und verbindlich wie der nette Nachbar, zeigte auf den noch leeren LED-Screen in seinem Rücken, auf die über ihm schwebenden, riesigen Ideenkarten. Den Teleprompter brauchte er nicht, er erzählte auswendig: Als ich anfing, Themen zu sammeln – das geschah mehr beiläufig, es passierte einfach, mir fiel auf, dass sie sprichwörtlich auf der Straße herumlagen und sich kaum jemand für sie interessierte –, da habe ich diese Themen aufgehoben, aufgeschrieben und in einem Laden aufgehängt. Damit sich die Leute, die zufällig vorbeikamen, eins aussuchen konnten. Eines, das vielleicht mit ihnen zu tun hat. Oder von dem sie sich wünschen, dass es zu ihnen gehört. Eines, das sie lieben oder auch hassen. Wir weichen manchen dieser Themen aus. Über andere hasten wir hinweg. Viele sind uns lästig. Andere zu schwer. Wir wollen keine Zeit für sie aufbringen. Aber mal ehrlich: Ist es nicht wichtig, ab und zu beim Thema zu bleiben? Heute, meine Damen und Herren, wollen wir das tun. Mit Ihnen. Hier kommt unser allererstes Thema und ich freue mich sehr, mit Ihnen zu reden!

Applaus. Applaus. Applaus.

Sie klatschten und pfiffen. Die Zuschauer hörten gar nicht auf. Taft drehte sich um, auf dem LED-Screen erschien erst verschwommen, dann klarer und klarer *Identität*, worauf wieder applaudiert wurde, wenngleich sich Taft darüber wunderte, aber er durfte sich nicht aus dem Konzept bringen lassen. Er sprach nur für eine einzige Zuschauerin. Alle anderen waren Statisten. Also machte er weiter, drehte sich zurück zum Publikum und rief enthusiastisch: Identität! Lassen Sie uns darüber reden! – Er hatte mit allem gerechnet. Mit schlichten Einlassungen in Sachen Personalausweis, mit persönlichen Erfahrungen von Zurückweisung und Ablehnung, mit vernünftigen und esoterischen Bekundungen zum inneren Sein, mit Fragen religiöser und sexueller Orientierung, mit Zweifeln an der eigenen Persönlichkeit, mit Veränderung. Veronika sollte jede Option haben, das konnte die Dinge immerhin leichter für sie machen: Was du da heute im Fernsehen und im Netz diskutiert hast, Daniel, das war es, was mich hat gehen lassen ... Ich wusste nicht, wie ich es dir sagen sollte ... Bei der zeitgleichen Diskussion im Internet hatte Taft auch Witze und dumme Sprüche erwartet, ein Abgleiten in Unerhebliches. Es war die erste Sendung. Kein Mensch konnte voraussagen, wie die Zuschauer sie aufnehmen würden. Er war auf alles gefasst und vorbereitet gewesen, doch dass es so leicht war, damit hatte Taft nicht gerechnet. Bereits die erste Zuschauerstimme, ein Mädchen in Reihe vier, das nicht von der Redaktion ausgewählt worden war, bestimmte mit ihrem Beitrag den Ton von *Theorie Live* und trug damit maßgeblich zu Tafts Erfolg bei. Die Biologiestudentin erklärte zwar nichts Neues, als sie ins Feld führte, dass sämtliche Nerven- und Herzmuskelzellen im Laufe des Lebens mehrfach ausgetauscht wurden, also alles, was den Menschen fühlen, sein, leben ließ, erneuert wurde, während seine Identität dieselbe blieb. Aber ihre daran anschließende Frage: Ist das tatsächlich so? Bleibt die Identität?, brachte eine ruhige und angenehme Diskussion unter den Zuschauern in Gang. Dieser folgten ein Mann, der Heraklit zitierte (Wir steigen in denselben

Fluss und doch nicht in denselben, wir sind es und wir sind es nicht), eine Psychologin, die von der Notwendigkeit sprach, sich mit etwas zu identifizieren, um in dieser Gruppenidentität überhaupt eigene persönliche Merkmale auszubilden. Dann kam eine Volontärin des Senders, die im Auftrag das Stichwort der kulturellen Identität gab, um zu Europa überzuleiten. Ob es möglich sei, Europa als ontologischen Begriff ins Feld zu führen, ob sich überhaupt jemand als Europäer fühle? Taft erklärte Ontologie (dank eines Knopfes in seinem Ohr, durch den ihm die Regie blitzschnell zuflüsterte: ist eine Disziplin der theoretischen Philosophie. Die Ontologie teilt das Seiende ein, befasst sich auch mit den Grundstrukturen von Wirklichkeit und Möglichkeit) und eröffnete dann die zweite, geplante Diskussion, in der nahezu einhellig beklagt wurde, man wisse nicht so genau, wie man sich als Europäer fühlen solle, da gebe es kaum Identitätsstiftendes, nur Bürokratie. Europa sei einem verleidet worden. Am Ende der Sendung rief Taft über Lautsprecher Frédéric Montalbert, den Sprecher des Präsidenten des Europäischen Parlaments, an und trug ihm das Anliegen der Zuschauer und Internet-Nutzer vor: Europa solle verständlich werden. Nicht in drei Jahren, nicht in fünf, sondern als Punkt eins auf der Agenda der Kommunikationsabteilungen sämtlicher achtundzwanzig Mitgliedstaaten: Nehmt die Kritik ernst. Bringt uns Europa so nah, sagte Taft eindringlich in die Kamera, dass wir Europäer es verstehen, uns darauf einlassen können, und vor allem: einlassen wollen, ein Gefühl dafür bekommen, stolz darauf sind und es nicht als abstraktes, kompliziertes, politisches Gebilde betrachten. Lasst uns Europa schmecken, fühlen, riechen. Macht es einfacher, nicht komplizierter für uns. Lasst uns das Beste aus jedem einzelnen Mitgliedstaat nehmen und daraus unsere gemeinsame Stärke entwickeln. Ende.

Applaus. Applaus. Applaus.

Taft ging in seine spartanische Garderobe. Auf seinem Handy eine Nachricht von Maximilian Groß: Das Wort war mächtig, um bei Bulwer-Lytton zu bleiben! Ich war skeptisch, aber Ihr Weg ist kürzer, breiter, besser als meiner, Herr Taft, ich bin beeindruckt. Auf dem Spiegeltisch eine Flasche Wein von Bürgermeister Helle. Eine Karte daran: Ich wusste es. Von Ihnen wird man noch hören. Wir bleiben in Verbindung. Taft setzte sich erschöpft auf einen der Sessel. Ein kratziges Modell mit strapazierfähigem Stoff aus dem Büromöbelkatalog. Sie hatten in den Garderoben und Konferenzzimmern nichts verändert, alles gelassen, wie der Late-Night-Talker es verwendet hatte. Taft stützte seinen Kopf in beide Hände und hörte sich atmen. Was für ein Irrsinn. Wohin war er in diesem einen Jahr geraten? Er hatte klare Vorstellungen gehabt. Sein Weg war vorgezeichnet, er war gern Hausmeister gewesen und wusste, wohin es ihn bringen sollte – in die gediegene, diskrete Vermögensverwaltung von *Sandhurst*. Gegenprogramm zum Entertainment, in dem er stattdessen gelandet war. Er hatte in einem ruhigen, seriösen Umfeld mehr Geld verdienen wollen als sein Vater mit seiner Musik. Geld für ein schönes Haus, kleiner als die, um die er sich gekümmert hatte, aber doch ansehnlich. Geld für Veronika und ihn, für ihre Reisen, für ihr Zuhause, für eine Familie. Sein Handy summte. Er sah hoffnungsvoll auf die Nachricht im Display, aber Dad war der Absender. Kiki, die Cousine deiner Mutter, hat mir erzählt, dass sie dich heute Abend im deutschen Fernsehen gesehen hat. Warum hast du mir nicht Bescheid gesagt? Ich hoffe, es geht dir gut. Und Veronika?

Taft raufte sich die Haare. Und Veronika? Und Veronika? Natürlich fragte sein Vater nach ihr. Das Letzte, das er gehört hatte, war, dass sie ihn verlassen hatte, dass er wegziehen würde. Und Veronika? Das Verlangen, sie zu umarmen, zu hören, zu sehen, malträtierte seinen Magen, verklebte sein Herz. Wo bist du, sagte er leise und widerstand dem Impuls, die Tür zum Flur aufzureißen und nach ihr zu suchen. Wo bist du?, wiederholte er. Und dann klopfte es und Chris, die Assistentin, kam herein und umarmte ihn mit absichtsloser Liebenswürdigkeit und sagte: Mensch, Daniel, das war der Hammer! Die Telefone laufen heiß. Es haben allein fünf Zeitungen wegen Interviews, vier Bundestagsabgeordnete und zwei Europapolitiker angerufen, um dir zu gratulieren. Das ganze Team wartet oben, du hast allen Grund zu feiern!

Ein früherer Termin bei Eloise Lunstroth. – Da hat jemand abgesagt, was selten vorkommt, aber wenn Sie möchten, Herr Taft, ist es Ihr Termin. Am 18. August. Passt Ihnen das oder ist es zu kurzfristig? Sie leben ja nicht in Berlin, wie ich weiß ...Vielsagende Pause. Und sicher sind Sie auch sehr eingebunden mit Ihren Fernsehterminen ... Eine noch beredtere Stille. Nun stand Taft in der Fasanenstraße 71 vor einem weißen Zuckerbäckerhaus und sah hinauf zur zweiten Etage. Dort also war Eloise Lunstroths Charlottenburger Institut für Paartherapie. Eine Gruppe Passanten schlenderte an ihm vorüber, er machte ihnen Platz, sie lachten, redeten. Gestern Abend, hörte er heraus und: echt nicht geschmeckt. Dann sagte einer: Ist das nicht ..., sein Kopf in Richtung Taft. Die anderen drehten sich zu ihm um. Klar, meinte eine Frau, als sie glaubten, weit genug entfernt von ihm zu sein. Ich denk schon, befand ein anderer, zog sein Handy aus der Tasche und tat so, als würde er etwas nachsehen. Taft wusste, dass er ein Foto von ihm machte. Er war daran noch nicht gewöhnt, aber es gefiel ihm. Die Dinge wurden leichter. Liefen plötzlich von allein. Auch die Stewardess hatte ihn erkannt, um ein gemeinsames Foto gebeten und ihn wissen lassen, dass sie seine Show super fand. Show, hatte er da gedacht, Show! Erst drei Mal im Fernsehen und dreitausend Meter über der Erde bekannt. Sie hatte ihn nach vorn gesetzt, ihm ein Glas Champagner gebracht und – genauso wie in den Tagen zuvor zwei Kellner im Restaurant neben dem Sender, der Verkäufer in einem Geschäft für Herrenbekleidung auf der Ehrenstraße und ein Taxifahrer – über die Maßen aufmerksam bedient. Super Show, hörte er die Stewardess wieder, die es darauf angelegt hatte, seine Telefonnummer zu bekommen. Sie sind der Meister der

Show! Ich würde gern mal im Studio aus der Nähe sehen, wie Sie das machen. Dann war sie gegangen und Taft war mit den Wolken allein geblieben. Amüsiert. Ein wenig irritiert auch. Geschmeichelt, weil ihm nichts ferner lag, als der Meister der Show zu sein. Taft sah zu den Fenstern im zweiten Stock. Er hatte noch zehn Minuten Zeit bis zu seinem Termin. Als sein Telefon klingelte, wollte er nicht abheben, es nur abschalten, doch dann sah er Maximilian Groß' Nummer.

Sie ist verletzt worden, sagte er ohne Gruß und Einleitung. Tafts Knie wurden weich. Alles drehte sich. Veteranin, schrie es in seinem Kopf, Veteranin. Maximilian Groß fuhr fort: Sie wurde bei den Vorbereitungen zu einer Übung auf einer Schießbahn in Mazar-e Sharif am Kopf verletzt. Ein Unfall, kein feindseliges Gefecht. – Wie schlimm ist es?, fragte Taft benommen und hörte sie erzählen: Die Sonne erschien mir plötzlich ganz schwarz; mein Kamerad Walther schubste mich in einen Wassergraben, dann fiel er auf mich und blutete. Er blutete. Walther blutete am Kopf. Sein Blut war überall auf mir ... Am Kopf, dachte Taft. Am Kopf. Ihre unordentlichen blonden Haare. Ihre wasserblauen Augen, so blau wie seine Bühne, sein Pult. Blau ist die Treue. Eine seiner Freundinnen hatte das behauptet. Damals, als er noch einen Blick für Frauen, noch Interesse an jeder gehabt und sich weisgemacht hatte, sie seien grundsätzlich interessanter als Männer. Bevor er nur noch Veronika und niemand anderen mehr gesehen hatte. Blau ist die Treue. Diese Freundin hatte zu jeder blödsinnigen Gelegenheit Kalendersprüche aufgesagt. Ihr Vorzug hatte allein darin gelegen, dass sie sich als begabte und willige Gefährtin für seinen Fortgeschrittenenkurs erwies. Er hatte sich vorgenommen, mehr Erfahrungen zu sammeln, anderes auszuprobieren. Die akrobatischen Manöver waren ihr leicht gefallen. Das Kamasutra in der Hand, brachte sie es zum Feuerrad, Affen und großen X. Er hatte ihren Namen vergessen. Blau ist Ferne und Sehnsucht, auch das hatte jemand behauptet. Wer? – Maximilian Groß antwortete: Wie schlimm es ist, wissen wir noch nicht mit Bestimmtheit. Sie war in einem Eagle IV unterwegs und ist bei einem geländebedingten Bremsmanöver sehr heftig mit dem Kopf gegen Teile der Bedienstation geprallt. Platzwunde, musste genäht werden, Gehirnerschütterung. Das Kritische aber ist, dass ein Auge verletzt wurde. Wie schwer, ist noch nicht raus. Jedenfalls wird sie nach Hause ausgeflogen. Das wollte ich Ihnen sagen, Herr Taft.

Eloise Lunstroth sah so aus, wie er sie in Erinnerung hatte. Ihr weizenblonder, kurzer Schopf ordentlich frisiert, saß sie in einer dunkellila Seidenbluse und einem fliederfarbenen Kostüm vor ihm auf einem der Sessel im Besprechungszimmer ihres Instituts, die Beine adrett nebeneinander und schräg zum Boden, ihre Hände in ihrem Schoß. Es war ein lichterfüllter Raum, weiß, möbliert mit einem Nussbaumschreibtisch aus den sechziger Jahren, einer Sitzgruppe aus hellgrauem Leder und einem Couchtisch aus Glas. An den Wänden Graphiken in Weiß und

Grau. Die Therapeutin schaute ihn besorgt an: Soll ich noch etwas Wasser nachschenken? Möchten Sie den Termin vielleicht lieber doch verschieben?, fragte sie mit ihrer Glockenstimme. Taft war flau, aber er schüttelte den Kopf. Er musste es hinter sich bringen. Olivias Augen. Warm. Freundlich. Abschätzig. Kühl.

Haben Sie eine Karte, auf der ›Liebe‹ steht? Ich habe mir jedenfalls vorgenommen, gleich kehrtzumachen und zu gehen, wenn Sie eine Karte verkaufen, auf der ›Liebe‹ steht. Seltsam, dachte er, während Eloise Lunstroth ihn geduldig zur Ruhe kommen ließ, seltsam, dass ausgerechnet er sich das Thema von Olivias erstem Satz nie vergegenwärtigt hatte. Er hatte nie darüber nachgedacht.

Eloise Lunstroth räusperte sich.

Taft schloss die Augen. Er musste zur Sache kommen. Sie hatte nicht ewig Zeit. Ein Termin dauerte fünfzig Minuten. Zehn waren bereits verstrichen. Er öffnete langsam die Augen, sah die Therapeutin fest an und stellte seine Frage: Erinnern Sie sich an den Flug von Berlin nach Paris vor über einem Jahr, den Sie nicht angetreten haben, weil Sturm vorhergesagt war?

Eloise Lunstroth wurde blass.

Es war mein Handy, in das Sie damals gesprochen haben.

Sie sah alles andere als glücklich aus. Sie haben mit meiner Frau telefoniert.

Eloise Lunstroths linke Augenbraue hob sich.

Als ich an diesem Tag nach Hause kam …, sagte Taft.

... war sie fort, vollendete Lunstroth kühl seinen Satz, ihr Blick argwöhnisch.

Es traf Taft wie ein Hieb.

Seine Reaktion bewirkte eine Veränderung in Eloise Lunstroth. Ihr Gesicht entspannter jetzt. Sie atmete tief. Überlegte. Dann drückte sie auf die Gegensprechanlage auf ihrem Tisch und sagte: Hanni, bringen Sie mir bitte eine Tasse Kaffee und die Cognacflasche. Die Stimme. Er hätte ihren durchdringenden Ton überall herausgehört, immer erkannt. Sie blickte fragend zu Taft. Der winkte ab. Nur eine Tasse und ein Glas für mich, bekräftigte sie durch die Sprechanlage. Sie nahm den Finger vom Knopf, rutschte zur Sesselkante vor und sah ihn an: Gibt es noch etwas, das Sie mir von diesem Tag erzählen möchten?

Er schüttelte den Kopf.

Ich erinnere mich, als wäre es gestern gewesen, Herr Taft. Ihre Frau und Sie haben mich erschreckt. Ich habe mich über diese Geschichte so aufgeregt, dass ich die Maschine verlassen habe. Das war möglicherweise kindisch, aber ich hatte einen George-Orwell-Moment, der mir ganz und gar nicht behagte.

Einen George-Orwell-Moment?

Ihre Frau wusste offensichtlich, wer ich war, sonst hätte sie nicht zu mir gesagt, was sie gesagt hat. Ich dachte, dass Sie die Kamera an Ihrem Handy eingeschaltet hatten oder dergleichen. Ich war jedenfalls betroffen, dass Menschen derart makabre Scherze machen, derart schamlos sind.

Taft entgegnete verwirrt: Natürlich war meine Kamera nicht eingeschaltet. Wieso hätte ich das tun sollen? Ich wusste überhaupt nicht, wer Sie sind – ich habe es erst über einen Freund am Flughafen herausgefunden. Und selbst wenn ich es gewusst hätte: Was hat das mit meiner Frau und dem Wetter zu tun?

Eloise Lunstroth betrachtete ihn sehr aufmerksam. Wohlwollender jetzt. Nun, sagte sie zögerlich, Sie müssen wissen, Herr Taft, in meinem Beruf geschehen viele sehr merkwürdige Dinge, das können Sie mir glauben. Im Allgemeinen bin ich gewappnet, aber in Ihrem Fall war ich es nicht.

Ich versichere Ihnen, sagte Taft fest: Ich weiß nicht, wovon Sie ...

Sie unterbrach ihn: Das verstehe ich jetzt auch. Sonst wären Sie nicht hier.

Was hat meine Frau zu Ihnen gesagt?, fragte Taft heiser.

Eloise Lunstroth sah ihn voller Mitgefühl an: Nachdem ich in unverschämter Weise Ihr Telefon an mich gerissen hatte – wofür ich nachträglich um Verzeihung bitte, ich war nicht ganz bei mir; ich war so in Gedanken, dass ich dachte, meine Assistentin stünde neben mir und ich nähme ihr Telefon –, hat mich Ihre Frau tatsächlich über die Wetterlage aufgeklärt. Sie antwortete mir, dass Gewitter vorhergesagt seien, aber nicht so schlimm, dass ich Angst haben müsste. Sie würde Sie doch sonst auch nicht fliegen lassen. Und dann, wie aus dem Nichts, fügte sie blitzschnell hinzu: Hören Sie, sobald ich aufgelegt habe, werde ich meinen Mann verlassen. Würden Sie ihm das bitte sagen – ich bringe es nicht über mich. Bitte! Ich werde nicht mehr hier sein, wenn er ankommt. Sicher ist es besser, dass er das weiß, bevor er ankommt.

Taft starrte die Psychologin an.

Das hat sie gesagt, Herr Taft. Ich erinnere mich an jedes Wort, weil ich sehr zornig darüber geworden bin. Ich hielt es für einen geschmacklosen Scherz von Ihnen beiden. Ich habe erwartet, dass in den darauffolgenden Tagen ein Radioclip, ein *Youtube*-Video daraus wird, etwas in der Art von »Versteckte Kamera«. Verstehen Sie?

Darum haben Sie so geschimpft, verstand er. Nicht mit mir, mein Lieber, haben Sie gerufen. Nicht mit mir ... Das galt mir!

Eloise Lunstroth nickte. Ihretwegen habe ich die Maschine verlassen, nicht wegen des Sturms. Obwohl ich zugebe, ich hatte auch davor Angst. Aber nachdem ich mit Ihrer Frau gesprochen hatte, hielt ich den Sturm nur noch für Ihren besonders perfiden Köder. Ein paar Tage vorher hatte es eine Dokumentation über mich im Fernsehen gegeben. Der Journalist hatte von meiner Flugangst berichtet. Ich nahm schlussendlich an, Sie beide hätten die Sendung gesehen und wollten mal sehen, wie ich auf das Wort *Sturm* und derartige Eheprobleme reagiere. Ich war sehr verärgert. Das erschien mir ein schlechter Start für meine Kongressreise nach Paris zu sein. Zu schlecht. Ich habe dann den Schlafwagen genommen.

Hanni klopfte und brachte Kaffee und Cognac. Eloise Lunstroth goss das Glas besonders voll und stellte es vor Taft, der es ihrer Meinung nach dringender brauchte als sie. Als könne Cognac Veronikas Worte mildern. Als wäre er ein Medikament, das Unheil abwenden konnte. Oder der einzige Trost, den man Taft jetzt noch offerieren konnte. Er nahm einen Schluck, während Eloise Lunstroth an ihrem Kaffee nippte und sich selbst erkennbar nicht für paranoid hielt. Die folgende Gesprächspause gab Taft zumindest ein wenig Gelegenheit, das Gehörte zu verarbeiten.

Meine Assistentin hat später das Internet durchsucht, nahm Lunstroth die Unterhaltung schließlich wieder auf. Wir haben nichts gefunden – kein Video von dem Begebnis, nichts. Jetzt verstehe ich das natürlich.

Taft schnaubte.

Ihre Frau hat Sie an jenem Tag tatsächlich verlassen? Er nickte.

Sie setzte den Therapeutenblick auf: Meiner Erfahrung nach geschieht so etwas in den seltensten Fällen ohne Vorzeichen. Sicher haben Sie sich inzwischen mit Ihrer Frau darüber auseinandergesetzt.

Durchaus nicht. Sie ist seit damals verschwunden. Es gab keine Vorzeichen. Keine Erklärung. Keine Auseinandersetzung. Sie ist einfach gegangen und hat ihren Eltern versichert, ich könne nichts dafür.

Eloise Lunstroth schnalzte mit der Zunge. Nahm noch einen Schluck Kaffee.

Wie lange sind Sie verheiratet?

Als sie ging, waren wir sechs Monate verheiratet.

Und wie lange kannten Sie sich, bevor Sie geheiratet haben?

Zwei Monate.

Und Sie waren beide so schnell entschlossen? Das waren wir.

Sie hofften, ich könnte Ihnen die Begründung für ihr Fortgehen nennen, nicht wahr?

Nein, rief er aufgebracht, ich bin in der Erwartung gekommen, dass Sie sich nicht einmal an mich erinnern. Dass Sie keine Ahnung haben, wovon ich rede, mich für verrückt halten. Ich habe überhaupt nichts von Ihnen erwartet – ich wollte lediglich sichergehen, dass ich nichts übersehe.

Sie wissen also seit über einem Jahr nicht, wo Ihre Frau ist. So ist es.

Und in diesem Jahr eröffnen Sie mit durchschlagendem Erfolg einen Laden in Deutschland, bekommen eine eigene Fernsehshow, werden ein Star. Ich habe Sie gesehen und über Sie gelesen, Herr Taft. Allerdings muss ich zugeben, dass ich Sie nicht wiedererkannt hätte als den Mann aus dem Flugzeug. Wie gesagt – ich war damals nicht bei der Sache und dann zu aufgebracht.

Er zuckte die Schultern.

Wie erklären Sie sich diesen Erfolg ausgerechnet zu einem Zeitpunkt, da Ihre Frau weg ist?

Alles Zufall, antwortete er ehrlich.

Eloise Lunstroth schüttelte den Kopf: Das scheint mir eine allzu schlichte Erklärung zu sein.

Aber so ist es. Und es geht weiter: Ich erhalte die Einladung Ihres Bundespräsidenten, eine Tagung mit Jugendlichen und Europapolitikern in Brüssel zu moderieren. Ich bekomme nach nur drei Sendungen einen Fernsehpreis, das steht jetzt schon fest. Ich werde gebeten, gehört und mein Wort hat Gewicht. Nur meine Frau, die spricht nicht mit mir.

Oder sie hat so viele Fragen, dass sie von Ihnen weg musste, gab Eloise Lunstroth zu bedenken. Gefällt Ihnen Ihr neu erworbener Ruhm, Herr Taft?

Er sah die Therapeutin ärgerlich an. Dass er der Psychotherapie nicht viel abgewinnen konnte, lag in solchen Fragen begründet. Wie oft passiert Ihnen das, Frau Lunstroth?, fragte er gereizt. Wie oft haben Sie eine Geschichte wie meine gehört?

Noch nie, antwortete Eloise Lunstroth gönnerhaft. Das liegt aber daran, dass meist Paare zu mir kommen. Ganz überwiegend. Empfinden Sie das Fortgehen Ihrer Frau als Niederlage, Herr Taft?

Er schloss genervt die Augen. Ein Erfolg ist es sicher nicht, antwortete er. Ich bringe allerdings weder den einen noch den anderen Begriff in Zusammenhang mit meiner Ehe, Frau Lunstroth. Erfolg. Niederlage ... Darum geht es nicht. Es geht um das Warum. Alles, was im letzten Jahr geschehen ist, ist meiner Frau wegen geschehen. Ich habe alles für sie gemacht. Doch sie ist die Einzige, die es nicht interessiert. Ich habe Briefe bekommen von alten Bekannten, mit denen ich in England im Kindergarten und in Frankreich auf der Schule war, von Lehrern, die mich unterrichteten, von Freunden meiner Eltern, von ehemaligen Kunden und Kollegen. Ich bekomme Fanpost von Menschen, die mich in ihrem ganzen Leben noch nie gesehen haben außer auf dem Fernsehbildschirm. Nur meine eigene Frau, sie interessiert sich einen Dreck für das, was aus mir geworden ist, was sie aus mir gemacht hat.

Eloise Lunstroth hob erneut ihre linke Augenbraue.

Ja, bekräftigte Taft daher, ich meine, was ich sage: Was sie aus mir und meinem Leben gemacht hat! Sie haben keine Vorstellung davon, wie es sich anfühlt, von jetzt auf gleich ohne Erklärung verlassen zu werden. Wie es ist, im Dunkeln zu tappen, sich wie ein Idiot zu fühlen, der so klein, so unerheblich ist, dass man ihm keine Erklärung schuldet! Taft schrie fast.

Aber was dann aus Ihnen geworden ist, das war doch allein Ihre Entscheidung?, widersprach Lunstroth. Sie weisen anderen Menschen die Richtung, konfrontieren sie mit mehr und weniger komplexen Themen und wollen selbst nur vom Zufall geleitet worden sein?

Taft wischte ihre Bemerkung buchstäblich vom Tisch: Eins kam zum anderen. Lesen Sie nichts hinein, was da nicht ist. Es war reiner Zufall. Nichts davon habe ich entschieden. Andererseits, Herr Taft, und das müssen Sie einsehen, andererseits passiert eine Geschichte wie Ihre auch nicht jedem, der von seiner Frau verlassen wird. Entweder sind Sie extrem talentiert oder extrem anpassungsfähig, jedenfalls kann man nicht umhin, sachlich festzustellen, dass Sie aus einer schlechten Situation das Beste gemacht haben.

Er sah sie fassungslos an.

Sie blickte ihn aufmunternd an. Ich würde so weit gehen, Sie als geschmeidig zu bezeichnen, Herr Taft. Was eine Beleidigung ist. So ist es nicht gemeint.

Geschmeidig ist ein netteres Wort für glatt. Ich wiederhole: So ist es nicht gemeint.

Wie meinen Sie es dann?

Finden Sie es nicht augenfällig, dass Sie aus dem für Sie größten anzunehmenden Unglück – und wenn ich Sie richtig verstehe, war das Weggehen Ihrer Frau ein solches – einen bemerkenswerten Erfolg gemacht haben? Viele Menschen zerbrechen an solchen Geschehnissen, werden depressiv, kommen mit der Unwissenheit nicht zurecht, kapseln sich ab, zweifeln an sich. Sie hingegen landen auf der ganz großen Bühne.

Entscheidend ist, wie man Erfolg definiert, stellte er klar. Ich streite nicht ab, dass mein Geschäft und meine Fernsehsendung beliebt sind, dass sich beruflich alles glücklich fügt. Aber ist es wichtig? Ist das ein Erfolg? Der einzige Erfolg wäre für mich eine Antwort.

Eine Erklärung von Ihrer Frau für ihr drastisches Handeln. Haben Sie tatsächlich keine Vorstellung, warum sie gegangen ist? Eloise Lunstroth war jetzt ganz ruhig.

Taft sah zu Boden. Ich habe keinen Schimmer. Und glauben Sie mir: Ich habe jeden Stein umgedreht.

Aber Sie halten Ihre Frau für jemanden, der einen guten Grund hat, so etwas zu tun.

Er nickte.

Eloise Lunstroth atmete hörbar aus. Nun, sagte sie, ich kenne Ihre Frau nicht, Herr Taft. Ich kenne auch Sie nicht gut genug, um mir ein Bild machen zu können. Ich tue mich schwer mit Ferndiagnosen. Aber lassen Sie mich eines sagen: Es ist in einer Partnerschaft nie gut, den anderen zu idealisieren. Ziehen Sie zumindest in Betracht, dass die Motive des anderen viel simpler sind, als Sie es vermuten. Einfacher, profaner, menschlicher. Vielleicht ist und war es Feigheit. Die Wahrheit zu sagen schafft mancher nie. Manchmal entlieben sich Menschen, trauen sich aber nicht, das dem anderen mitzuteilen. Sie werfen die Nebelmaschinen an und schieben gewaltige, schwere Gründe vor oder hüllen sich in geheimnisvolles Schweigen. Vielleicht ist nur das und nichts anderes passiert.

Taft stand auf. So ist es nicht, antwortete er fest. Wenn ich etwas ganz genau weiß, dann dies: So ist es nicht.

Schwerter. Zweischneidig.

Er sperrte sich in seine Wohnung, ging nicht ans Telefon, ignorierte die Türklingel, blieb auf seinem Sofa. Taft saß dort wie betäubt, wie in einem Dämmerschlaf. Er aß und trank nicht, drehte und wendete die Sätze Eloise Lunstroths, versuchte zu analysieren und zu begreifen. So kalkuliert konnte Veronika nicht sein. Und nicht so feige. Es ging ihr um ihn, sicher um seine Unzulänglichkeit. Es gab eine andere Antwort als die der Therapeutin. Anton Friedenreich gewährte ihm zwei Tage, dann holte er ihn schließlich aus der Wohnung. Er schaffe den Ansturm im Laden nicht mehr allein, erklärte er. Sie können sich nicht die ganze Zeit verstecken, was ist überhaupt los? Nun reißen Sie sich aber mal zusammen! Taft sah ein, dass er Friedenreich nicht hängen lassen konnte. Und es half ja auch nichts. Er konnte noch Wochen so sitzen – es würde die Angelegenheit nicht in ein anderes, nicht in ein weniger bedrückendes Licht stellen. Friedenreich glaubte, ihn aufmuntern zu müssen: War nur eine Frage der Zeit, wiederholte er, als zwei Engländerinnen den Laden mit insgesamt fünf Karten – darunter ›Eindruck‹ – verlassen hatten. Ich hatte erwartet, Herr Taft, dass Ihnen der ganze Trubel irgendwann auf die Nerven geht. Wir müssen ein System für den Stress finden, bessere Zeitpläne machen, Aushilfen für den Laden einstellen, was meinen Sie?

Doch Taft war es gleichgültig, wie viel Arbeit vor ihm lag, welche Erwartungen er zu erfüllen hatte. Er stand am Tresen und schrieb eine neue Ideenkarte. Eine, die er seit langem im Sinn hatte und in seinen Gedanken jedes Mal für einen späteren Zeitpunkt aufgehoben hatte. Nun erschien ihm der Zeitpunkt richtig.

Damokles.

Der Zettel von Eugenia Henderson, seit Jahren unverändert auf ihrem Schreibtisch in ihrem Haus auf dem Monte Argentario. Wieder und wieder hatte er ihn bei seinen beruflichen Besuchen betrachtet, in die Hand genommen, zurückgelegt. Er hatte sich gefragt, warum sie ausgerechnet dieses Wort notiert und behalten hatte. Welche Bedrohung über ihrem Sein lag. ›Damokles‹. So fühlte er sich. Das sprichwörtliche Schwert hing an einem Rosshaar über ihm. Es war ihm nicht bewusst gewesen, aber er hatte gehofft, dass Eloise Lunstroth die Halterung lösen und das Schwert geradewegs durch seinen Kopf und Körper treiben würde, damit es vorbei war. Aus. Vorbei. Nichts ging, nichts schmeckte unter diesem Schwert. Veronikas Erklärung seine stete Bedrohung. Und doch: Nichts ging, nichts schmeckte ohne ihre Antwort. Aber anders als Damokles konnte er nicht aufstehen, sich dankend verabschieden und seine Situation akzeptieren, wie sie war. Sein Schwert musste fallen. *Und in dem Jahr, in dem Sie das Fortgehen Ihrer Frau verschmerzen müssen, eröffnen Sie mit durchschlagendem Erfolg einen Laden in Deutschland, bekommen eine eigene Fernsehshow, werden ein Star?* Lunstroth hatte ihn nur fester auf sein Kissen unter dem Schwert gedrückt. Sieh hin, hatte ihm die Therapeutin damit boshaft zu verstehen gegeben, du musst schon genau hinsehen, Taft. Es hat einen Grund, dass das Schwert ausgerechnet über deinem und nicht etwa über meinem Kopf hängt. Geschmeidig hatte sie ihn genannt. Anpassungsfähig. Korrumpierbar, hatte sie gemeint. Statt ins Fernsehen hätte er ebenso gut unter Helles Obhut in die Politik gehen können. Es hatte viele Möglichkeiten gegeben, seine Frau zu suchen. Er hatte diese gewählt: die Option, die seiner Eitelkeit am besten Dienst tat.

Das ist ganz normal, riss ihn Anton Friedenreich aus seinen Gedanken, der offenbar vermutete, sein Nachbar würde mit dem neu erworbenen Ruhm nicht fertig. Sie müssen erst lernen, mit der plötzlichen Bekanntheit umzugehen. Aber Leute wie Sie sind Archetypen, auf die sich früher oder später alle stürzen. Sie werden sich schnell daran gewöhnen und es schnell abstreifen. Subkutan bleibt da nichts, ganz sicher.

Waren Sie mal verheiratet?, fragte Taft.

Was heißt denn waren?, blaffte Friedenreich. Ich bin seit vierzig Jahren in festen Händen.

Tatsächlich? Ich habe Sie noch nie mit Ihrer Frau gesehen. Verstecken Sie sie?

So wie Sie die Ihre? Taft sah ihn dunkel an.

War ein Scherz, nun regen Sie sich nicht auf. Ich weiß, dass Sie verheiratet sind. Die Jungs von *Aston* drehen ihre Leute auf links. Zumindest, wenn sie beabsichtigen, sie berühmt zu machen ...

Taft war nicht überrascht.

Ich bin seit vierzig Jahren mit meinem Lebensgefährten Martin Ried zusammen, erklärte Friedenreich.

Tut mir leid, sagte Taft.

Dass ich seit vierzig Jahren an einen anderen vergeben bin?

Sie wissen genau, was ich meine, dass ich nach einer Frau gefragt habe.

Das liegt möglicherweise daran, dass Sie sehr mit Ihrer beschäftigt sind – oder sehe ich das falsch? Ob die Gerüchte stimmen, weiß ich nicht, aber diesen Gerüchten zufolge ist Ihre Frau mit einem anderen abgehauen.

Taft grinste spöttisch. Wer weiß das schon. Weg ist sie, so viel ist sicher. Und das seit langem.

Und wohin?

Wenn ich das wüsste.

Warum machen Sie das nicht zum Thema Ihrer nächsten Sendung? *Abschied*. Ein schönes Wort mit vielen Facetten. Vom Gefühlskram, der Ihren Zuschauern so wichtig ist, bis hin zur Abschiebung von Asylbewerbern. Da können Sie einen hübschen Bogen zur Politik spannen.

Sie sind und bleiben ein Zyniker, Friedenreich.

Ich meine es durchaus nicht zynisch. Sie könnten sich auch mit dem Abschied von überkommenen Vorstellungen beschäftigen. Etwa mit der Frage, was heute Fragen sind. Ist doch komisch: Ist Ihnen schon mal aufgefallen, dass alles zu einer Frage geworden ist? Es geht nicht um Zeit, sondern es handelt sich um eine Frage der Zeit. Es geht nicht um Entscheidung, sondern es handelt sich um eine Frage der Perspektive. Alles ist eine Frage, aber in dem Sinne, dass eine Frage keine wirkliche Frage mehr ist, sondern eine These, zu der man Stellung nehmen soll, nein: muss, ohne, dass es der Wahrheitsfindung auch nur ein Stück weit dient.

Lassen Sie uns etwas essen gehen, schlug Taft vor. Friedenreich nickte. Sie schlossen den Laden ab und gingen die Straße entlang zu Rosalindes *Tütensuppe*, setzten sich an einen Tisch auf dem Bürgersteig. Die Sonne schien wunderbar weich. Rosalinde servierte Weißwein und offerierte drei Eintöpfe zur Auswahl: Kichererbsensuppe, Spargelcreme mit Schinkenwürsten, Frühlingskartoffeleintopf. Beide wählten Spargel. Rosalinde, an diesem Tag in einem Jerseykleid mit türkisblauem Kreismuster, dankte und ging zur Küche.

Taft betrachtete Friedenreich, der das Kinn auf seine Hände gestützt hatte. Der ältere Mann beobachtete ihn gutmütig über den Rand seiner schwarzen Metallbrille hinweg. Das weiße Haar wie ein Siegerkranz um seinen Kopf, die Lachfalten um seine Mundwinkel tief, verwegen fast, dort, wo der Schnurrbart sie nicht verdeckte. Es war lange her, dass Taft mit einem Freund gesprochen hatte.

Es ging mir in den letzten beiden Tagen meiner Frau wegen nicht gut, klärte er ihn auf. Ich war in Berlin und habe dort jemanden getroffen, eine Therapeutin, mit der Veronika telefoniert hat, kurz bevor sie auf und davon ist. Ich wollte wissen, worüber die beiden gesprochen haben.

Liegt das denn nicht nahe? Friedenreichs Frage war frei von Ironie.

Nein, es war ein Zufallstelefonat. Veronika hat nicht gezielt mit dieser Therapeutin telefoniert, sondern die Frau hat Flugangst und mir daher beim Einchecken in einen Flieger von Berlin nach Paris mein Telefon aus der Hand gerissen. Ich hatte versehentlich das Wort ›Sturm‹ in den Mund genommen.

Friedenreichs Verwunderung war offensichtlich, er drückte sie jedoch nicht aus. Stattdessen fragte er: Sie haben mir erzählt, dass es lange zurückliegt. Warum haben Sie die Frau erst jetzt aufgesucht?

Weil ich eigentlich der Überzeugung war, dass es ebenso sinnlos wie lächerlich wäre, sie zu kontaktieren.

Eigentlich.

Inzwischen greife ich wohl nach jedem Strohhalm. Haben Sie Ihre Frau gesucht?

Anfangs ja. Dann nicht mehr. Sie hatte keine Lieblingsplätze, keine Sehnsuchtsziele – ich hätte überhaupt nicht gewusst, wo ich anfangen soll. Stattdessen bin ich hierhergekommen, in ihre Heimatstadt. Und habe auf sie gewartet.

Friedenreich nickte und verstand.

Wissen Sie, dass Sie manchmal genau wie Sean Connery aussehen?, wechselte Taft das Thema.

Wollen Sie mich anmachen?, entgegnete Friedenreich und grinste.

Rosalinde brachte die Spargelsuppe und Anton Friedenreich bat sie, die Zitronellenkerze gegen Mücken vom Tisch zu nehmen. Sie aßen schweigend, das milde Spargelaroma mit den würzigen Schinkenwürsten dazu ein Gedicht.

Zwischendurch kamen zwei junge Frauen vorbei und baten Taft kichernd um ein Autogramm, das er auf ihre Collegeblocks schrieb. Als Rosalinde abräumte, bestellte Anton Friedenreich zwei Kaffee und kramte seine Zigarre aus der Brusttasche seines Hemdes. In diesem Moment stand sie neben dem Tisch. Ganz nahe. Sie sah zu den Männern hinunter. Taft sprang auf, kippte dabei versehentlich seinen Stuhl mit solcher Wucht um, dass er gegen die Hauswand schepperte.

Der weiße Sommerpullover betonte ihr rotes Haar. Es lag in Wellen um ihr apartes Gesicht. Sie war blass. Ihr Blick scheu, das Lächeln zaghaft. Daniel, sagte Veronika und tat noch einen kleinen Schritt auf ihn zu. Da also stand sie. Eine Lichtgestalt. Er konnte sich nicht rühren. Sie zu sehen zerdrückte ihn, er musste sich an der Hauswand abstützen, um standzuhalten. Veronika sah schöner aus als in seiner Erinnerung. Ihr rundes Gesicht fein. Unergründlich. Ihre Perlmutthaut, die liebenswerten Sommersprossen. Ihre grüngrauen Augen achtsam, warm. Ihre

Oberlippe zitterte kaum merklich, ihre rechte Hand spielte nervös mit dem Ehering an ihrem linken Ringfinger. Es war ihr nicht bewusst. Sie war dünner als früher, zumindest wirkte es so. Jeans zum weißen Pullover, ihre Beine lang und schlank. Dazu weiße Turnschuhe. Sommerlich. Rauschen in seinem Kopf. Wie ein Radio auf Sendersuche. Das Blut lärmte in seinen Ohren. Keine Musik, kein einziger Titel in seinem Kopf, nicht wie sonst, gar nichts, nur das herrische Rauschen. Schwindelerregend. Taft blieb, wo er war, hielt sich mit der Rechten an der Hauswand fest, konnte keinen klaren Gedanken fassen. Jeder Impuls gleich stark: Umarmen, Schütteln. Fragen. Schreien. Weinen. Beschimpfen. Küssen. Festhalten. Friedenreich entfernte sich. Taft hörte wattiert, wie er Rosalinde um zwei Schnaps bat. Er kam zurück, hielt Taft wortlos ein Glas hin, bot Veronika das andere. Sie schüttelte den Kopf, also kippte er es selbst hinunter, und sobald Taft seines ausgetrunken hatte, war Friedenreich mit den Gläsern verschwunden.

Können wir ein paar Schritte gehen?, bat Veronika.

Taft ließ die Hauswand los. Einen Moment wunderte er sich, dass er ohne den Halt stehen konnte, dass er nicht umfiel – aus dem Bett fiel, in dem er diesen Augenblick träumte, denn das war doch wieder und wieder geschehen: Er hatte den Moment phantasiert, in dem sie vor ihm stehen würde. Ersonnen, was sie sagen, wie sie aussehen würde. Wieder und wieder war er diese Situation durchgegangen, hatte nie daran gezweifelt, dass sie kommen würde. Irgendwann. Jetzt. Er ging auf Veronika zu. Ganz nah vor ihr blieb er stehen. Ihr Haar duftete nach Karamell und Vanille. Ihr Blick rätselhaft. Reizvoll.

Ich weiß, was ich dir angetan habe, sagte sie leise.

Er streckte seine Hand aus, umfasste ihre Wange. Sie begann zu weinen.

Ich werde nie vergessen, wie Taft mir diese Szene schilderte. Es war zwei Wochen nach unserer ersten Begegnung. Diesmal besuchte er mich auf meinen Wunsch hin im Engadin, wo es über Nacht heftig geschneit hatte. Das ganze Tal in grellem Weiß. Der Kontrast zum tiefblauen Himmel betörend. Mein Haus in Sils Maria liegt am Ende der Via da Fex, oben auf dem Berg in der Nähe des *Berghaus*, eines trutzigen Grandhotels, das ein bisschen aus der Zeit gefallen ist. Vielleicht habe ich es deswegen so gern: Ich bin wie dieses Haus. Mich zurechtzufinden in der Zeit, mich für das Hier und Jetzt zu entscheiden, während das Früher so viele Jahre meines Lebens bestimmte, fällt mir schwer. Ich bewahre gern die alten Dinge, umgebe mich mit ihnen und ergänze nur sehr behutsam ein paar moderne Accessoires. So halte ich es wie das Hotel, in dem wir uns trafen und in dem ich Taft ein Zimmer mit Aussicht reserviert hatte – ihn in mein Chalet zu bitten, das er einmal als Dienstleister betreut hatte, erschien mir angesichts unseres veränderten Verhältnisses taktlos. Die roten Läufer auf den breiten Marmortreppen im *Berghaus* sind ziemlich zerschlissen. An den Glastüren zum Speisesaal hängen weiße Gardinen, wie sie heute niemand mehr aufhängen würde. Der Gebäckwagen im Salon stammt von 1908. Taft hatte für all das Sinn, was nicht mehr viele Menschen haben. Er sog die Details auf, fotografierte sogar den Speiseplan, den die Küche nach wie vor täglich an die Pinnwand im Entrée heftet. Tomaten-Rindskraftbrühe mit Grießnocke, las er zu meiner Erheiterung laut, gebratenes Karree vom Schweizer Kalb mit Kräuterkruste und Kalbs-Praline, Strudel von Bergkartoffeln mit Quark und glasiertem Wurzelgemüse. Apfelkompott mit Streusel zum Nachtisch. Ich erzählte ihm, dass ich es in meiner Kindheit genauso gemacht hatte. Tag für Tag hatte ich nachgeschaut, was ich abends zu essen bekommen würde. Zu dieser Zeit kam es nicht selten vor, dass ich neben Hermann Hesse, Luchino Visconti und Albert Einstein meinen Kakao trank. Jeder dieser Männer verstand von Einsamkeit so viel wie ich. Auch sie wussten, dass es diesen einen Menschen gibt. Möglicherweise funktionierte es nicht. Vielleicht sollte es nicht sein. Und ja, natürlich gab es wunderbare Alternativen: wohltuendere, vernünftigere für das Leben zu zweit. Aber dieser eine? Er blieb. War für immer der Maßstab. Für immer Sehnsucht. Auch Taft wusste das. Er hatte es schon gewusst, bevor er Veronika kannte.

Das *Berghaus* hat seine großbürgerliche Atmosphäre bewahrt. Das Management mag noch so viele moderne Fotos in die Wandvertäfelung hängen – es stemmt sich rührend machtlos gegen die Zeit. Taft war auf den ersten Blick klar, um was für einen Ort es sich handelte, als er mich dort besuchte. Dieser Moment war für alles, was wir beide dann planten und in die Wege leiteten, entscheidend. Sein Verständnis für das *Berghaus* bestätigte meine Einschätzung dieses außergewöhnlichen Mannes. Sein Respekt vor der Geschichte und sein von jedem Dünkel freies Ehrgefühl, das ich im besten Sinne so nenne, machten es mir leicht, den Weg, den er einschlagen wollte, für ihn zu ebnen. Ich gehe gern zum Tee in den Hotelsalon. Man kennt mich und bringt mir, was ich gerne habe. Eine Kapelle spielt nachmittags klassische Musik. Nicht aufdringlich, konzertant vielmehr, so gut, dass die Gäste nach jedem Stück applaudieren – es sind überwiegend Stammgäste, sie kommen seit Jahrzehnten und nicken sich im Salon oder beim Essen nur mit dem Kopf zu. Sie sprechen selten miteinander. Im Salon, der über die Jahre zusehends abenteuerlicher möbliert wurde (barocke Marmorsäulen wechseln sich mit kratzig gemusterten Samtbezügen aus den 1970er-Jahren ab) saßen Taft und ich an jenem Nachmittag. An einem Zweiertisch im Halbrund der Fensterfront. Es sind raumhohe Fenster mit Sprossen über die gesamte Wandbreite hinweg, sie machen aus dem Salon ein Freilichtmuseum. Zur Rechten gibt es den Lärchenwald zu besichtigen. Könnte man durch ihn hindurch nach oben sehen, man entdeckte mein Haus. Geradeaus, über Sils hinweg, sind der Silser See und fahlsonnig beschienene Bergkuppen zu bestaunen, aneinandergereiht wie ein mit weißen Ballen beladener Güterzug. Das Licht im Engadin ist spektakulär. Immer neu, nie vergleichbar. Kein Tag wie der andere. Dort, an diesem Fenster, durch das uns die Sonne wärmte, erzählte er mir von Veronikas Rückkehr.

Sie gingen die Alte Straße hinunter. Nebeneinander. So, wie er sie nur Minuten zuvor mit Anton Friedenreich hinaufgegangen war zur *Tütensuppe*. Taft wollte sie anhalten. Ansehen. Anfassen. Begreifen, dass sie wirklich da war. Aber Veronika ging, ihr Blick auf den Bürgersteig gerichtet. Sie suchte nach Worten.

Es war an dem Abend im Restaurant *Louise's*, begann sie schließlich. Erinnerst du dich, Daniel, das Restaurant an der Place de la Madeleine? Wir haben über Kinder gesprochen.

Einmal mehr. Du warst so selbstgewiss. Zuversichtlich. Wie immer: Klar in allem, was werden und sein soll. Ich hörte dir zu. Du meintest jedes Wort. Du wusstest, wie es für uns weitergehen soll, vielleicht nicht wo und in jedem Detail, aber der Rahmen war dir völlig klar – du und ich und Kinder.

Ihre Stimme klang seltsam losgelöst von ihrem Körper.

Sie stockte kurz.

Ich bekam keine Luft mehr. Nicht bildlich. Ich saß vor dir, in diesem Restaurant, und es fühlte sich so an, als könnte ich nicht mehr atmen. Du hast es nicht mal bemerkt.

Er hörte ihr zu und sah sie von der Seite an. So gern wollte er sie bitten, stehen zu bleiben, damit er sie in Ruhe betrachten, erkennen konnte, was sich verändert hatte, denn da war etwas anders an ihr. Aber es war nicht der Moment. Sie war es einmal mehr, die das Tempo bestimmte.

Wie vermessen waren wir?, sprach Veronika weiter. Ich

meine: nach so kurzer Zeit zu heiraten. Unser *Leben* miteinander verbringen zu wollen. Wie sollte ich dich kennen? Erkennen? Oder du mich? Kann man überhaupt jemals einen anderen Menschen wirklich kennen? Und dann Kinder?

Er erinnerte sich an den 16. Juli. Ihren leeren Kleiderschrank. Seine Haltlosigkeit. Veronika deutete auf die andere Straßenseite, dorthin, wo *Theorie* nicht weit entfernt lag. Verstehst du nicht, sagte ihr Blick, siehst du nicht, dass du tatsächlich ein anderer bist, als ich dachte? Wie sich in nur einem Jahr alles geändert hat – was du nun tust, wer du nun bist.

Ich konnte nicht bleiben, sagte sie nachdrücklich. Und ich konnte auch nicht mit dir sprechen.

Er verstand nicht.

Ich wusste, ich musste dir wenigstens Bescheid geben. Ich habe meine Mutter angerufen und sie gebeten, dich anzurufen.

Veronika, sagte er langsam, du überlässt es einer Frau, die mit Pflanzen netter umgeht als mit Menschen, mir deine Grüße auszurichten, nachdem du unsere Wohnung ausgeräumt hast?

Ich konnte dich nicht anrufen, Daniel. Ich wollte nicht, dass du mich fragst, mich suchst oder in deiner charmanten und selbstsicheren Rhetorik überredest. Dass du mich festnagelst.

Festnagelst? Worauf? Was ist das für ein Wort? Du wolltest mich heiraten, Veronika. Du hast mir einen Antrag gemacht.

Sie sah zu Boden. Ich dachte, ich könnte es. Du könntest was?

Bleiben.

Was versuchst du mir zu sagen?, fragte er beklommen.

Warum bist du hier?

Ich bitte dich um Verzeihung, war ihre Antwort.

Sie hatten *Theorie* erreicht. Taft wusste nicht, ob dies ihr Ziel war oder ob sie woanders hinsteuerte. Von der gegenüberliegenden Straßenseite aus schauten sie auf sein Ladenlokal. Auf die hellgrünen Ideenkarten, all die Themen, die von der Decke hingen. Zwei Kunden im Laden. Anton Friedenreich hinter dem Tresen seines alten Freundes Morris Lartner, Olivias Patenonkel, von dem Taft im Laufe seiner Zeit als Nachmieter zu der Überzeugung gelangt war, dass er ihn gern kennengelernt hätte. Veronika starrte auf das Schaufenster. Er wusste nicht, ob sie es zum ersten Mal sah. Vielleicht nicht. Wahrscheinlich nicht. Sie würde über *Theorie* gelesen haben. Es war Sinn der Sache, Sinn aller Sachen gewesen, dass *sie* über ihn lesen, ihn finden würde. Das Haus gegenüber von *Theorie*, vor dem sie nun standen, hatte die Nummer 51. Vier Klingelschilder. Messingfarben. Ein fein saniertes Gründerzeithaus, cremeweiß, die Fenster von grau abgesetzten Stuckornamenten umrahmt. Fenster mit braunen Holzrahmen, zweiflügelig, die Oberlichter mit Sprossen. Vier Etagen. Die Haustür aus braunem Holz, darin ein viereckiges, facettiertes Fenster, das der Schreiner mit hölzernen Blumen umrankt hatte. Taft las die Namen auf dem Klingelschild, um irgendetwas zu tun. Er war so überwältigt wie ratlos. Noch nie hatte er so wenig zu reagieren gewusst wie in diesem Moment. *Ich bitte dich um Verzeihung*. Wofür genau?, war sein erster Gedanke. Der zweite: Und dann? Soll dann alles gut sein? Gehst du dann wieder? Er wollte nicht fragen, nicht die schillernde Kugel zerstechen, die gerade aus dem Seifenring in die Luft stieg. Wenn die Klingelschilder in der Reihenfolge der Etagen vergeben waren, war Friedrich Kowitz der Mann, der jeden Tag aus dem dritten Stock zu ihm herüberkam, sich nach dem Gang der Geschäfte erkundigte.

Wo bist du all die Zeit gewesen?, fragte Taft.

In der Schweiz. Ich habe dort eine Stelle in einer Klinik angenommen. Sie klang verlegen. Ich habe alles über dich gelesen, fügte sie hinzu.

Man hat in der Schweiz über *Theorie* berichtet?

Über *Theorie* und natürlich über deine Fernsehsendung.

Und ich habe im Internet nach dir gesucht.

Taft war, als hätte sie ihm ins Gesicht geschlagen. Du hast im Internet nach mir gesucht? Du hast alles über mich gelesen?

Natürlich, darum ging es.

Das musst du mir erklären, entgegnete er. Zweifel. Zum ersten Mal stiegen Zweifel in ihm auf.

Verstehst du nicht? Ich wusste nicht, wer du wirklich bist. Du warst der Mann, der mich einfach nur geliebt hat. Wie konntest du keine Frage an mich haben? Alles, einfach alles an mir hast du hingenommen. So, wie ich dich ohne Frage geliebt habe. Aber wussten wir denn, worauf wir uns da eingelassen haben? Nein! Es ging alles so schnell. Mir wurde klar, dass wir beide uns erst wirklich erkennen können, wenn wir uns voneinander entfernen. Und nachzusehen, was du tust, aus der Entfernung zu beobachten, was du machst, wenn ich nicht bei dir bin, das war der Weg zu uns. Er musste sich räuspern, bevor er das Undenkbare aussprechen konnte: Warst du in Antibes? Bist du mir nach Frankreich gefolgt?

Sie starrte ihn an.

Veronika!, er packte ihr Handgelenk, ich erwarte eine Antwort: Bist du mir mit einer blonden Perücke auf dem Kopf nach Frankreich gefolgt?

Natürlich nicht, rief sie verängstigt. Wovon redest du?

Wieso Frankreich? Er ließ sie los.

Siehst du, sagte sie, all diese Situationen ... Dass du so wütend bist ... Wir hatten solche Momente nie. Wozu ist der andere fähig oder nicht, wie zornig kann er werden, wie gemein, wie verzweifelt ... All das wussten wir doch gar nicht, als wir geheiratet haben. Aber erst in solchen Situationen erkennt man den anderen. Und man muss den anderen doch kennen, wirklich kennen, bevor man über Kinder nachdenken kann.

Solche Situationen?, setzte er ihr entgegen. Du hast mit deinem Experiment einen paranoiden Idioten aus mir gemacht, erwiderte er matt, eine traurige, orientierungslose Gestalt, die ich vorher nie gewesen bin und auch nicht hätte werden müssen.

Ich habe *was* aus dir gemacht?, erwiderte sie ungläubig. Du willst keine Orientierung haben? Ausgerechnet du? Nichts von dem, was du inzwischen getan hast, hätte ich jemals erwartet. Am allerwenigsten, dass du hierherziehst, an einen Ort, den ich nie gewählt hätte. Ich habe geglaubt, dass mein Weggehen dich erschüttert, dass du aus der Bahn geworfen wirst. Stattdessen … Sie zeigte auf den Laden: Alles zielstrebig, klar, geordnet.

Geh, antwortete Taft, der fürchtete, sie anzuschreien.

Lass es mich …

Was hast du erwartet?, rief er. Dass ich nicke und behaupte, dich zu verstehen? Dass ich mich freue, dich zu sehen? Ich freue mich mehr, als du dir vorstellen kannst, Veronika. Ich habe vierhundert Tage lang nichts anderes gewollt, als dich zu sehen, dich zu verstehen. Aber es geht nicht in meinen Kopf, was du da sagst. Bist du gegangen, weil du plötzlich Angst vor unserer Zukunft bekommen hast? Vor Kindern? Verstehe ich richtig, dass du mich durch einen Alptraum gejagt hast, weil du auf einmal – ein paar Monate nach unserer Hochzeit – keine Lust mehr hattest, mich in unserer Ehe kennenzulernen, sondern mich lieber aus der Entfernung beherrschen wolltest? Dass du die Verantwortung der Nähe zu groß fandest und zu feige warst, mir das ins Gesicht zu sagen? Das ist alles? Etwas Besseres, Bedeutsameres hast du nicht zu bieten?

Sie versuchte, sich zu fassen. Atmete schnell. Rede es nicht klein, wehrte sie sich. Ich brauchte den Abstand, um … Sie zögerte. Wieder Tränen.

Taft betrachtete seine Frau. Nun wusste er, was sich verändert hatte. Es war sein Blick. Er war nicht einmal mehr zornig.

Ich brauchte den Abstand, um dich zu *sehen*, wiederholte Veronika.

Und siehst du mich jetzt?, fragte er.

Ja, antwortete sie hoffnungsvoll. Ich habe verstanden, dass man jemanden nie richtig kennen, nie vorhersagen kann, wie er in welcher Situation reagiert. Dass es keine Garantien gibt, nur eine Richtung.

Zärtlich umfasste Taft ihre Wange, sein Daumen vor ihrem Ohr, seine Finger tief in ihrem mahagoniroten Haar. Sie sah berückend aus. Ihre Gesichtszüge liebenswert, aufregend. Ihr Mund eine Verheißung. Du hast recht, erwiderte er ruhig. Wir haben uns nicht gekannt. Ich habe nicht einmal mich selbst gekannt. Noch vor einer halben Stunde hätte ich dir keine Antwort geben können auf deine Frage, ob man einen anderen Menschen überhaupt jemals erfassen kann. Jetzt habe ich eine Antwort, was uns beide betrifft: Ja, man kann.

Er ließ sie los. Überlegte, ob er sie ein letztes Mal küssen sollte. Tat es und überquerte die Straße.

HOW ABOUT YOU? Ist ganz schick hier in Koblenz, sagte Olivia durchs Telefon. Ich sehe zwar nur die Hälfte vom Krankenhaus, aber es fühlt sich gut an. Ich werde verwöhnt. – Dein Vater hat mir deine Nummer gegeben, erklärte Taft. Er hat mir verraten, dass du seit einer Woche dort bist, über Istanbul nach Köln und dann nach Koblenz. Wie geht es dir, Olive? – Sieh mal einer an ...

Mein Vater. – Er hat auch gesagt, dass es sich um eine Augapfelprellung mit Einblutungen ins Augeninnere handelt. Was genau bedeutet das? – Am besten stellst du es dir so vor: Ich habe ein saftiges Veilchen und eine nicht mehr ganz so schlimm geschwollene linke Gesichtshälfte mit zwei, drei Blutergüssen um Stirn und Kinn herum. Frankenstein ist nichts im Vergleich zu mir. Ich sehe links doppelt, wenn ich überhaupt etwas sehe; das Auge kann ich nicht immer öffnen. Ich bekomme jede Menge Medikamente und bin todmüde. – Na, im Krankenhaus hast du endlich Gelegenheit zum Schlafen, nachdem du dir in Camp Marmal ja offenbar die Nächte um die Ohren gehauen und nur gefeiert hast ... – Hast du auch diese Information von meinem Vater? Und will ich wissen, was er dir noch verraten hat? Taft hörte, wie sie lächelte. – Er war, ich formuliere es behutsam: redselig. Aber im Ernst, Schattseit: Was ist mit deinen Augen, was bedeutet es für dein Sehvermögen? – Ist noch nicht raus. – Und die Gehirnerschütterung? – Ist eine Gehirnerschütterung. Sagen wir mal so, Taft: Von allen Dingen, die mir in Afghanistan hätten passieren können, ist das mit Abstand das blödeste. – Er lachte. Das ist wahr, daran gibt es nichts zu rütteln. Gut, dass ich weiß, wie du es meinst. – Sie schwiegen beide einen Moment. Wie war es, Schattseit, ich meine: Wie war es wirklich? – Sie zögerte. Ich war nicht bei der Sache. Vielleicht beginne ich damit. Ich war die ganze Zeit nicht so bei der Sache, wie ich es sein wollte. Das erkläre ich dir irgendwann. Vielleicht. Ich weiß es nicht. – Dann erzähl mir vom Camp, von Mazar-e Sharif. – Heiß. Es war sehr heiß. Ich bin morgens um fünf Uhr aufgestanden und wie die meisten Kameraden noch vor Dienstbeginn zum Sport, weil es später kaum auszuhalten war. Dann Frühstück. Dann der Weg ins Büro. Zehn Minuten lang durch ein Morgenlicht, das ich kaum beschreiben kann. Seelenvoll, wärmend, ich habe nirgendwo sonst solches Licht gesehen. Auf dem Weg ins Büro kamen mir schon die Locals in Bussen oder auf ihren Fahrrädern entgegen. Es sind etwa tausend Afghanen im Camp angestellt als Sprachmittler, Handwerker, Küchenkräfte, was weiß ich alles. Es war wie in Faizabad, einige gucken weg, wenn sie mir begegnen: eine Frau in Uniform eben. Ich habe mit einer sehr interessanten Frau gearbeitet, Fairuza, Dolmetscherin. Ihr Mann ist von den Taliban getötet worden. Sie ist unglaublich stark, eine beeindruckende, wunderschöne Frau. Wir sind so etwas wie Freundinnen geworden. – Haltet ihr Kontakt?, fragte Taft. – Sie schreibt Mails, erkundigt sich, wie es mir geht. Ich antworte. Im Moment diktiere ich meine Mails allerdings und kann die Rechtschreibung des Computers nicht überprüfen ... Arme Fairuza. Vermutlich sucht sie im Wörterbuch nach dem Irrsinn, den ich ihr schicke. Wenn sie genug Geld hat, möchte sie mich besuchen kommen. – Und dein Arbeitsalltag dort? – Anders als in Faizabad. Anfangs war ich noch häufiger draußen. Später dann fast nur im Büro, bis zum späten Nachmittag, dann Abendessen und Sonnenuntergang. Nach dem Essen war es finster. Nicht dunkel, Taft, sondern finster. Ohne

Taschenlampe konnte man nicht durchs Lager. – Sie überlegte kurz: Alles in allem fand ich es anstrengend. Ich hatte das Gefühl, zu wenig tun zu können. Es war ... Ich weiß nicht, Taft, ich weiß nicht, was ich erwartet habe, aber es war anders. – Sie machte eine lange Pause und er wusste, dass sie nicht von Afghanistan sprach. Und du, Taft?, fragte sie. – *How about you?* in seinem Kopf. Endlich wieder Musik. Bill Evans. Keith Jarrett. Kenny Burrell. Alle drei Versionen gut. – Was soll ich dir sagen?, antwortete er. Bei mir ist nicht so viel passiert wie bei dir. – Olivia lachte laut auf: Nicht viel? Ich bin Presseoffizier, Taft! Ich habe jeden Morgen Zeitungen gelesen. Sehr beeindruckend, dein Null-auf-Hundert-Start! – Es war eine Verkettung vieler merkwürdiger Ereignisse. – So eine Verkettung merkwürdiger Ereignisse wünschen sich vermutlich nicht wenige, du Tiefstapler. – Ich habe mir diese Verkettung überhaupt nicht gewünscht, muss aber zugeben, dass ich inzwischen nichts mehr dagegen habe. Dein Vater hatte recht: Man kann etwas damit anfangen, wenn die Medien sich für einen interessieren. – Was ist das Thema deiner nächsten Sendung? – Er sah aus dem Fenster seines Büros im Studio und freute sich. Er hätte auf diese Frage aus ihrem Mund gewettet. Herbst in der Luft, warmes Septemberlicht. Zwei Kollegen zur Rauchpause auf dem Hof. Sie winkten ihm durchs Fenster zu. ›Abschied‹, ließ er Olivia wissen. Und nach einer kleinen Pause, in der sie nichts sagte: Haben wir gestern in der Konferenz entschieden. Weißt du, es spannt einen weiten Bogen, umfasst viele

Bereiche unseres Lebens. Private wie politische. Aber am wichtigsten ist, dass man – egal ob privat oder politisch – einander oder mit etwas verbunden sein muss, um sich wirklich verabschieden zu können. Das machen sich viele Menschen nicht klar. Ich zum Beispiel, ich hatte das nicht auf dem Schirm. Wir waren uns jedenfalls alle einig: ein gutes Thema. – Ist es das, Taft?, fragte sie mit dem Unterton, den er kannte. – Davon bin ich überzeugt. Und glaub mir: Ich muss es wirklich wissen. – Das freut mich, antwortete sie und klang froh. Es freut mich mehr, Taft, als du dir vorstellen kannst.

London

Premierminister William Ross sollte das rote Band am Eingang von *Brettingham House* zerschneiden. Ich stand in der Menge und sah zu. Niemand kennt mich, es bleibt – meiner Mutter sei Dank – ein wunderbares Privileg. Der Rummel war beträchtlich. Ganz so, wie Taft ihn sich gewünscht hatte. Ich freute mich, als ich ihn in der Menge ausgemacht hatte. Der tadellose Herr Taft stand sehr unauffällig bei den Journalisten, kein Mensch wusste – so wollte er es –, welche Rolle er an diesem wichtigen Tag innehatte. Von all den bedeutenden Menschen, die er ausgesucht hatte, spielte jeder mit. Als Initiator wollte Taft mit seinem besten Projekt nicht in Verbindung gebracht werden, damit es die Ernsthaftigkeit erfuhr, die ihm zustand. Keine Show, hatte er betont. Er, Hausmeister Taft, der mich mit seinen Berichten und Briefen, mit seiner Beharrlichkeit und schließlich mit seiner flammenden Rede ganz und gar von sich überzeugt hatte. Es kommt selten vor, dass niemand ein Haar in der Suppe findet. In diesem Fall war es so: Tafts Idee war so gut, sie war so eingängig und schlicht, dass niemand etwas daran auszusetzen fand und jeder – wirklich jeder – sie ihm abkaufte. *Brettingham House*, das denkmalgeschützte, dreiflügelige Stadtpalais meines Urgroßvaters am Green Park, mit der Adresse Piccadilly 94 gleich gegenüber vom Londoner *Ritz Hotel*, hatte zuletzt der Britische Militär- und Marineklub für eine abenteuerliche Summe gemietet. Die Briten sind eigen mit ihren Clubs und ihrer Ehrfurcht vor Uniformen, *Aston* war das recht. Das Gebäude aus den 1750er-Jahren, das mein Urgroßvater aus reinen Prestigegründen für meine Mutter erworben hatte, damit sie während ihrer Aufenthalte in London ein geeignetes Zuhause hatte, blieb gewinnbringend im Immobilienportfolio. Und wenn hohe Mietsummen eines Tages nicht mehr zu erzielen waren, würde man es abstoßen. Das war der Plan. Die Immobilienpreise hören in dieser Stadt nicht auf zu steigen: Abwarten und Tee trinken kann in London ein paar Millionen mehr bedeuten. Dann lag *Aston* das Angebot zweier Brüder vor, *Brettingham House* für zweihundert Millionen Pfund zu kaufen. Natürlich verstand niemand in der Immobilienabteilung meine Entscheidung. Zweihundert Millionen Pfund waren eine überaus taktvolle Summe für das sanierungsbedürftige Bauwerk. Aber genau zu diesem Zeitpunkt hatte mich Taft von seinem Projekt in Kenntnis gesetzt. Dass mir das ansehnliche Kaufangebot der Brüder *Brettingham House* in Erinnerung rief, war ein glücklicher Zufall.

Als er mich im Winter nach seinem bemerkenswerten Jahr der Veränderung im Engadin aufsuchte und mir davon erzählte, hatte er die Zusagen sämtlicher Experten und Berühmtheiten sowie das Konzept fix und fertig in der Tasche. Maximilian Groß und er hatten ganze Arbeit geleistet: Der Professor auf seine Weise, indem er befreundete Gelehrte und Politiker und natürlich den UN-Generalsekretär beim Lunch gewann. Taft, indem er seinen Fernsehruhm und seinen guten Ruf überzeugend nutzte. Am Ende hatten die beiden einen Vorstand zusammengebracht, der auf der ganzen Welt für Furore sorgte, darunter zwei Friedensnobelpreisträger und zwei der reichsten Menschen der Welt, deren verantwortungsvolles Engagement aufrichtig ist. Taft zählte die Namen bei unserem Abendessen im *Berghaus* auf – er hatte sich fürs Kalbskarree in Kräuterkruste mit Waldkartoffeln entschieden und als vollendeter Gentleman für mich mitbestellt. Er bat mich, ein Haus für dieses Projekt zu finden und zur Verfügung zu stellen. In einer bedeutenden Stadt sollte es sein. Und geräumig genug. Sehen Sie, Mrs Henderson, schloss er an diesem Abend, Sie mussten meine Geschichte hören, um mir abzunehmen, dass ich es ernst meine. Ich möchte gern, dass Sie mir vertrauen, so wie ich Ihnen vertraut habe in dem Moment, in dem ich Ihr Haus auf dem Monte Argentario gesehen habe. Der Zettel, der dort liegt, Damokles ... Ich habe viel über ihn nachgedacht und erwarte keine Antwort. Aber ich denke, er hat damit zu tun, dass das Erbe Ihrer Familie, die Geschichte dieses Geldes Ihr Schwert ist. Später, beim Cognac in der Hotelbar, erwog ich kurz, ihm zu sagen, dass er recht hatte. Ich tat es nicht. Es spielte keine Rolle. Ich sagte ihm auch nicht, dass ich ihm zugehört hätte, auch ohne dass er mir seine Geschichte erzählte. Dass ich ihm längst vertraute. Ich behielt die kleine Wahrheit für mich, dass ich seine Geschichte nur aus dem einen Grund hatte hören wollen: Ich wollte letzte Gewissheit erlangen, dass er es besser machen würde als meine Mutter und ich. Ich wollte sichergehen, dass Taft nicht untröstlich blieb.

Zwei Jahre lang ist *Brettingham House* saniert und Tafts Zwecken angepasst worden. Nun ist es ein Juwel im Herzen von London. Meine Mutter wäre sehr glücklich darüber. Der Premier hielt die Schere für die Fotografen lange in der Luft, als schwebe sie über dem breiten, glänzenden Band – das machte er wahrlich nicht zum ersten Mal. Etwas näher, Herr Groß, rief einer der Fotografen. Bitte etwas näher an den Premierminister! Groß rückte näher und schaute recht freundlich für die Objektive. Wir brauchen das Schild mit dem Namen der Gesellschaft mit im Bild! Wie wird das funktionieren, Herr Groß?, rief eine Frau mit Mikrofon, Ihre Arbeit als Professor, als Berater in den Kommissionen *und* diese neue Aufgabe? Wie viele junge Leute können hier wohnen, wie stellen Sie sicher, dass es nicht nur Spinner sind?, brüllte ein anderer dazwischen. Und sind kritische aktuelle Fragen der Politik wirklich die Überschrift über jeder These, die die Stipendiaten schreiben, und auch über jedem öffentlichen Workshop? Eine ältere Frau hob ihren Kuli in die Luft: In der Pressemitteilung steht, dass Sie jeden Monat und an wechselnden Orten in verschiedenen Ländern Publikum und Fernsehsender einladen, zuzuhören, mitzudenken und mitzureden – wie stellen Sie sicher, dass nicht nur ein paar Auserwählte zu Wort kommen? Ein Bärtiger, der gleich neben seinem Kameramann stand, streckte sein Mikrofon zum Premierminister aus: Die entwickelten Ideen, Theorien, die durch den Vorstand geprüft werden, gehen die wirklich auf direktem Weg zu den Entscheidern? Ist es, um einen großen Begriff zu wählen, eine Art unautorisiertes Weltparlament – alternative Ideen aus allen Nationen zu aktuellen Konflikten? Eine junge Frau mit Block und Stift in den Händen fragte: Wie schwierig war es, diesen Vorstand zu gewinnen? Und wie ist das mit der internationalen Militärabteilung gemeint?, wollte der Reporter von der BBC wissen, sind Soldaten als öffentliche Redner und Diskussionspartner nicht riskant? Wer ist der anonyme Spender, der Ihnen diese Immobilie zur Verfügung gestellt hat?

Taft schaute sich um. Ich glaube, dass er nach mir suchte, mir aus der Entfernung einen stummen Gruß schicken wollte. Er entdeckte mich nicht und ging gemächlich Richtung Ausgang. An diesem Tag trug er einen hellen Anzug, ein weißes Hemd ohne Krawatte, was ihm beides ausgesprochen gut stand. Sein Gesicht war noch leicht gebräunt von der südfranzösischen Feriensonne, die Sonnenbrille steckte lässig in der Brusttasche seines Sakkos. Er sah sehr glücklich aus. Zwei, drei Fotografen richteten ihre Objektive auf ihn und drückten auf die Auslöser. Vorsorglich. Man konnte nie genug Bilder von Daniel Taft im Archiv haben. Sie kamen gar nicht auf die Idee, dass er an diesem Sommertag in London nicht als prominenter Gast – als Showmaster – vor der neu gegründeten *Damocles Society of Politics* stand. Doch wenn ich es richtig bedenke: Er war es an diesem Tag mehr denn je. Im besten Sinne.

Danksagungen

Frau KaLeu **Andrea Brinkmann** danke ich von Herzen, dass sie mir von ihrem Beruf, von Afghanistan und ihrem Einsatz dort erzählt hat – so profund, differenziert und leidenschaftlich, wie sie es getan hat. **Grit Stephan** habe ich zu danken, dass sie mich hat teilhaben lassen an ihrem Alltag als Hauptfeldwebel in Camp Marmal, Mazar-e Sharif, und vor allem auch dafür, dass sie mir so lebhaft schilderte, wie es sich anfühlt, in einer Situation wie dieser über Tausende von Kilometern mit zu Hause zu skypen.

Tiefen Dank schulde ich **Professor Dr. Claus Kreß**, Direktor des Instituts für Friedenssicherungsrecht der Universität zu Köln, für seine zuvorkommende, wertvolle Hilfe in Fragen des Völkerrechts und zu Auslandseinsätzen der Bundeswehr. Ein Glück, dass wir über solche und leichtere Fragen auch noch Freunde geworden sind! **Dr. Ulrich Soénius** danke ich besonders für seinen anderen Blick auf die Politik und das Politische im Alltäglichen, fürs Querdenken und den passenden Humor dazu.

Monika Kleine danke ich sowieso und von ganzem Herzen für ihren unbeirrbaren Durchblick in den psychologischen Untiefen eines Protagonisten sowie für vermutlich hellseherische Fähigkeiten in unserer Freundschaft. **Franziska Baumgartl** habe ich dafür zu danken, dass sie über die besten Stadtpläne von Antibes verfügt – bemalt, markiert, beschriftet, kommentiert.

Christian Döring und **Peter Sprong**, den ersten sowie erbarmungslosesten Lesern meiner Bücher, danke ich für die Bleistifte in ihren Händen und die Fragen, die sie bei einer harmlosen Tasse Kaffee zu einem Manuskript aufzuwerfen vermögen. Bei **Professor Dr. Bernhard Ronacher** bedanke ich mich unbekannterweise dafür, dass er die Cataglyphis erforscht. Und schließlich gilt mein Dank einem Illustrator, den ich auch nicht persönlich kenne, aber dessen grandiose frühe Comics über »Kleine Menschen« ich sehen durfte – bei **Duygu Reinholz** (der ich für noch viel mehr dankbar bin), für die er sie vor Jahren gezeichnet hat: **Kai Simons**, danke nach Aachen.

Literatur

Dedman, Bill/Clark Newell Jr., Paul: Empty mansions, the mysterious life of Huguette Clark and the spending of a great American fortune. Atlantic Books, New York 2013.

Hankel, Gerd (Hrsg.): Die Macht und das Recht. Beiträge zum Völkerrecht und Völkerstrafrecht am Beginn des 21. Jahrhunderts, Hamburger Edition HIS Verlagsgesellschaft mbH, 2008.

Klevemann, Lutz C.: »Opium für die ganze Welt«, in: DIE ZEIT Nr. 11/2002.

Kreß, Claus: Versailles – Nürnberg – Den Haag: Deutschland und das Völkerstrafrecht. Carl Heymanns Verlag, Fakultätsspiegel, 2006.

Kreß, Claus: Zu den Rechtsgrundlagen von Auslandseinsätzen der Bundeswehr. Aus: Schwegmann, Christoph (Hrsg.): Bewährungsproben einer Nation. Die Entsendung der Bundeswehr ins Ausland. Duncker & Humblot, Berlin 2011, S. 87–102.

Lenzen, Maja: »Mein Freund ist in Afghanistan«, in: Frankfurter Allgemeine Zeitung, 3. Februar 2013.

Matern, Tobias: »Ein Abdullah für ganz Afghanistan«, in: Süddeutsche Zeitung, 4. Mai 2014.

Naumann, Klaus: Der blinde Spiegel – Deutschland im afghanischen Transformationskrieg. Hamburger Edition HIS Verlagsgesellschaft mbH, 2014.

Pitzke, Marc: »Millionenerbin nimmt ihr Geheimnis mit ins Grab«, in: Spiegel, 30. Mai 2011.

Tams, Christian J./Sloan, James (Hrsg.): The Development of International Law by the International Court of Justice. 2013.

Ulrich, Bernd: »Mann, oh Mann«, in: DIE ZEIT Nr. 46/2013.